W9-BAH-383

NIECZUŁOŚĆ

Martyna Bunda
NIECZUŁOŚĆ

Wydawnictwo Literackie

Mamie, siostrze, córkom,
naszym babkom, ciotkom,
przyjaciółkom

ZIMA

Ilda

To chyba Truda, druga z sióstr, wymyśliła, żeby na noc wstawić róże do wiadra z atramentem. Trochę koloru dla symbolu, powiedziała. Skoro chowają ostatniego. To chyba Gerta, ta najstarsza, dodała, że ich wiązanka musi być na wierzchu. Przed mszą wsunęła kościelnemu w kieszeń pięćdziesiąt złotych, by pamiętał, które kwiaty mają być na samej górze. Kościelny, ten niegramotny, powłóczący nogami, spisał się i jeszcze z atencją rozłożył szarfy po obu stronach trumny. A było na nich napisane: „Nieczuła".

Zima. Mokry, ciągnący się luty. Rok 1979. Podbarwiane róże i dwa kawałki białej plastikowej wstążki trafiły na sam szczyt stosu, ponad lilie z napisem „Wierna Żona" i stertę kwiatów przyniesionych „Wielkiemu Rzeźbiarzowi", „Dumie Regionu", „Twórcy Niepokalanej", „Wielkiemu Synowi Ziemi Pomorskiej". Czymże to było wobec „Nieczułej"?

A potem poszły siostry ramię w ramię, but w but, biorąc pod ręce najmłodszą, Ildę. Po lewej średnia siostra, Truda. Zwykle w centrum wszechświata, z dyndającymi na wszystkie strony kolczykami, teraz skupiona i cicha. Po prawej Gerta. Zawsze taka wrażliwa na to, co ludzie powiedzą, tego dnia najbardziej ze wszystkich wyprostowana, jak struna. Pomiędzy nimi Ilda. Dziwnie mała i krucha tego dnia, mimo biustu doprawdy imponującego, w miasteczku pamiętanego jeszcze z czasów, gdy go wtłaczała w skórzany kombinezon. A przed nimi on, Tadeusz Gelbert, w mahoniowej trumnie okutej na srebrno.

I sunęli tak konduktem w szarobiałym śniegu, z bujającym się rytmicznie krzyżem w rękach kościelnego, z tą Żoną Wiecznie Kochającą na szarfach i na przedzie, i z naczelnikiem gminy, dyrektorem banku, wszystkimi dawnymi podwładnymi Trudy, z sąsiadkami, z notablami z pracowni rzeźbiarskiej i wiernymi klientami od nagrobków, ze sklepikarkami, kioskarkami, z obydwoma taksówkarzami kartuskimi – bo nikt w miasteczku nie mógł przepuścić takiego wydarzenia – a siostry przesuwały się kroczek po kroczku coraz bliżej trumny. A to najstarsza, Gerta, brała od prawej kolejny rząd żałobników, a to średnia, Truda, brała ich z lewej. Tak oto, tuż przed świeżo wykopanym dołem, drobiąc i niby mimochodem przyspieszając, dogoniły Legalną Wdowę. Nad trumną stanęły vis-à-vis. Wówczas Ilda z maleńkiej torebki, którą dostała od niego, wyjęła szminkę, prezent od niego, i pociągnęła usta. Liczyli na spektakl, mieli spektakl.

Nim się ściemniło, trzy siostry usiadły razem przy stole w domu pod Dziewczą Górą.

Truda znów machała rękami i mówiła za wiele. Ta płaska jak deska, krótkonoga, długoszyja trzpiotka, mimo czterdziestki już dawno przekroczonej, o dziwo, w oczach sióstr i wielu innych ludzi uchodziła za piękną. Może z racji szczególnego wdzięku i wyjątkowo bujnych, jasnych, gęstych, żywych włosów, może też z powodu sposobu, w jaki patrzyła ludziom w oczy – kobietom ciepło i uważnie, a mężczyznom odważnie i zaczepnie – ludzie lgnęli do niej. Bo żyła. Chciała wleźć siostrze albo matce do łóżka, to właziła. Całować kogoś – całowała. I nawet teraz, wchodząc nieubłaganie w cielesną niewidzialność, Truda lubiła życie, a ono to odwzajemniało.

Obok stało krzesło dla Gerty, która jednak niewiele na tym krześle siedziała. Trzeba było zrobić ciepłą herbatę, by napoić Ildę, zziębniętą i wytrąconą z równowagi, znaleźć dla niej koc do przykrycia, wyjąć obrus, rozłożyć obrus, pokroić chleb na kolację. Gerta to był Trudy obraz odwrócony. Ciemnowłosa, ciemnobrewa i niebieskooka, zbudowana jak pływaczka, atletka; wyrzeźbiona w marmurze i postawiona w muzeum, byłaby podziwiana. Lecz owa „tyczkowata dziewczyna z za dużymi stopami" nie umiała zgrać się z ciałem. Konkretna do przesady, rzetelna do niewytrzymania, pracowita, zaradna, odpowiedzialna, odważna – zawsze jednak widziała, że pranie, które zrobiła, nie jest wystarczająco białe.

Zważywszy na te cechy, właśnie Gerta najbardziej podobna była do matki, Rozeli, która próbując wieść życie jak należy, sprostać, dać radę, zawsze szła własną drogą. Córka nieślubna córki nieślubnej, przeznaczona do życia w wiecznym wstydzie, głowę trzymała wysoko, tego też ucząc córki. Szlachetna. Choć chłopka. Odważna. Choć dziewczyna. Z prostej kaszubskiej chałupy wyszedłszy, ani liter, ani nawet polskiego języka dobrze nie poznawszy – sama, bez męża, postawiła pierwszy w Dziewczej Górze dom ceglany. Wypełniony książkami, których nigdy nie będzie mogła przeczytać.

Fizycznie w matkę najbardziej wdała się Ilda. Zbudowana podobnie, ale bardziej bujna, jakby wzięła od Rozeli co najlepsze – okrągły biust, szerokie biodra, cienką talię, posągowe nogi – i jeszcze to zwielokrotniła. Tylko owe nogi w jej wypadku urosły odrobinę krzywe. W kolanach minimalnie rozchodziły się na boki, co sprawiało, że wyglądała Ilda, jakby szła krokiem kowboja. Taka też była w życiu. Na motocyklu pierwsza jeździła po miasteczku, wkładając ciasny skórzany kombinezon, który dopiero Tadeusz kazał jej zamienić na szyte na miarę kobiece fatałaszki.

Jednak teraz, w dzień pogrzebu, Ilda była jak święta z kartuskiego kościoła. Cicha, zapadnięta głęboko pomiędzy własne myśli, zapatrzona daleko, poza kuchnię, podwórze, jezioro, wyglądała jak figura z wosku, przez którą prześwieca światło. Jakby dzień, który właśnie upłynął, otworzył przed nią bramę do innego świata. Ale Ilda myślami była wciąż w gdańskim szpitalu przy Kartuskiej, na piętrze drugim, na oddziale kardiologii, gdzie Tadeusz, przed trzema zaledwie dniami żywy, rozłożony na łóżku metalowym z kołami gumowanymi, wsparty jedną ręką o szafkę nocną z tysiąc razy malowaną na olejno, prosił lekarzy o sprowadzenie Żony, by spod lamperii w kolorze orzecha, znad stolika w kolorze bieli, z której wyzierał szary, ostry, ordynarny metal, oznajmić Ildzie, że to Wiernej Żonie przysięgał przed Bogiem. I że przecież ona, Ilda, jest jeszcze ciągle młoda. Nie powinna marnować na niego reszty życia. Żona zaopiekuje się nią, gdyby nie wyszedł już stąd. Prawda, Żono?

„Nieczuła". Tak brzmiał napis zimną czernią wypisany na wstążkach.

Poznali się, gdy był już żonaty. Ilda omal nie zmiotła go ze świata, jadąc motocyklem. Co on zaraz odczytał jako znak i z żarliwością dziecka dziesiątki razy opowiadał, jakby jej przy tym nie było: a więc że akurat w dniu, gdy na dobre zwątpił w swe obfite Madonny, a uwierzył krytykom, trzasnęła go jedna z nich, siedząca okrakiem na sokole tysiąc. A Ilda przyznać musiała, że rzeźba z białego cementu, stojąca na samym środku pracowni przy bocznej ulicy Sopotu, miała jej – Ildy – twarz, piersi oraz tyłek. Nie była to Maryja, jakie się zwykło widywać.

A ów motocykl, sokół tysiąc, był osobiście przez nią wyszarpany z rowu – z siłą, o którą sama siebie by nie podejrzewała – gdy w styczniu 1945 roku, tuż za domem w Dziewczej Górze, drogą na Staniszewo przetoczyła się ludzka kawalkada. Jechali z wozami i bez, z dziećmi i bez, z tobołami przytwierdzonymi do pleców. Zmęczeni, już nieczuli na to, że ich ludzie obserwują przez szyby, pięli się Dziewczą Górą, wydeptując piach spod rozmokłego śniegu. Nagle ciszę przerwał dziwny pomruk. Jakby pszczoły bzyczały – lecz skąd się miało wziąć tyle pszczół, i to w środku zimy? Ilda wyjrzała przez okno, a wtedy zobaczyła, jak ludzie rozbiegają się, krzycząc, jak próbują chować się pod rozmokłym śniegiem, a potem szkło poleciało na podłogę. Czemu wybiegła z domu? Po co poszła na wzgórze? Jak to się stało, że niepostawna, drobnoręka, wyciągnęła z rowu tak ciężką, przywaloną martwym ciałem maszynę?

Jak wariatka uciekła na tym motocyklu od tego ciała i od kobiety opartej o drzewo, na której wzrok trafiła – zdumiony, ale martwy. Wyminąwszy zaprzężonego do wozu martwego konia, z którego ktoś odkrawał już płat mięsa, zostawiając za sobą porozrzucane w panice toboły, sterty szmat, zajechała do samego Chmielna, gdzie otrzeźwił ją widok dobrze znanego cmentarza.

Przez kolejnych pięć dni, wraz z siostrą i matką, i innymi kobietami z Dziewczej Góry, zakopywały trupy, nie patrząc im w twarze. Przez pięć lat, aż do dnia ucieczki z Tadeuszem, Ilda omijała wzrokiem to zbocze.

Tadeusz Gelbert wydawał się mieć władzę iście boską nad ciałami, gdy je wykuwał w kamieniu. Nigdy nie wrócił do żony, nigdy się nie rozwiódł. Gdy po kilku latach wrzucił do pieca wszystkie Ildy sukienki, już nie umiała żyć bez tego mężczyzny. Myślała, że i on bez niej nie potrafi – pomorskie cmentarze pełne były Madonn z jej twarzą i piersiami, aniołów z jej dłońmi i stopami. Nawet ich pierwszy wspólny pies – spaniel, kudłata Peggy – na wieki wkomponowany został w gdański grobowiec księdza prałata, w roli korpusu gryfa. Łapy, sierść lekko kręcona, niby lew, tak naprawdę – cóż, Peggy. Wstyd.

Po latach z nim spędzonych zrozumiała Ilda, że młodzieńcze motocyklowe przejazdy w skórzanym kombinezonie to jeszcze nic. Dopiero z zapiętym pod szyją krochmalonym kołnierzykiem, idąca z elegancką spanielką na czerwonej smyczy, stała się dla ludzi w Kartuzach powietrzem. Nawet jeśli w kuchniach, wśród garów, zapachów, w ferworze obgotowywania świąt i celebracji istniała tylko ta Ilda.

Tak więc owa szminka nad trumną była jedynie detalem w dawno rozpisanej na role całości, której finał uwieczniono czarnym atramentem na wstążce. A wiatr pospołu z niegramotnym kościelnym zadbali, by napis było widać na wiele kilometrów.

Gerta

Rok 1951, późna zima. Ramię w ramię, but w but maszerowały siostry do ustronnego gabinetu, w którym przyjmował doktor – ginekolog. Tym razem pomiędzy nimi szła Gerta, ta dbająca o opinie ludzkie mężatka od lat pięciu, której związek wciąż jednak nie był skonsumowany. Uroczystość z okazji czwartej rocznicy pożycia skończyła się skandalem, bo Edward, mąż Gerty, upił się i narozrabiał w kościele. Teraz, gdy blisko było piątej rocznicy, groził, że stanie na rynku i wykrzyczy wszystkim, że ma kobietę od dołu zabitą na głucho.

Wyjąwszy pijacką skłonność do mówienia bzdur, mąż Gerty, Edward Strzelczyk, był mężczyzną delikatnym, brzydzącym się przemocą, ale małżeństwo nie należało do udanych. Truda i Ilda już od dawna mówiły, że trzeba iść do doktora, ale Gerta jak diabła bała się nowego szpitala kartuskiego, w którym kobietom przywiązywano nogi do metalowych obręczy. Gerta nie dałaby się nigdy przywiązać za nogi! Było więc, jak było, aż Truda wynalazła dla siostry medyka znanego w miasteczku z wyrozumiałości. A przyjmował nie w strasznym szpitalu kartuskim, ale w gabinecie, gdzie nie było tych nowych, wymyślnych foteli ginekologicznych.

Gabinet okazał się pokojem w dawnym pensjonacie Maria, który nigdy nie cieszył się w Kartuzach dobrą reputacją. Szyldu nie było, po wejściu nie zobaczyły siostry żadnych typowych dla przychodni lekarskich rekwizytów. Ot, podupadły hotelik, od dawna nieogrzewany, z poczekalnią z barkiem, w którym brakowało jednak alkoholi, i z okropną bordową wykładziną, ubrudzoną cieczami, których składu lepiej było nie dociekać.

Doktor wydawał się zdumiony, gdy usłyszał, z czym przychodzą: *non consumatum*, mimo ślubu zawartego prawie pięć lat temu. Patrząc szeroko otwartymi oczami, powiedział, że gabinet właściwie jest nieczynny, lecz nie ma serca pani Gerty odesłać, że z powodu trzaskającego mrozu i niemożności ogrzania pomieszczenia zaprosi je tam, gdzie najcieplej. Po czym wskazał coś, co przypominało salon karciany, w którym bez większego porządku stały zakurzone stoliki, krzesła oraz taborety. Okno, choć wychodziło na ulicę Sądową, nie było przysłonięte, więc Gerta rozebrała się chyłkiem i tylko od dołu, pozostawiając spódnicę. Położyła się na bordowej kanapie, specjalnie dla niej nakrytej czystym prześcieradłem.

Doktor wyszukał coś na zapleczu i zabronił się ruszać. Miała pani Gerta dużo szczęścia, powiedział, że z taką błoną nie trafiła na wyzwolicieli, bo musieliby ją przeciąć na pół, żeby się wbić – i było po wszystkim. Na koniec, świecąc Gercie zwykłą lampą między nogi, użył wziernika z metalu, który wyglądał trochę jak lokówka. Stwierdził, że dół jest w absolutnym porządku, dzieci będą. Doradził nic nie mówić mężowi. Niech się cieszy, że dziewicę dostał, nawet jeśli trzeba było pięć lat poczekać, żeby się tego dowiedzieć. Siostry wyszły zdumione – ludzie całą wojnę czekali na kogoś. Wciąż czekają. I nie da się im pomóc takim prostym cięciem.

A jednak pięć lat to było bardzo długo. Gerta naprawdę starała się być dobrą żoną. Przychodziła codziennie do zakładu. Na towarzyszenie. Siadała w wielkim oknie wystawowym, nad którym od ulicy wisiał szyld z napisem „Zegar – Mistrz", przy tym samym biurku, od którego zaczęło się ich małżeństwo. Zadając zdawkowe pytania, opowiadając, co w mieście, a co w Dziewczej Górze, patrząc mężowi na ręce – była pod ręką, dla niego. I żadne nie pamiętało już, że w dniu, kiedy wpadli na siebie, Edward w emocjach, których ona, Gerta, była przyczyną, postrącał z biurka na ziemię wszystko, co leżało na blacie – te dziesiątki kółeczek zębatych, sprężynek, dziwnych hybryd, śrubokręcików, lup, kawałków kalafonii, które wyglądały jak bursztyny. W tamtym czasie, jednakowo przejęci, razem zbierali to wszystko na kolanach, nieporadnie wpadając na siebie. Gdy już została żoną, sama, bez pretensji, codziennie sprzątała ów bałagan. Układała śrubki w osobnych pudełkach, kółka zębate w osobnych, i dziwiła się, jak niewiele czasu potrzeba, by wszystko to znów zmieszało się na blacie. Zbierając puste pudełka z parapetu, myślała, że to podobnie jak z nią: leży toto, nikomu niepotrzebne, i zaraz ganiła siebie w duchu za taką słabość.

W porze obiadu przechodziła z warsztatu do mieszczącego się na zapleczu mieszkania, by donieść z kuchni nienagannie podane ziemniaki z kawałkiem mięsa w sosie musztardowym, klopsa lub śledzia z cebulą. Popołudniami doprowadzała mieszkanie do stanu małżeńskiego: w jedynym, niemałym, ale ciemnym pokoju zamówiony majster wykonał pikasy na ścianach, używając maczanego w farbie sznurka, inny majster przyciął szafę tak, żeby weszła pomiędzy piec a okno. Prócz zakupionego przez Edwarda małżeńskiego łóżka, szafy i stołu z krzesłami Gerta zmieściła w pokoju jeszcze dwa fotele, a z czasem sprowadzić miała także dwa pianina. W tym jedno bardzo porządne – instrument w środku wyłożony czerwonym pluszem i strusim puchem; zbytek, którego sensu Gerta nigdy nie zdołała pojąć.

Po obiedzie Edward chwytał rower i objeżdżał jeziora. Zwykle w tym czasie Gerta brała się do uprzątnięcia zakładu, niekiedy, gdy miała ochotę, kończyła mężowską pracę; patrząc mu na ręce przez całe przedpołudnia, niepostrzeżenie nauczyła się fachu – wiedziała, jak podważyć maleńkie kółeczka zębate, jak dostać się do tej sprężyny, która jest duszą, jak wyregulować wahadło, aby złapało rytm. Gdzie są kawałki prawdziwych rubinów, które trzeba wymienić, gdy się zegarek spieszy. Co wziąć, kiedy wykruszy się fosfor, jak go nakładać pędzlem na tarczę zegara, by cyfry i wskazówki były widoczne w nocy. Jednak Edward nie lubił, gdy grzebała w zegarkach. Z czasem więc znalazła sobie nowe, praktyczne zadania. Kisiła. Niebawem słoiki w rzędach zajęły całą ścianę. Kisiła, dopóki nie porzuciła tej pasji na rzecz kolejnej – polerowania metali. Gdy odkryła, jak łatwym sposobem można przywrócić starym łyżkom świeżość, w ruch poszły sztućce, guziki i tace. Przeróżne egzemplarze pozbierane po sąsiadach moczyły się i gotowały w miskach, w których Gerta rozrabiała wodę destylowaną z solą. Co oporniejsze sztuki traktowała jeszcze szczoteczką i pastą własnego pomysłu: sproszkowana kreda, olejek miętowy, guma arabska, indygo. Gdy ta pasja wygasła, pojawił się haft richelieu, kwiaty wyszywane na tkaninie na okrętkę, spomiędzy których bardzo ostrym skalpelem wycinała Gerta koronkowe wzory.

Tak ozdobiła dziesiątki, a może nawet setki sztuk pościeli, obrusów, serwetek, bieżniczków, bluzeczek, fartuszków, nim wreszcie, szczęśliwie, w roku 1951, w zimnym jeszcze marcu, krwią własną, we własnym łóżku, zaplamiła jedno z tych haftowanych prześcieradeł.

Truda

Zima szczególnie mroźna, tuż przed Bożym Narodzeniem. Rok 1945. Szły siostry we trzy, ramię w ramię, but w but, pośrodku mając Trudę – milczącą i zrozpaczoną. Wracały do domu z Garcza, z dworca kolejowego. Pociąg właśnie odjechał, a w nim Jakob, za którego nie wyszła Truda, by nie przynosić wstydu.

Tego samego dnia wczesnym rankiem Truda i Jakob Richert, syn Niemców, stanęli w drzwiach na Dziewczej Górze. On z wiązanką róż białych i czerwonych, przywiędłych trochę, zdobytych gdzieś mimo zimy, ona – z utlenionymi, lecz wciąż kudłatymi włosami, dorodniejsza, piękniejsza, obiema rękami uwieszona na nim.

Trzy lata wcześniej na tym samym peronie żegnały całkiem inną Trudę: chudą i wylęknioną. Wraz z tysiącami innych, a podobnych sobie, dostała skierowanie do pracy. A gdy obernaczelnik, przysłany przez Niemców do miasteczka, poradził matce spakować dla córki także letnie ubrania, choć mieli wczesną zimę, było już wszystko wiadomo.

To Jakob odnalazł ją w Berlinie, po trzech latach przepracowanych w niemieckich fabrykach, półżywą: na głowie platynowy blond berliński, na ustach cynobrowa szminka, a pod spodem – zasuszona starucha, zbyt wiele już razy pominięta przez tę łajdaczkę śmierć, by naprawdę mogło być w niej jeszcze jakieś życie.

Dzień przed przyjazdem Jakoba zawalił się schron. Gruzy, które pochowały Niemców, przywaliłyby i Trudę, gdyby jej pozwolili wejść. Powiedzieli, że ta Polka zabierać im będzie powietrze. Stanęła w futrynie, po zewnętrznej stronie. Z całego budynku została jedna ściana – solidna i gruba, a w ścianie łuk z drzwiami. Pył wżarł się jej w oczy, prawie do ślepoty.

W zapluskwionym baraku, w którym czuło się jeszcze pot jeńców wojennych i poprzednich lokatorów, przed zawaloną piwnicą, była prycza. Na tej pryczy Truda co noc nakrywała szczelnie głowę spódnicą, by pluskwy nie lazły do oczu – całkiem goła od dołu, bo majtki jej zabrali.

Jeszcze wcześniej było tych kilku grubych i obleśnych Niemców, którzy ją i inne dziewczęta z pociągu rozebrali do naga. Kije wzięli i wielką mieli uciechę, grzebiąc im nimi pomiędzy włosami łonowymi, uderzając je po tyłkach, podnosząc im piersi, pakując te kije pomiędzy pośladki. Albo spuszczając na takie gołe, przemarznięte, zostawione na mrozie, lodowatą wodę. Po tym prysznicu higienicznym z całego dobytku oddali jej dwie sukienki i płaszcz z wełny, wilgotne i sfilcowane. Siłą wciskała się w ten sztywny, lepki gorset.

Bieliznę dostała dopiero po wielu, wielu miesiącach od Marie – brygadzistki w fabryce porcelany. Chodziła do niej na górę, na piętierko, jak owca, jak lalka, dając się rozbierać. To spod ręki Marie był berliński blond. To ona siedziała w schronie, do którego nie wpuszczono Trudy.

Jakob znalazł ją na gruzach cudem ocalałą, zagubioną, niewiedzącą, gdzie jest ani kim jest. Powiedział Niemcom z fabryki, że umówił się na pobranie jednej pracownicy znającej język niemiecki. Zameldował komuś, kto się tam kręcił z karabinem, że dziewczyna, co wyszła z ruin, idzie z nim, i popchnął ją do wyjścia, krzycząc: *Raus!* Machnęli ręką, niech idzie, i tak mieli ważniejsze rzeczy do roboty. Zabrał więc polską robotnicę dezerter z Wehrmachtu. Flaga radziecka na Reichstagu nie była jeszcze zawieszona.

Przez kolejne tygodnie Jakob przywracał Trudzie życie. Uciekali pociągami z węglem albo osobowymi, on z obwiązaną głową, z bandażem pociągniętym kurzą krwią, z ręką na temblaku, ona na kiepsko podrobionych papierach. Noce spędzali w opuszczonych domach. W pobliżu starej i nowej polskiej granicy nie brakowało takich. Jechali, nawet nie wiedząc, że Niemcy się właśnie poddały. Czasem ktoś ich na parę godzin przygarnął i dał im coś ciepłego do jedzenia, częściej włazili do pustych budynków na dziko.

Gdyby jej powiedział, żeby przestała myśleć o szmince, kupionej jeszcze w Berlinie zamiast chleba i po drodze zgubionej, już byłoby wiadome, że kiedyś skończą sobą zawiedzeni. Ale obiecał, że wróci ze szminką. I wrócił. I nie miało znaczenia, że etui było inne, ciemne, bez lusterka. Tak zaczęło się między nimi nigdy więcej niepowtórzone misterium. Kochając się rytmicznie, bez pośpiechu, patrząc sobie w oczy pośród wzruszenia i łez, wypadli poza czas, ziemię, świat, śmierć.

Nie spieszyli się, jadąc, bo też żadne nie miało pewności, czy dzień, w którym dotrą do celu, nie będzie dniem ich pożegnania. Nie mówili o tym, czy naprawdę chcą wracać, czy powinni. On wziął to za oczywistość, ona zbyt wdzięczna mu była za opiekę, by zapytać. Wiózł ją, choć ona nie chciała jechać.

Truda żałowała potem całe lata, że jakimś cudem nie było z tej podróży dziecka. Z tego kochania tak dojmującego Bóg powinien był się narodzić. Z tych nocy spędzanych w ogołoconych już ze wszystkiego mieszkaniach; w tej stodole do połowy spalonej; w tym kościele całym wysypanym szkłem, bo samoloty latały tak nisko, że poleciały witraże z okien. A z taką gorliwością dobierali się do siebie na tych łóżkach i niełóżkach, że dziecko powinno być. Może wówczas matka nie miałaby wyjścia? Lepszy Niemiec w domu niż kolejny bękart w rodzinie?

Ale dziecka nie było. Jakob powiedział, żeby poczekali. Niech śnieg się roztopi, niech trochę przyschną rany po wojnie. W grudniowy dzień trzy siostry odprowadziły go więc na zimny, zasypany śniegiem dworzec kolejowy. Czekali, bo pociąg się spóźniał – a może i nie spóźniał, wiadomo było przecież, że pociągi chodzą, jak mogą. Truda trzymała się Jakoba obiema rękami, modląc się po raz pierwszy w życiu do świętej Barbary, której głowa Wisłą pod prąd potrafiła płynąć, żeby ten pociąg nigdy nie przyjechał. Został pusty peron.

Rozela

Kładąc trzy córki: Gertę, Trudę i Ildę, w łóżku w nowym domu, Rozela pomyślała, że chyba nigdy nie uda się go ogrzać. Był 1932 rok, zima. Ściany jeszcze nie poczuły ciepła.

Dom był solidny, pierwszy we wsi murowany, kryty dachówką klinkierową, z podwójnymi oknami, o wiele większymi niż tamte w drewnianej chałupie. W środku jasny od bieli ścian i blasku śniegu za oknem. Rozela nakryła ubrane w swetry córki wielką puchową pierzyną.

Dom postawiła z pieniędzy z odszkodowania po mężu, Abramie Groniowskim, za zakończony śmiercią upadek z rusztowania przy budowie Gdyni, na ulicy Wolności. Zastanawiała się potem wiele razy, czy Abram, spadając, widział morze. Ona sama nie miała okazji go zobaczyć, lecz rozmach, siłę i zapach bezmiaru wody umiała sobie wyobrazić. Tego, czy Abram widział morze, nigdy nie ustalono, ale pieniądze z kasy wypłacone zostały w trybie możliwie najpilniejszym. Ktoś z miasta przywiózł numer rachunku w banku kartuskim, by wdowa mogła podejmować środki.

Kim naprawdę był Abram, tego nigdy nie udało się dowiedzieć. Przyszedł pewnej zimy jeszcze za życia matki Rozeli, Otylii. Jakiś samochód, najpierwszy z widzianych w Dziewczej Górze, stanął na drodze i już nie ruszył. Auto popsuło się tuż pod oknami starej chałupy. Dziewcza Góra liczyła w tamtym czasie piętnaście domów, zbudowanych pomiędzy jeziorem a górą. Stara chałupa, najniższa i najbiedniejsza we wsi, stała najbliżej szczytu. Mieszkały w niej we dwie – Rozela i jej matka, Otylia. Żeby przeżyć, sadziły ziemniaki i siały żyto w ogrodzie, hodowały kury, chodziły do pracy do okolicznych gospodarstw. Wieś nie mieszała się do ich pustelniczego życia, a one unikały sąsiadów. Choćby na przednówku dzień kolejny jeść miały zupę na suszonych pokrzywach, choćby tygodniami, miesiącami obywały się bez chleba, Otylia nie zniżyłaby się do próśb. Dziewucha z dzieckiem. Matka małego bękarta. Nie, w żadnym razie nie dałaby ludziom powodu, żeby jej kosztem poczuli się lepiej.

Ona, która w swoim pierwszym, lepszym życiu służyła we dworze w Staniszewie, nie usiadłaby na tych ławkach, wystawionych wprost na piach przed chałupy, na których wieczorami przesiadywano na bosaka od wiosny aż po jesień. Bo i sąsiedzi nie zapraszali na swoją ławkę panny z dzieckiem. Rozela, idąc przez wieś, zawsze miała kokardy na warkoczach. Matka prędzej powyrywałaby jej włosy, niż ją puściła bez grzebienia. Sąsiadom mówiła Rozela tylko krótkie, chłodne „dzień dobry", na które czasem jej odpowiadano.

Dziewcza Góra była pod tym względem jak każda inna wieś. Zawsze o którymś domu mówiło się półgłosem, na chrzciny prosząc z wiarą, że nie przyjdą. Rozela była właśnie z takiego domu.

Żyły więc we dwie w ostatniej, najbiedniejszej chałupie, aż do tamtego dnia, gdy popsuło się auto Abrama Groniowskiego. Abram szukał u nich kawałka drutu, żeby wiązać od spodu skrzynię biegów z drążkiem. A śnieg padał i światło białobłękitne, porozpraszane i mięknące pomiędzy taflą jeziora a zboczem, sprawiało, że dom, kuchnia, Rozela wydawać się mogły magiczne, tajemnicze. Zapytał o drut, został na herbatę. Coś tam powiedział o baśniowym imieniu córki gospodyni i dziwnej nazwie wsi – Dziewcza Góra, po czym zapytał Rozelę, czy ma sny. Odpowiedziała, że w żadnym razie nie należy mieć snów, bo można w nich za dużo znaleźć, a nie ma nic gorszego dla człowieka niż wiedzieć za dużo. Głos miała trochę skrzekliwy i lekko trzeszczący, jakby próbowała sprawić, by był wyższy. Pomyślał, że z niego żartuje.

Powiedział jej, że panną jest jak z Kraszewskiego – kimkolwiek był Kraszewski – inną zupełnie niż miejskie kobiety na obcasach drobiące do kantorów, stukające w klawisze maszyn do pisania aż do wyjścia za mąż za pana kierownika – jeśli się im poszczęściło – i wracające do swoich pokoi w kamienicach, z wyszorowanym wychodkiem na parterze. Coś tam jeszcze dodał o zwierzętach, które w prawdzie rodzą się i umierają, a ona nie rozumiała, o czym właściwie mówi. Potem, patrząc jej prosto w oczy i nieco tylko spuszczając wzrok na piersi, powiedział, że nie byliby pierwszą taką parą, gdyby za niego wyszła.

Córka nieślubna Otylii, Rozela, nie sądziła, że kiedyś wyjdzie za mąż, choć silne miała ciało, piękne dziewczęce ramiona i szerokie biodra, choć miała wielką pupę i uda kształtne jak u klaczy. Nie żeby nie rozumiała: mogła to być każda inna dziewczyna, jednak skoro ten pan chciał jej przysięgać przed ołtarzem, to taka była wola Boga. Matkę narzeczony zostawił tuż przed ślubem, kiedy ona była już w matczynym brzuchu, więc cóż gorszego mogło jej się stać? Jeszcze tej samej zimy, w granatowej spódnicy i staniku haftowanym błękitną jedwabną nicią – której wielki motek przywiózł przyszły mąż, dziwiąc się, że całej sukni nie zdąży wyhaftować – stanęła w chmieleńskim kościele i po prostu powiedziała: Tak. A Bóg litościwy to przypieczętował.

Nazajutrz, taktownie odczekawszy, by nie psuć wesela, Otylia zmarła. Poszła spać i już się nie obudziła. Kiedy trzy dni później chowano ją na przykościelnym chmieleńskim cmentarzyku, Rozela była bez męża. Pojechał zdobywać szczyt kolejnej góry. Bardzo bolało, gdy dziewięć miesięcy później rodziła swoją pierwszą córkę. Drugą i trzecią, poczęte w tych rzadkich momentach obecności męża, też wydawała na świat, kiedy go nie było. Zjawiał się zawsze na czas, wiedziony jakimś instynktem, żeby nadać imiona – proste i kaszubskie.

Gdy Gerta była już na świecie, został rybakiem i przez dwa lata wypływał kutrem na Bałtyk, za każdym razem zapewniając, że gdyby kiedyś nie wrócił, ktoś się stawi i ureguluje sprawy. Znów znikał i znów zjawiał się w Dziewczej Górze. Siadał bez ruchu na studni, opowiadał o człowieku imieniem Siddhartha i głosił to, co Bóg: „Jestem, który jestem". Na polu za domem próbował hodować konie, ale szybko się znudził. Założył pasiekę, pszczoły jednak wyprowadziły się na okoliczne drzewa. Tak, mijając się, Abram i Rozela przeżyli osiem lat, aż Abram, wówczas murarz najemny, spadł z rusztowania.

Człowiek, który przyjechał w sprawie odszkodowania, dopytywał się, czy naprawdę Rozela zamierza sama stawiać dom. Dlaczego miałaby nie postawić? W dzień po pogrzebie zaprowadziła córki do wsi, do sąsiadów, i pojechała do Kartuz poszukać murarzy. Była wtedy w czwartej ciąży, lecz widać Bóg litościwie obliczył jej siły: dziecko spłynęło, dom stanął. Pogodziła się z mężem. Nawet klamki miedziane i szybki w trzech kolorach zamówiła dokładnie według jego planów. W głównym pokoju na żyrandolu jak wiechę zawiesiła sztuczne kwiaty z polimerii, rzekomo wiecznej, przysłane pocztą przez inżynierów z Gdyni dla Abrama na ostatnią drogę.

Miał dom swoje *primo consumatum* w tym wyjątkowo zimnym grudniu, siedem lat przed wojną. Trzy małe dziewczynki siedziały rzędem na łóżku, a czterech mężczyzn, przysłanych z Gdyni, wprost z budowy, wnosiło do środka meble. Wszystko nowe, wyjąwszy łóżko małżeńskie, w którym z Abramem poczęli córki, lecz nie o sentyment chodziło. Rozela miała zbyt duży szacunek dla przedmiotów, by kupować łóżko więcej niż raz w życiu.

Kolejnych dziewięć lat upłynęło spokojnie i dostatnio. Rozela posłała córki do Kartuz, do polskiej szkoły, potem do gimnazjum. W sezonie prac polowych dziewczynki zamiast do szkół szły w truskawki albo do ziemniaków, zawsze jednak mając na warkoczach kokardy, tak jak ich matka.

W wojnę Rozela uszyła bardzo grube zasłony. Zawisły od strony góry. Kiedy wojska się przetoczyły, w domu wciąż brakowało jednej córki. Kolejne lato i jesień Rozela przeczekała w oknie, wyglądając Trudy.

O dziwo, tamtego grudniowego dnia wcale jej nie usłyszała. Najpierw poczuła smród: mdły samczy zapach wszedł, zanim ku drzwiom odwróciła oczy. Zapach był jej znany, pamiętany przez każdą komórkę nosa, każdy por skóry. Już nie Rozela, lecz samo ciało chciało od niego uciec. Truda, wyczekana, weszła z mężczyzną. Dla matki jednak była niewidoczna. Rozela widziała tylko jego. Mężczyzna powiedział: – No, jesteśmy – i zrobił trzy kroki w jej stronę. Truda, stojąca za nim, coś mówiła do matki, lecz dla Rozeli istniał tylko zły zapach mężczyzny. Może gdyby jej dali czas? Ogień trzaskał w piecu, a Rozela tężała.

Nagle zaczęła wrzeszczeć: – Won! Won! Precz! Wynocha! – darła się z całą wściekłością, na jaką było ją stać, rzucając w jego stronę czym popadnie. Stali tam. Patrzyli to na siebie, to na nią. Siłą przywołała ciało do porządku i otrzepując spódnicę w geście, który ujść mógł za zdawkowy, powiedziała: – Won z domu! Za Niemca jej córka nie pójdzie. Po jej trupie.

Wyszedł. Wybiegła Truda, a za nimi siostry.

Rozela dołożyła do ognia. Postawiła kocioł. Zagniotła palcami kluski z mąki kartoflanej. Może nawet to drewno, trzaskające pod kuchnią z białych kafli, nie było realne, podobnie jak ta wizyta? Ciało wciąż czuło smród, ciało pamiętało, jak długo grzeje się w ogniu dusza od żelazka. A potrzebuje bardzo dużo czasu. Krew, która wcześniej stężała ze strachu, będzie znów płynąć, skóra zrobi się jeszcze czulsza i wrażliwsza. Gdy tamtego marcowego dnia przyszli Ruscy, tych sześciu czy siedmiu, czy może sześć miliardów, metal rozżarzał się pod kuchnią powoli. Najpierw wzięli ją gwałtem, każdy po kolei, na koniec przyłożyli do Rozelego brzucha rozpalone żelazko.

Pieniędzy chcieli. Kraszewskiego po Abramie, co miał papier dobry, darli, by kręcić papierosy, które zaraz gasili na jej skórze. Wciąż pytali: gdzie? Lecz ona nie mogła dać im nic, czego sama nie miała. Trwało to tysiąc lat, a może kilka dni, aż zjawiła się mała, chuda Trudka. Prowadziło ją pod karabinami kilku żołnierzy. Płakała, a warkocze latały jej na boki. Trudka!? Nie, tylko nie ona! Puśćcie Trudkę! Rozela zwymiotowała wprost na spodnie jasnowłosego żołnierza. Wściekł się i zaczął bić ją po twarzy, lać i kopać. Może jeszcze kilka godzin minęło, może dni, nim wstała. Ach, głowa. To nie mogła być Trudka! Może w ogóle nie było tam żadnej dziewczynki?

A może nic się nie stało? Byłaby naprawdę dała temu wiarę, gdyby nie ślad po żelazku. Rozbabrana, krwawa, mięsna rana, której Rozela sama nie chciała oglądać tak bardzo, że ją zaraz zakryła dwiema spódnicami.

Jak i kiedy wyszła w pole – nie pamięta. Zauważyła jedynie, że miękka ziemia była namokła od śniegu. Przebijała się już pierwsza trawa. Wiatr. Niebo. Otrzepała fartuch i dłonią przeczesała włosy. Zostały jej między palcami. Chwyciła jeszcze raz. Znów został pęk. Patrzyła, jak wiatr chwyta te włosy, czarne, miękkie, wypłowiałe, i gdzieś daleko zabiera, jak lecą wysoko nad polami i znikają. Poleciały wszystkie. Rozela wróciła do domu i założyła chustkę.

WIOSNA

Rozela

Naprawdę, naprawdę to, co było przedtem, nie miało już znaczenia. Pszczoły, których rój latał bezradnie przez całą wojnę, w końcu znalazły gruby, solidny konar. Jabłonka dała pierwsze w życiu jabłka – zielone i kwaśne – i czekała, by się nią wreszcie zająć. Na zboczu Dziewczej Góry, tu gdzie kiedyś leżały pokotem dziesiątki zabitych, teraz sypały się mlecze, które ciąć można było kilogramami, dosładzać i gotować, by na koniec wekować gęsty leczniczy syrop. Groby, rozsiane bezładnie, obrosły koniczyną i spod grubej warstwy zieleni już prawie nie było widać ich podłużnego kształtu. W ruinach domów zaczęły rosnąć pokrzywy.

Po pięciu latach wojny nastał czas zawracania życia na właściwe miejsce. Jabłonkę wysmarować wapnem, żeby wylazły robale, płot zreperować, porzeczki uładzić i przyciąć, studnię oczyścić – to najważniejsze. Gdy tylko stopniał śnieg, Truda i Gerta długim kijem z metalowym hakiem wyciągnęły z wody wszystko, co tam nawrzucano. Tuż pod kuchennym oknem w idealnym porządku ułożyły rzędem butelki, których było aż trzydzieści sześć; puszki po konserwach – mielony wieprz, ale z orłem na etykiecie – osiemnaście; buty, szmaty, menażki, potłuczone szkło; dwa pasy wojskowe z uczepionym martwym kotem – szczęśliwie truchło zawisło na kawałku blachy sporo ponad lustrem wody; kabura od pistoletu, dwie podeszwy. Zbutwiałe męskie spodnie.

Butelki poszły na bok. Rozela pomyślała przez moment, żeby przed egzekucją uratować puszki, które córki przeznaczyły na spalenie; taka blacha jest dobra na rozsadki porzeczek, na kawałki mydła, z których potem można zrobić całą kostkę. Machnęła ręką. Po chwili zobaczyła, jak Gerta wyciąga je, jedną po drugiej odsuwając kijem.

Ogień córki rozpalały akurat w tym miejscu, które wcześniej rosyjscy żołnierze wybrali na ognisko, zostawiając łachę wypalonego piachu na samym środku podwórza. Jak stempel. Truda krzesała płomień namokłymi zapałkami. Dostały je od komiwojażera, handlującego najpotrzebniejszymi w tych czasach rzeczami, bez atencji dla jego blond włosów nazywanego Cyganem. Mocny, barczysty, o skórze bielszej, niż Rozela widziała u kogokolwiek, i zaroście lekko rudawym – Cygan już po raz kolejny zajechał do ich domu.

Do zapałek dodał jeszcze szczeniaka. Mówił, że to ostra rasa. Kaukaz prawie. Rozela chciała zwierzę możliwie najgroźniejsze, by pilnowało domu, lecz nie chciała Ruska. Ależ to polski pies – tłumaczył Rudy Cygan, gotów się obrazić. Tymczasem Truda wzięła psiaka na kolana, a mała puchata kulka zadygotała ze strachu. Zaczęła więc Truda spektakl taki jak zwykle: żeby się szczeniak nie martwił, że już u nich zostanie i że nie pozwoli go skrzywdzić. A wszystko to mówiła drżącym głosem, potrząsając włosami i załamując ręce.

Rudy Cygan, wciąż upierając się, że to bardzo groźny pies, dołożył jeszcze łańcuch, aż trzy metry, choć obstawał, że wystarczy pół. Ale Truda nadal wywracała oczami. I budę dla psa zrobił im zaraz z porozrzucanych na polu za domem blach, które wcześniej musiały być częściami jakiejś lotniczej maszyny. Przez kilka kolejnych dni Truda, dopóki się jej nie znudziło, biegła do psa zaraz po przebudzeniu, za nią szybkim, zamaszystym krokiem szła Rozela, by przypomnieć córce, że wiele jest jeszcze do zrobienia w domu.

Wciąż nie wystarczało czasu, by to wszystko ogarnąć. Na przykład podłoga. Dziwne rzeczy z nią zrobiła wojna. O, tędy szli i szurali czarnymi podeszwami. Ziemi nanieśli, szlamu, który zasechł na podeszwach, a potem, zmieszany Bóg wie z czym, wżarł się w deski. Ci, co wypalili jej na brzuchu ślad żelazka, mieli buty podbite metalem. Na deskach, latami gładzonych ryżową szczotką, zostało siedemnaście rys, głębokich i grubych. Wszystko to układało się w mapę.

No i krew została na podłodze. Jej krew. Ona jest najtrudniejsza do wymycia. O, tu, koło kuchni, chlusnęło, kiedy Ruscy poszli. Cięła akurat Rozela marchew swoim małym, wytartym od lat wiernej służby nożykiem, kiedy cały ten brud, bezsilność, całe to zepsucie – spłynęło na podłogę i już nie dało się zmyć.

Szorując plamy po raz wtóry, Rozela dotarła aż do włazu piwnicy i pomyślała, że kiedyś musi również tam zajrzeć. Wejście zrobiono solidnie. Na środku kuchni cieśla umieścił klapę prawie niezauważalną, widać pomny doświadczeń pierwszej wojny. Pomieszczenie pod podłogą było ciasne, ciaśniejsze jeszcze, niż zapamiętała Rozela. Dorosły nie mógłby się wyprostować. Tak więc tych dwóch Francuzów, którzy zjawili się w połowie wojny, też nie mogło przyjąć innej pozycji niż w kucki. Chociaż drobni byli, albo tak się wydawało Rozeli, bo patrzyli jak dzieci. Zaszczuci, brudni, chudzi. Mówili, że uciekli z transportu do obozu.

Pewnego dnia otworzyła klapę, żeby podać im trochę kaszy z sosem, a oni leżeli na dole, spleceni. Spod koca wystawały ich gołe, ciepłe ciała. Przerazili się jeszcze bardziej niż Rozela. I gdy tylko zapadł zmierzch, poszli. Odetchnęła, zamykając za nimi drzwi, choć widziała ich strach. Niemcy nie pytaliby, po co brała do domu Francuzów lub kim są. Postawiliby pod ścianą i jak ze szlauchów laliby z karabinów.

Uciekając z jej domu, Francuzi popatrzyli, jakby zrobiła coś złego. Podobnie chyba patrzyła ciemnowłosa kobieta, która przyszła z dziewczynką, na długo przed Francuzami. Jej jednak Rozela nie śmiała spojrzeć w oczy. Francuz, wychodząc, uderzył pięścią o framugę. Na podłodze została po tym wżarta w próg strużka krwi. Kobieta z dzieckiem odeszła pośpiesznie i cicho. Bez śladu.

Teraz był czas, by wszystko usunąć z domu, umyć, łącznie z piwnicą. Siennik, który wciąż czuć było Francuzami, wytrzepać, koc, pod którym ich znalazła, uprać, bo się przyda. Wzięła go w dwa palce. Wydawało jej się przez moment, że upadnie, ale gdzież by miała upaść w piwnicy? A gdyby klapa spadła? Oddychać trzeba, no – oddychać, po prostu. Nie mdleć.

Trąc piwniczną ścianę mokrą szmatą, zobaczyła uczyniony nie wiadomo czyją ręką, wryty głęboko w cegły napis: *veni sancte spiritus*, a poniżej jeszcze jeden, innym pismem: *spiritus flat ubi vult*. Cokolwiek to znaczyło, pomyślała, że wciąż babrzącej się ranie na brzuchu pomógłby spirytus. Zaniedbany, zbiedniały przez wojnę dom też potrzebuje pieniędzy, a co sprzedaje się lepiej niż wódka? Można by kupić nowe rozsady do ogrodu, jakąś pościel, bo Ruscy całą zabrali. Może jakieś ubranie? Może świnię? Jak to szło? Rok 1410, Grunwald. Kilogram cukru, cztery litry wody, dziesięć deka drożdży. Tylko skąd miała wziąć cukier? Przez okno kuchenne zobaczyła, jak Rudy Cygan pomaga Gercie i Trudzie nosić piach z jeziora. Jak żółtym, grubym piachem zasypują i ogień, i całą tę czarną wypaloną łachę – świeżym, zimnym piachem, pachnącym jeszcze wodorostami. Bez zbędnych ceregieli zapytała komiwojażera, czy jeśli znów wróci, to może przywieźć cukier. Nie, nie jedną torebkę. Raczej duży worek.

Truda

Tygodnie mijały, a listu nie było. Tłumaczyła sobie Truda: za wcześnie, jeszcze poczta nie chodzi. Za wiele się dzieje w tym Berlinie. Może Jakob się ukrywa? Jeszcze flaga ze swastyką na Reichstagu wisiała, kiedy wiózł ją na podrobionych papierach.

Starała się i ona przywracać dom do dawnego życia. Wygrzebała w pudłach po ojcu i zniosła ze strychu resztę Kraszewskich, które nie spłonęły w wojnę. Piękne książki, oprawione w skórę. Zrobiła dla nich miejsce na etażerce, szczęśliwie niespalonej, z której jeszcze za bytności żołnierzy zniknęła niebieska porcelana. Sama przytaszczyła ze strychu fotel – wniesiony tam dawno temu, bo zasikał go jakiś kot podwórzowy – opuszczając mebel stopień po stopniu i podpierając plecami. Reszta pięknego kompletu miała dziury po papierosach i pocięte siedzenia. Ze starych pluszowych zasłon, które przez całą wojnę odgradzały dom od widoku na górę, Truda uszyła pokrowce, całe palce pokłuwszy sobie igłą.

Wysiała groch i zawczasu postawiła tyczki. Wybieliła jabłonkę, skopała ziemię pod pięć nowych grządek w ogrodzie, odkryła ze zdziwieniem, że wyrosły tam pomidory samosiejki, więc ustawiła dla nich tyczki. Pomalowała na biało wszystkie ściany i zrobiło się jaśniej. Ale malując, nachlapała sobie wapna do oczu. Patrzyła na świat przez dwie wąskie szparki, półślepa, i czuła się jak ten pies, który zdycha na uwięzi, tocząc z pyska coraz gęstszą pianę, by w końcu wyschnąć na suchy pusty wór z kośćmi. Czy Jakob chciałby ją jeszcze taką, gdyby wrócił? „Nie pójdzie Truda za Niemca". Peron, pociąg, finał.

W myślach odpisywała Jakobowi na list, którego nie było. Że oczy, wapno, palce pokłute, że Berlin pewnie zazielenił się na wiosnę. Przekonana, choć nie znała jego adresu, że Jakob musi mieszkać w Berlinie. Z tym większym zacięciem pielęgnowała dom. Tym zapalczywiej machała pędzlami, nie patrząc, gdzie krople lecą. Tym bezwzględniejsza była dla perzu, wypruwanego z ziemi całymi metrami, jakby tam zło prawdziwe tropiła, nie roślinę.

Z uporem nie pozwalała sprzątnąć ze stołu kwiatów przywiezionych przez narzeczonego. Róże stały, aż im płatki opadły, a woda odparowała. Zostały same zaschnięte łodygi. W końcu Truda zawinęła badyle w gazetę i schowała do szafy, nie dając nikomu ich ruszyć.

Gerta

Truda powiedziała, że odmaluje ściany. Ale skąd wziąć wapno? Na rowerze, który jakimś cudem przetrwał wojnę, przechowywany pod zgrabionymi gałęziami, Gerta objechała wieś, pytając, czy ktoś nie ma wapna, czy nie sprzedałby.

Za farbę postanowiła zapłacić miodem. Nigdy dotąd pszczołom niczego nie podbierała, ale zawsze miała talent do chodzenia po drzewach. Rój, kiedyś do jej ojca należący, który opuścił ul i zdziczał, mieszkał na starej wierzbie. Zabrała z domu drabinę i zawinięta w firankę, okadziła drzewo zapaloną szczapą. Dym ogłupił owady. Sama Gerta omal przy tym nie spłonęła. Ręką w grubej gumowej rękawicy wyjęła cały plaster. Skądś przeokropne pszczoły wiedziały, do którego domu zabrano ich miód, więc latały wokół jeszcze przez kilka dni, żądląc boleśnie każdą z sióstr, Rozelę, przechodniów, nie omijając zwierząt. Gdy miód z wosku udało się odwirować, wyszedł cały słoik.

Sąsiadom, którzy pytali, czy to znaczy, że potrafi obchodzić się z pszczołami, Gerta nakłamała, że absolutnie nie: ot, przyjeżdża do nich taki komiwojażer, który zakochał się w Trudzie, i dowozi miód.

Chodząc od domu do domu, zobaczyła, że mężczyzn, którzy wracali z wojny, kobiety sadzają za stołami i traktują jak świętych, same zajęte garnkami, spiżarniami, szyciem, cerowaniem, lepieniem. Wszystkie pytały o Trudę i Niemca. A Gerta, czerwieniąc się, kłamała.

Ilda

Porządki szły od strychu po piwnicę. Sporo miały siostry sprzątania, bo dom był większy niż pozostałe w Dziewczej Górze chałupy. Inaczej też niż okoliczne domy, postawione z drewna, miał aż dwa wejścia, jedno główne, od drogi, do którego prowadził ogródek obsadzony różami, i drugie tylne, z werandą, z której widać było jezioro. Drzwi i okna też były większe i elegantsze niż w dziewczogórskich chałupach. Do pokoju od drogi prowadziły wysokie, przeszklone drzwi, udekorowane szybkami w różnych kolorach. Pomiędzy wszystkimi trzema pokojami i kuchnią porobiono przejścia, tak że można było ganiać się naokoło.

Pokój o drzwiach przeszklonych był najelegantszy. Rozela wstawiła tam orzechową biblioteczkę, etażerkę i łóżko wybite czerwonym pluszem, teraz nakryte zwykłą ciemną tkaniną, bo tapicerkę popalono i pocięto. Na środku stał stół z orzecha, do kompletu z biblioteczką. Leżała na nim zawsze świeża i czysta serweta. Pod stołem był kiedyś dywan, ale w wojnę spłonął na środku podwórza i nowego nie było. Drzwi do tego pokoju zawsze pozostawały zamknięte.

Naprzeciw był skromny pokój należący do Rozeli, z codziennym, zwykłym stołem, nad którym wisiały kwiaty z polimerii, z dużą dębową szafą i łóżkiem pociętym siekierą. Dalej – kuchnia. Z deskowaną podłogą, białym piecem z czarnymi fajerkami, nad którym ciągle coś się suszyło, i kredensem, w którym w idealnym porządku Rozela trzymała najróżniejszych kształtów puszki i słoiki z mąką, kaszą, cukrem, solą i ziołami. Obok stołu był druciany stojak na miskę z wodą. Świeża woda stała zawsze obok, w wiaderku. Kuchnia też miała swój stół – prosty, drewniany, ustawiony pod oknem, z którego rozciągał się widok na ogród i jezioro. Naprzeciw kuchni był pokój należący do córek. Ciemny, bo okno było małe, częściowo przysłonięte werandą, i niewielki, bo wystawny pokój rozepchnął się w tym domu jak panisko. Na trzeci pokój zostało niewiele miejsca. Z trudem mieściły się w nim trzy drewniane łóżka.

Wszystkie pomieszczenia pomalowano na biało, co budziło zdziwienie w Dziewczej Górze, bo przecież wiadome było, że ściany kuchni należy pomalować na niebiesko, zwłaszcza że we dworach używa się kolorów – a dom Rozeli bardziej podobny był do dworu niż chałupy. Rozela uważała, że skoro matka przeżyła życie pomiędzy białymi ścianami, to i ona powinna.

Teraz wszystkie ściany będą odświeżone. Trzeba przykryć kurz, ciemne plamy, które porobiły się wokół pieców, a gdzieniegdzie ślady rozchlapanego jedzenia, wody, co naleciała przez okno, pozabijanych much, ślady zwierząt podwórzowych i leśnych, które zapuszczały się do domu. Ślady ciężkich męskich butów. Krew.

Gdy Ilda odsunęła meble przed malowaniem, za etażerką w wystawnym pokoju znalazła pudełko. Drewniane, oklejone kobaltową skórą, o którym wszystkie myślały, że przepadło w wojnie. Ostatnia pamiątka po ich babce Otylii. Ani Ilda, ani żadna z sióstr nie mogła jej pamiętać, lecz wiedziały, że gdy jeszcze przed pierwszą wojną służyła we dworze, to opiekowała się dziećmi.

Nie mogąc ich opanować, nie znajdując sposobu, aby pańskich potomków przywołać do porządku, to coś strąciła, to potłukła. Raz, potknąwszy się o dziecięce szpargały, upadła z dzbanem mleka i zniszczyła dywan – piękny i bardzo drogi, przywieziony z Dalekiego Wschodu. Została zwolniona. Na odchodne dostała ładne pudełko. Biedna Otylia nigdy nie przestała się wstydzić, że taką była niezdarą i prostaczką, że sama pogrzebała nadzieje na lepsze życie we dworze, rozlewając dzban mleka na dywan. Jej wina. Jej samej, nic niewartej dziewuchy!

Po raz drugi, i ostatecznie już, nadzieje pogrzebane zostały, gdy stojąc w sukience ślubnej w chmieleńskim kościele, nie doczekała się narzeczonego. Kobaltowe pudełko, z którym wróciła do domu, by ku rozpaczy matki i ojczyma urodzić nieślubną Rozelę, na początku miało na spodzie bilecik z nazwą: „L'Amour". Z czasem napis jednak się wytarł. W pudełku Ilda znalazła guzik z perłą, która wyglądała jak prawdziwa. Zapytała matkę, skąd jest i czy też należała do babki Otylii, ale matka kazała natychmiast ją schować. A Truda, jak to Truda, zobaczywszy perłę, chwyciła ją zaraz, nagryzła, lekko rysując, i powiedziała, że to jej. Ani Ilda, ani Gerta, zdumione Trudy zachłannością, nie miały sił, by się z siostrą kłócić.

Truda

Po pierwszych kilku tygodniach, które Truda przepracowała, ręce zdzierając do krwi, wpadła w drugą skrajność. Teraz była jak te uzależnione od kropli Hoffmanna dziewczęta, które pamiętała z fabryki. Nie mogła spać i nie mogła jeść, nie wiedziała też, jak przeżyje kolejny dzień.

Uciekająca od sióstr, od matki, od świata, ukrywała się na strychu i marzyła tylko o tym, by niczego już od niej nie chciano. Truda zawiesiła na sznurku perłę, schowała pod bluzką i nigdy nie zdejmowała. W snach płonęły jej włosy, od włosów zajmowały się las i zbocze góry, gubiła perłę, jacyś ludzie próbowali ją z tego skarbu okraść. Jednak każdego ranka, zaraz po przebudzeniu, gdy Truda sprawdzała, czy perła jest, zawsze była. Dla zabawy, żeby nie myśleć za wiele, zaczęła bawić się wisiorkiem jak wahadłem. A im dłużej patrzyła na huśtający się miarowo, powoli, biorący coraz większy zamach guzik, tym więcej wracało wspomnień. Berlin i kurz zburzonego schronu, i rytm, z jakim waliła w drzwi. Rytm, w jakim lodowata woda zalewała ją na stacji. Wreszcie Jakob i rytmiczny napór jego ciała. Gdy wpadali na siebie jak dwa kundle, przetaczając się po pustym kolejowym wagonie.

I już czuła, jakby z nim znowu była: jak każdy centymetr skóry robi się niczym pies na uwięzi, który chce tylko do życia. Czuła, jak krąży krew. Dudni puls. Wyobrażała sobie sekunda po sekundzie, jak ją przygniata mocne ciało Jakoba. Ożywała. Zamknięta na strychu, znów miała ciało, jak tysiące psów, co życie poczuły – psów wiejskich, podwórzowych, którym na widok suki cieknie z pysków i merdają ogony. Każdą inną myśl zagłuszał łomot krwi.

Gdy potem, czując bezmiar własnej winy, przełykając wstyd na pokolenia rozpisany, rękę wyjmowała z majtek, zostawało wielkie, puste nic. „Za Niemca – po matki trupie".

Gerta

Przekonana, że to ona najwięcej z sióstr się stara, Gerta cierpiała. Patrzyła, jak matka chodzi krok w krok za Trudą. Średnia siostra milczała tajemniczo, a matka zaglądała jej przez ramię. Truda znikała na strychu, matka kręciła się wokół schodów. Siostra zasiadała przed lustrem i biła się po twarzy, lub też szarpała szczotką włosy, płacząc, że takie są liche. Matka wierzyła w cały ten teatr, pocieszała ją i wymyślała, jak jej pomóc. Kiedy Gerta narzekała na stan własnego warkocza, matka fukała na nią: – Cóż to takiego włosy! Kłopot tylko. Wszystkie święte pod welony golą głowy.

Pewnego razu, zastawszy Trudę wyrywającą sobie szczotką włosy, matka rozbiła na talerzu jajko, a potem mimowolnym i zdawkowym gestem kazała wszystkim trzem córkom usiąść do czesania. Usadziła je na własnym łóżku, jakby wciąż były dziewczynkami, jak w ich dzieciństwie, kiedy to brała ciężką szczotkę z metalowym jeżem i nie mając dla cierpienia córek zmiłowania, drapała im skórę do krwi. Że boli? No to lepiej, żeby się przyzwyczajały – mówiła. Czy im się wydaje, że urodzić dziecko to nie boli? A dać sobie to dziecko zrobić? A znosić tych mężczyzn, którzy wracają Bóg wie skąd, a potem po nocach we własnych łóżkach rozprawiają się z Bóg wie z czym – to nie boli? No, moje panienki – kończyła zawsze tą samą sentencją – na tym to polega, że ma boleć, a waszym obowiązkiem jest umieć to znieść.

Dziecięce tortury Gerta znosiła więc cierpliwie, w poczuciu, że to jak wstępne pasowanie na kobietę. Co rano po nakarmieniu zwierząt i zamieceniu podwórza jako jedyna spośród sióstr bez sprzeciwu poddawała się obrządkowi czesania. Truda uciekała albo patrzyła matce w oczy najsłodziej, jak umiała, Ilda darła się za nie wszystkie, gdy tylko matka się zbliżyła. Ona jedna podstawiała głowę, myśląc o siostrach, jakie są marne, nieodporne, nieudane.

Jednak to, co w dzieciństwie Gerta znosiła z trudem, teraz ją ucieszyło. Silna matka, która jednym gestem posadziła je trzy na łóżku i smarowała ich głowy żółtkiem z rycyną – czy mogło być lepiej? Kiedy przyszli Ruscy, matka była tak krucha! Z kilku dni, które Gerta przesiedziała pod kuchenną podłogą, wszystko zapomniała, prócz tej kruchości matki. Ile było męskich głosów na górze? Nie pamiętała. Co robili w kuchni i czy byli tam długo? Nie pamiętała, choć ukryta przez matkę w piwnicy, uważnie słuchała każdego tupnięcia, ważąc je i szacując. Jak długo tam siedziała? Jadła coś? Sikała gdzieś? No, musiała sikać. Piła coś? Może i z tej butelki, którą znalazła? Piła siki? Pewnie musiało być bardzo zimno w piwnicy, skoro i teraz, w ciepłą wiosnę, przy każdym otwarciu klapy wiało stamtąd chłodem, lecz Gerta pamiętała tylko, jak się zmoczyła ze strachu. Nie z zimna. Ile czasu minęło, nim mocz popłynął jej po nogach, tego nie wie. Poczuła dziwne ciepło i bała się jak nigdy wcześniej.

Z góry słychać było szarpanie i krzyki, i to, jak deski gną się, jak huczą, popiskują niczym myszy. Mocz popłynął, gdy coś zaczepiło o klapę. Na górze matka na przemian kwiliła jak dziecko i skrzeczała jak koza, ale Gerta nie myślała o matce, myślała tylko o tym, by klapa nie drgnęła. Klapę całą siłą woli trzymała niewzruszoną. Wszystko oddam, mówiła, tylko niech oni tu do mnie nie wchodzą. Gdy matka zaczęła wyć na górze, Gerta tylko jedną myśl miała: przestań już, kobieto.

Zamknij usta, nie krzycz, nie krzycz, bo i ja zacznę krzyczeć. A wtedy znajdą i mnie. Nic już nie słyszała prócz rytmicznego trzęsienia klapy, skowytów belek, trzasków i jęków drewnianej podłogi. Czuła, że zawiodła.

Nie pamiętała, kiedy wyszła z piwnicy. Bardzo długo nic się nie działo, żadnego dźwięku na górze, spokój i cisza. Otworzywszy klapę, zobaczyła potworny bałagan – meble poprzewracane, nadpalone, potłuczone talerze. Matki nie było. Znalazła ją dopiero na polach za mirabelkami, w tej samej sukni z błękitnej flaneli, teraz poszarpanej. Matka zapytała tylko: gdzie Truda?

Truda! Truda była cała i zdrowa. Co najgorsze, przetrwała w Berlinie, by wrócić z tym swoim *geliebten Verlobten*, wstyd im wszystkim przynosząc. Teraz ta biedna matka nie dość, że znów sama dźwigała dom z wojny, to jeszcze drżała o Trudę.

Najstarsza córka próbowała być pomocna i serdeczna za trzy córki. Zaglądała do piwnicy, gdzie matka siedziała pochylona, z mnisią cierpliwością skręcając w jedno rurki i menzurki do produkcji wódki. Zaglądała tym gorliwiej, że wiało stamtąd tak straszne zimno.

Ilda

Gerta chodziła za matką jak pies. Gdy mama zarządziła idiotyczne zabiegi fryzjerskie, najstarsza popatrzyła na siostry spod zmarszczonych brwi takim wzrokiem, że Ilda poszła pokornie się czesać, choć przysięgła sobie przed wieloma laty, że już nigdy na to nie pozwoli.

Ilda pamiętała wciąż dobrze, jak ją matka chwyciła za włosy, obcinając je tuż przy skórze. To było w dniu, kiedy ojciec wrócił do domu. Potrzebował spokoju. Ilda miała siedem lat, przyglądała się ojcu przez półotwarte drzwi: szczupły, ubrany jak wiejski parobek mężczyzna, który jednak na nogach miał drogie aksamitne pantofle. Bardzo był do niej podobny – te same oczy, ten sam jasny kolor włosów. I tak bardzo różny był od nich wszystkich – twarz opalona na złoto, w sposób, w jaki tutejsze słońce nigdy nie łapało, i jakaś dystynkcja w ruchach. No i buty.

Ojciec siedział w pokoju stołowym nad herbatą i chlebem, który matka podała mu na talerzu z serwisu w niezapominajki – specjalnego dla gości. Córkom kazała siedzieć prosto i nie przynosić wstydu. Tego dnia i przez kilka kolejnych wszystko w domu miało przebiegać idealnie. Matka upiekła mięso, choć był powszedni dzień, kazała córkom nazrywać kwiatów do wazonów, w końcu poleciła im usiąść do czesania. Kazała się uśmiechać. Tak strasznie drapała druciana szczotka! Tak bolało, gdy matka rwała gęste włosy z Ildy głowy! Najmłodsza córka krzyczała tego dnia nie więcej niż zwykle. Wtedy jednak matka nagle chwyciła za nożyczki. Z kurnika, w którym zamknęła Ildę za złe zachowanie przy ojcu, słychać było, jak się kłócą o te obcięte włosy, aż ojciec trzasnął drzwiami i pojechał do Gdyni. A zaraz potem spadł z rusztowania. W dniu pogrzebu Truda z Gertą stanęły nad nią, pytając: – Wiesz, mała, uparta Ildo, że to ty go zabiłaś?

Zawsze wiedziała, że jest podobna do ojca. Zawsze wierzyła, że kiedyś pójdzie tą samą drogą. Nim jeszcze dobrze dosięgała stopami do pedałów, objechała na rowerku Dziewczą Górę przez Chmielno i Staniszewo. Podczas wojny chciała, żeby to ją wzięto na roboty zamiast Trudy, ale dostała jedynie skierowanie na pocztę kartuską, gdzie dzień w dzień miała sortować listy na zapleczu. Sama wyrywała się, żeby załatwić jakieś papiery Trudy w Gdyni, odebrać stempel ze stoczni. Raz na tydzień, na motocyklu znalezionym w rowie, jeździła do Chmielna, by zobaczyć, czy na drzwiach kościoła jest nowe obwieszczenie o zabitych i czy nie wpisano tam nazwiska Trudy.

Gdy już wszyscy wiedzieli, że wojna ma się ku końcowi, pojechała do kościoła raz jeszcze sprawdzić listę. Ciepło było, słońce stopiło już śnieg w miękką breję. Ksiądz, widząc, że pod drzwiami stoi dziewczyna, zagonił ją na dzwonnicę i zabronił wychodzić. Po chwili wpuścił na górę jeszcze parę innych dziewcząt i zastawił drzwi ciężkimi meblami. Kilka miało usmolone węglem twarze, a włosy poklejone powidłami i smołą. Wyglądały jak dzikuski albo chore. Nie miały pojęcia, kiedy stamtąd wyjdą.

Siedziały pod dachem wieży, porozbierane z powodu gorąca, kiedy się zaczęło. Przez szpary w drewnianym dachu nie śmierć, nie wstyd, lecz misterium zobaczyła Ilda. Jakby sam Bóg w tumanach kurzu i wśród ryku silników zbierał swoje zabawki. Jakby specjalnie dla niej, z rozmachem godnym dzieła stworzenia, nie niszczenia, pokazał, czym jest siła. Impet, czyniony na podrzędnych i półpolnych drogach przez te wszystkie ryczące ople, dodge'e i dudniące głucho fordy ze świńskimi mordami, te ciężarowe studebakery i kotłujące się motocykle: harleye, indiany i zündappy, zapierał dech. Jakże chciała w tym kurzu siedzieć na maszynie! Ach, jak to wszystko wyło, dudniło, aż ziemia się trzęsła, a dzwony rezonowały.

W nocy, gdy wojskowe pojazdy stały w przydrożnych rowach, tymi samymi drogami przemykały w pełnej iluminacji ekspresowe kolumny, przywodzące Ildzie na myśl czas, gdy cały kościół rozświetla się po pasterce. Ależ to było potężne! Kiedy zasypiała, śnił się jej ciąg dalszy wojennego widowiska. Jakże piękni mężczyźni jechali na tych maszynach! Spod dachu, w otumanieniu gorącem, patrzyła na nich w osłupieniu.

W końcu odsunięto szafy i wypuszczono je z wieży. Pierwsze, o czym pomyślała, to był motocykl. Szczęśliwie stał bezpieczny, schowany przez księdza pod brezentem.

Gdy na nim zajechała do Dziewczej Góry, zastała dom zrujnowany, psy zabite. Przed domem stała zupełnie wyłysiała matka. W przerażeniu Ilda patrzyła, jak matka bez słowa stawia przed nią talerzyk. Talerzyk w niezapominajki. Z całego kompletu został jeden.

Rozela

Teraz była naprawdę wiosna! Wszystko szło do przodu! Dom podnosił się. Ściany były już piękne. Rudy komiwojażer, nie zrażając się obojętnością Trudy, wciąż przyjeżdżał i zawsze coś przywoził.

Pierwszą partię spirytusu, który Rozela zrobiła w piwnicy, rozprowadził z dobrym zyskiem. Niektórzy teraz bardziej wódki potrzebowali niż chleba. Gdy wrócił po następną partię, przywiózł w pudełku przytroczonym sznurkiem do kierownicy roweru trzy prosiaki. Zerkając na Trudę, powiedział: – Są rasy polska biała zwisłoucha. Co zabrzmiało, jakby były co najmniej ze złota.

Prosięta zamieszkały w kuchni. Małe, ufne, wciąż ciekawe, wszędzie chciały wleźć, a gdy im nie pozwalano, przechylały łebki i patrzyły w oczy jak psy. Dostały miejsce do spania przy piecu, w tym samym kartonie, w którym przyjechały. Rozela uznała, że warto je od razu przyuczyć do czystości. Przyda się, nawet jeśli w końcu trafią do chlewa. Gdy tylko któreś prosię narobiło na podłogę, delikatnie brała je pod boki i zbliżając ryjek do kałuży, mówiła: „Fe!". A potem stawiała małe w kupce piasku przyniesionego specjalnie z jeziora. W lot łapały, w czym rzecz.

Truda, początkowo świnkom niechętna, nadała im imiona. Tę najbardziej ruchliwą, skorą do zabawy, z ryjkiem pokrytym delikatnym, mlecznym puchem, nazwała Białą. Ta najcichsza i najbardziej czuła, ze śmiesznymi plamkami na bokach, została Dropiatą. Knurek dostał imię Gustaw, bo naprawdę niczym się nie wyróżniał. To niechby chociaż miał ciekawe imię.

Gerta zaczęła prosiętom gotować. Wstawała przed wszystkimi, aby rozłożyć ziemniaki na sicie ponad garnkiem z parującą wodą, a potem utłuc je wraz z obierkami i otrębami. Truda coś tam próbowała w prosięcej kuchni ulepszać. Raz dodała do ziemniaków tymianek. Prosiaki zaczęły kichać i osmarkały Trudzie całe buty. Ze złości Truda wrzuciła w ogień resztę ziół. Pachniało jak w kościele, ale krótko, za to potem nie było czym doprawić zupy.

Na tych Gerty tłuczonych ziemniakach prosiaki rosły szybko i po miesiącu trzeba je było wyprowadzić z kuchni. Rozela postanowiła, że zrobi im chlew w małym budynku przy jeziorze, który zbudowała według planów Abrama, choć po jego śmierci nie był wcale potrzebny. Stał tam, gdzie się kończyły mirabelki i ogród wychodził wprost na pola. Abram przeznaczył to miejsce na obserwatorium, czy też laboratorium: w każdym razie wyrysował coś takiego, a Rozela kazała postawić, nie pomijając najmniejszego detalu, łącznie z piecem na dwie fajerki w osobnym pomieszczeniu.

Trzeba było jeszcze przekonać Ildę, która załamywała ręce, jakby szło o naprawdę ważną sprawę. Nie zgadzała się, by sanktuarium ojcowskie oddać akurat świniom. Gerta z Trudą przekonały ją jednak. Ta ostatnia, wcześniej zwierzętom niechętna, roztkliwiała się teraz nad nimi jak nad niemowlakami i tak też z siostrą załatwiła sprawę, patrząc jej w oczy głęboko i przymilając się: – Ale zobacz, świniątka, biedne, kochane – aż Ilda dała spokój.

Laboratorium trzeba było trochę przebudować. Majster, opłacony butelką czystego spirytusu, potraktował sprawę jako pilną. Wywracając oczami, że jeszcze nie widział, by świnie tak mieszkały, wykuł w podłodze płytki kanał, który miał się stać rynsztokiem. Potem Rozela kazała mu jeszcze wymurować półkę, a gdy spytał po co, odpowiedziała, że świnie też lubią mieć ładnie, więc poustawia im tam różne rzeczy do ozdoby. Na to już nic majster nie powiedział, nabrał jedynie powietrza tak głęboko, że zdawało się, że pęknie. Jednak przed wieczorem robota była wykonana. Rozela obiecała majstrowi, że jeśli szybko skończy, zamiast pytać i gadać, dostanie dwie dodatkowe butelki domowego spirytusu.

Na półce wymurowanej na wysokości oczu stanęły klamoty po Abramie: menzurki niezdatne do wykorzystania przy produkcji spirytusu, kamienie przywiezione nie wiadomo skąd, rzekomo księżycowe, figurka gołej kobiety zrobiona z brązu czy mosiądzu, którą żal było wyrzucić, a niezręcznie – traktować jako młotek do wbijania gwoździ. Wreszcie żelazko. Ich stare, wysłużone. Córki zaraz zaczęły dopytywać, dlaczego w obórce, lecz Rozela odparła stanowczo: – To jest żelazko zepsute i żeby żadna nawet go nie dotykała. Zakazuję. Ręce poodrywam.

Przeprowadzkę do świniej kuchni – jak nazwała Rozela owo miejsce – zrobiły jeszcze tego samego wieczora. Dropiata, gdy ją Truda z Gertą niosły na rękach przez ogród, fikała i wyrywała się, nerwowo rozglądając się na boki, i wyglądała na naprawdę zdumioną, pierwszy raz widząc świat zalany słońcem złotej godziny. Biała, jak to Biała, szła grzecznie dróżką pośród grządek, uwiązana na sznurku, a knurek, który iść w ogóle nie chciał, zwisał głową w dół z rąk Ildy jak nieżywy. Jakby mu wszystko było obojętne.

Świnie natychmiast zrozumiały, do czego służy rynsztok: Rudy Cygan, zajeżdżając znów po trzech tygodniach i widząc, jak wdzięcznie przykucają w chlewie, zapytał Rozelę, niby w żartach, czy własną córkę też umie zaczarować. Nie umiała.

Po prosiakach Rudy przywiózł im jeszcze kurczęta, z których szybko wyrosły duże kury. Jedna okazała się wyjątkowa. Kiedy inne znosiły po dwa jajka na dwa dni, ta dawała sześć. Dostała imię – Agatka. Niosła się, tyle że potem jak kogut waliła dziobem i drapała pazurami, gdy ktoś jej chciał jajka zabrać. Nie dało się podejść bez kawałka kija albo starej poszwy, którą nakrywszy kurę, można było zabrać spod niej co trzeba. Chodziła potem nieszczęsna po podwórzu, próbując wysiadywać a to kamienie, a to czyjąś głowę, a to nawet przypadkowe kocięta. Rudy Cygan poradził zlewać ją lodowatą wodą. – Tak, prosto ze studni, z wiaderka – mówił – żeby oprzytomniała. – Ale co to za pomysł! – oburzała się Rozela. – Jeszcze się kura zaziębi! – mówiła, patrząc na komiwojażera.

Przypadkiem okazało się, co należy robić. Raz kura zaplątała się w poszwę. By ją wyswobodzić, Rozela zaczęła huśtać materiałem na boki. Nic to nie dawało. Huśtała i huśtała, aż usłyszała, jak wściekła zazwyczaj i waleczna kura zaczyna słodko gdakać. Wręcz mruczeć z zadowolenia. Wyhuśtawszy tak Agatkę dobry kwadrans, aż po ból ramion, wypuściła ją, by zobaczyć, jak krokiem może ciut chwiejnym idzie kura wolno przez podwórze. I przysiąc by można, że uśmiecha się na całą szerokość dzioba. Usiadła pod jabłonką i nikogo się nie czepiając, spędziła w spokoju kilka godzin, nic a nic nieprzejęta jajkami.

Pomysł na huśtawkę dla kury był Gerty. Wzięła zwykły, większy koszyk wiklinowy i zawiesiła go na sznurze na jabłonce. Potem kiedy tylko ktoś przechodził drogą, kura darła się, żeby zaszedł i ją pobujał. Ludzie początkowo chichotali, wręcz ryczeli ze śmiechu, szybko jednak przywykli. Ciągle ktoś zachodził na podwórko pohuśtać kurę w koszyku, a Rozela odpłacała się jajkami. – Świetna kura – powtarzała, patrząc na nią. – Naprawdę świetna, choć nie wie, po co żyje.

Ilda

Trzy miesiące po tym, jak Rudy Cygan przywiózł prosięta, przyszedł czas, by pierwsze z nich ubić. To matka podjęła decyzję, które pójdzie pod nóż. Padło na Dropiatą. Rosła najszybciej i ważyła już z osiemdziesiąt kilo. Matka powiedziała, że nie życzy sobie świńskich historii miłosnych pod własnym dachem, wśród zwierząt jej ręką karmionych. I że knurek powinien wziąć się do roboty. Dropiata, wiecznie szukająca okazji do zabawy, odciąga go od obowiązków.

Nakazała matka Ildzie wsiąść na motor i pojechać do Kartuz, rozpytać o ubojnię. Bo ani Rozela, ani żadna z jej córek nie miały pojęcia, jak zabrać się do świniobicia. W dawnym świecie, tym jeszcze sprzed wojny, kurom czy gęsiom, owszem, głowy się obcinało, lecz wszyscy wiedzieli, że świnia jest za duża, by ubić ją mogła kobieta. Nie było kogo poprosić o pomoc. Mieszkający w okolicy kuzyni mieli oczy otwarte już tylko na zdjęciach w pudełku z kobaltowej skóry. Żaden nie wrócił z wojny. Ilda pojechała. Jednak choć zjechała Kartuzy od Krzyżowej Górki aż po najdalsze brzegi Jeziora Karczemnego, nie znalazła ubojni. Wróciła z wiadomością, że chyba już takiej nie ma, a ludzie, słysząc, o co pyta, stukają się w głowy. Mówią, że teraz milicja rekwiruje świnie, a za mięso ukrywane w domu można nawet pójść do więzienia. Brzmiało to prawdopodobnie: władza ludowa ciągle coś rekwirowała – a to sprzęt do pędzenia wódki, a to piec do wędzenia, rower, samochód, latarkę, prądnicę – znały to z kronik w objazdowym kinie.

Rudy Cygan, który zajeżdżał do średniej siostry, sam zaczął temat: chętnie pomoże, zna się, wie, gdzie ciąć. Potrzebuje tylko skompletować noże – i panny Trudy do pomocy, by przemawiała do zwierzęcia dla uspokojenia swoim ciepłym głosem. Ilda znów musiała pojechać do Kartuz, tym razem po ostre noże, lecz i tych nie było. Szczęśliwie Rudy Cygan dwa dni później znów odwiedził ich dom, z zestawem potrzebnych narzędzi.

Ilda miała przygotować miejsce. Wybrała kawałek ubitej ziemi pod jabłonką – zwierzę można było przywiązać do pnia sznurem. Tam ułożyła nóż na kawałku błękitnej flaneli, znalezionej w kufrze z wciąż użytecznymi skrawkami materiałów. Dzień mieli ciepły, lato prawie czuć już było w powietrzu, i tylko pies, od rana szarpiący się na łańcuchu, zakłócał spokój. Musieli zaczynać. Dropiata, prowadzona przez Trudę, tym razem wyszła onieśmielona z chlewu. Przez cały ogród przeszła grzeczna i ufna. Jak nie ona. Mądre zwierzę, wyglądało, jakby skłonne było dygnąć najuprzejmiej. Jakby przeczuwało już, że coś się zdarzy. Dobrze szło, do czasu aż Truda złapała się za głowę, a po chwili za serce, mamrocząc, że zaraz będzie mdleć. Biadoliła, narzekała, aż udzieliło się to psu, który zaczął szarpać się przy budzie. Hałasując łańcuchem, przestraszył świnkę. Ilda, rozzłoszczona teatrem odgrywanym przez Trudę, miała ochotę podejść i potrząsnąć siostrą – ale użyła tylko słów. Wówczas jednak i Gerta zaczęła narzekać, że dlaczego teraz i dlaczego właśnie na podwórku. A kiedy wszystkie siostry podniosły głosy, kłócąc się, świnka szarpnęła sznurem, tak aż zatrzęsła się jabłoń. Przerażona, pociągnęła raz jeszcze, mocniej i pisnęła cienko, ostro, przeraźliwie. Siostry wreszcie zamilkły.

Rozela

– Proszę zaraz do domu – powiedziała Rozela do córek, jak do dzieci. Gdy poszły obrażone, sama delikatnie wzięła w ręce zmarszczony ryjek świni i zaczęła mówić do niej, żeby się nie bała, że ona, Rozela, wie, co to dla niej znaczy, że tak już jest. Trzeba się życiem podzielić. Im dłużej głaskała zwierzę Rozela, tym bardziej ufna była świnka. Nie żeby Rozela cokolwiek taiła. Nie żeby chciała zwierzę oszukać. Patrzyła wprost w oczy Dropiatej – blade, niebieskie, z ledwo widoczną różową obwódką – poważnie i długo, aż zwierzę zrozumiało.

I siedziały tak, jedna – głaszcząc, druga – nadstawiając kark, aż świnia zaczęła płakać jak dziecko. Nieraz już widziała Rozela takie łzy: wielkie, błyszczące, cieknące z mętnych oczu. Nie przestawała więc głaskać. Może godzina minęła, może dwie, aż uznała, że to już. Odsunęła się, by nie pobrudzić krwią sukni, i chwyciwszy miękki, porośnięty białym włosiem ryj w obie ręce, powiedziała Rudemu, by zaczynał.

Mężczyzna załatwił sprawę jednym cięciem. Trafił dobrze. Krew najpierw chlapnęła na drzewo, spryskując palce Rozeli, oszczędzając ubranie, a zaraz potem popłynęła spokojnie, fala za falą, w swoim rytmie. Nie wypuszczała Rozela blednącego ryjka z rąk. Widziała, jak Rudy Cygan solidnym chlustem wymiotuje pod jabłonką, wsiada na rower i odjeżdża. Świnka patrzyła wprost na nią swoimi mokrymi, zdziwionymi oczami, a ona, Rozela, wiedziała, że musi wytrzymać to spojrzenie. Mówiła najcieplej, najspokojniej jak umiała, że już dobrze, że co najgorsze, to za nimi. Głaskała świński łeb, a krew płynęła. Długo jeszcze siedziały razem pod drzewem. Aż ciało świni zrobiło się chłodne.

Truda

Trzeba było przenieść Dropiatą na kuchenny stół. Zbliżał się już wieczór, gdy siostry zobaczyły przez kuchenne okno, że matka próbuje zrobić to sama. Gerta i Ilda wyszły zaraz do niej, ale nawet we trzy nie dawały rady. Racice wyślizgiwały się, łeb opadał. Zawołały Trudę. Ta pomyślała, że warto by teraz zemdleć, lecz im dłużej patrzyła na wykarmione w świniej kuchni ciało, tym mniej się go bała. Dla próby tylko chwyciła za racicę. Ciało jak ciało. Spróbowała położyć dłoń na łbie. Z pewnością wciąż był to łeb Dropiatej. Taki sam.

W końcu poszła do domu po prześcieradło, jedno z tych, które osobiście zszyła w rękach z resztek materiału, i pomogła przeturlać świnię. Wzięły ją, szurając prześcieradłem po przerzedzonej trawie. Zatrzymały się jeszcze przy studni, gdzie matka nabrała wody i polała z wiaderka martwe ciało. Przeturlały świnię na drugi bok. Potem ścierką z błękitnej flaneli, kawałek po kawałku, matka wytarła do czysta całą skórę. Na koniec wciągnęły Dropiatą na prześcieradle po schodach.

Stół okazał się za wysoki, by tam ułożyć tuszę. Zostawiły ją więc na podłodze, podkładając wszystkie szmaty, jakie znalazły się w domu, żeby krew nie nakapała do spirytusu w piwnicy. Truda, sądząc, że na tym skończy się jej zadanie, zawczasu poukładała na stole krótsze i dłuższe noże od Rudego Cygana, jakieś dawno już zapomniane egzemplarze młotków, wyszperane na strychu, śmieszny tasaczek z rączką wysadzaną bursztynami, piłę do drewna z czerwoną, lakierowaną rękojeścią. Prócz kompletu narzędzi – wystawiła jeszcze tę cembrowaną wanienkę na deszczówkę, wypełnioną teraz wrzątkiem, z precyzyjnie ułożoną na jej skraju szczoteczką, szmatkami i pędzelkiem, i pięć garnków różnej wielkości: w każdym pływał kartofel, bo tylko tak można było się przekonać, czy zaprawa z wody, saletry i soli jest gotowa, a proporcje właściwe. Na koniec Truda wzięła jeszcze poduszkę, licząc się z tym, że matka będzie zła o takie marnotrawstwo gęsiego puchu. Trudno. Wzięła ją, by śwince było wygodnie.

Zaczęły od łba. Ułożyły go miękko na poduszce. Podstawiły miskę i ugniatając tuszę kawałek po kawałku, wydusiły jeszcze trochę krwi. Potem matka wzięła nóż i pociągnęła dalej tam, gdzie zaczął Rudy Cygan. U nasady czaszki zobaczyły kręgosłup. Matka najmniejszym nożykiem precyzyjnie wcisnęła się pomiędzy kręgi. I tak powoli, lekko podważając, wwiercając się, manewrując, wyskrobała otworek na tyle duży, żeby zmieściło się dłuto. Na koniec oddała je Trudzie. Ta delikatnie uderzała w nie tasaczkiem, aż w kościach chrupnęło. Kręgosłup rozdzielił się na dwie części. Odsunęły na bok łeb Dropiatej, leżący wygodnie na poduszce. Wyglądał, jakby zwierzę spało.

Truda chwyciła świecę i zabrała się do opalania skóry, omal nie paląc sobie przy tym rozjaśnionych do białości włosów. Miejsce po miejscu słonina różowiła się, ale pękała przy tym, więc Truda zmieniła technikę – ledwo tylko ogniem łaskocząc delikatne, jasne włoski, które bliżej grzbietu przechodziły w szczecinę. Siostry tymczasem wzięły kawał węgla i uważnie wpatrując się w linie na wyciętym z jakiejś starej książki obrazku patroszonej świni, starały się odtworzyć każdą z nich na ciele Dropiatej, żeby wiadomo było, gdzie ciąć nożami, by wyjąć łopatkę, którędy poprowadzić nóż do szynki, co z racicami i na jakiej wysokości obciąć ogon. Rudy Cygan miał dobry pomysł z tym obrazkiem.

Najgrubsza linia szła w poprzek, pomiędzy nogami Dropiatej, i z drugiej strony, przez środek kręgosłupa. Truda pomyślała, że nawet przy użyciu piły to się nie może udać, a wystarczyły dwa noże i tasak. Osiem rąk cięło, zanurzało się, wyciągało i wydzierało kawały mięsa. Aż Truda powiedziała ni do siebie, ni w przestrzeń, że to wszystko jest jak w teatrze; tym, który nieraz przed wojną zajeżdżał do wsi, a wówczas nawet niebo stawało się piękniejsze, chmury bardziej kołtuniaste, nawet trawy porastające górę grały. Teraz i wiatr wyjący, i trawy, i niebo, i jezioro za oknami, wreszcie one same pochylone nad Dropiatą wydały się nagle Trudzie częścią tajemnego widowiska.

Ciemniało, a roboty było jeszcze dużo. Kończyły przy lampie naftowej i ogniu z otwartego pieca. W pomarańczowym świetle błyszczały kawały mięśni wyciętych z zadu świni, świeże, mokre, jakby kto lukrem pociągnął, teraz zawijane rękami Trudy w kształty bardziej okrągłe za pomocą jedwabnej, błękitnej nici. Boczek, wycięty w płatach wraz z opaloną ze szczeciny skórą i przeznaczony na smalec, zawisł na sznurze przeciągniętym od okna do drzwi pokoju. Przemielone mięso z łopatki, zmieszane z majerankiem i kminkiem, pracowite ręce za pomocą starego a grubego lejka wtłoczyły wprost w wyszorowane jelita. Serce i wątrobę, pokrojone na kawałki, zalały krwią z dużą ilością majeranku i pieprzu i włożyły do słoików, dostarczonych na prośbę Trudy przez Rudego Cygana. A te z kolei zostały ustawione na ogniu, żeby trzymały świeżość. Pięć z nich siostry przeznaczyły dla komiwojażera. O tak, z pewnością należała się Dropiatej ich wdzięczność.

Kończyły już, ale matka ciągle szukała macicy. Ostrożnie namacała coś palcami pomiędzy stertą kiszek. Delikatnie, powoli wyciągnęła ją: małą, błyszczącą i różową kulkę sprężystej tkanki, z przytwierdzonymi po bokach błoniastymi skrzydełkami. Taki różowy nietoperz, naprawdę nic specjalnego. Obejrzała to matka pod światło i jeszcze powiodła palcem po motylich skrzydełkach, szalenie zdziwiona, by na koniec wzruszyć ramionami. – Niepojęte – mamrotała pod nosem – i smutne – nim wrzuciła tę mięsną szmatkę wprost do ognia.

Zawahała się, czy tego samego nie zrobić z bezużytecznym przecież zakręconym ogonem – ale nie. To był jednak ogon ich Dropiatej. Wtedy Truda zawiązała na nim czerwoną wstążkę i powiesiła go nad kuchnią. Został tam na lata.

Pracowały tak do czwartej, może piątej rano, aż pod podłogą, w piwniczce, w chłodzie, bo piecyk został chwilowo wygaszony, pod napisem *spiritus flat ubi vult*, uczynionym ręką nie wiadomo kogo, w idealnym porządku stanęło pięć garnków, w których peklowały się szynki, boczki i schaby. Gdy kobiety kładły się spać o porannym brzasku, każda z nich myślała, że to był naprawdę dobry dzień. Naprawdę dobra wiosna.

Ilda

W dwa tygodnie po zakończeniu wielkiego peklowania Ilda powiedziała matce i siostrom, że wyjeżdża. Gdy wysłały ją do Kartuz w poszukiwaniu noży, w witrynie sklepu na placu Brunona znalazła ogłoszenie o pracy przy przesiedleniach. Wysłała list. Właśnie przyszła odpowiedź, więc jedzie.

Nie tyle pojechała, ile uciekła. Najbardziej podobało jej się, że praca jest aż w Olsztynie. Rzeczywistość okazała się mniej ekscytująca. Ilda miała co rano stawiać się w biurze i kierować ludzi na zachód, tam gdzie były jeszcze wolne domy. Listę należało raz dziennie ustalać przez telefon. Na linii trzeszczało, a mówiący bardzo dziwną polszczyzną komendant wojewódzki aż gotował się ze złości, że musi powtarzać kilka razy. „Nie: Możieeelno, Mogiieelno! Stacja Szczelin. Nie!

Strzelin!". Ilda odcyfrowywała nazwy nieznanych jej miejsc najlepiej, jak umiała, i pilnie uczyła się mapy. Gdy zamykano biuro, siadała z lampą naftową i wędrowała palcem: od Strzelina do Wałbrzycha, od Kiezmarka do Niborka, a czasem od Wiefczni do Safronki, ciekawa, gdzie też jeszcze życie ją samą zaniesie.

Spać chodziła do ogólnej noclegowni. W poustawianych rzędami barakach, śmierdzących jeszcze spalenizną, zwiezionych podobno ze Sztutowa, gdzie w wojnę był niemiecki obóz koncentracyjny i tysiące ludzi puszczono przez kominy, teraz ustawiono łóżka, na których koczowali powojenni tułacze. Córki, matki, ciotki, do których czasem przyplątywał się mężczyzna. Za dobytek każdy miał nie więcej niż tobół ubrań i drobnych naczyń. Choć oczekiwanie na przydział nie trwało długo, każdy, gdzie mógł, zaznaczał swoją własność: ogródek z rzodkiewkami, które nie zdążą wyrosnąć, prywatna kuchnia budowana własnoręcznie z kamieni na skrawku gruntu wydzielonym pomiędzy kontenerami, choć wokół wiele było podobnych, porzuconych już kuchni.

Wesoło było jak na wiejskim pikniku: śpiewy, garnczki aluminiowe krążące pomiędzy koloniami, produkcja czego bądź do osłodzenia wieczoru – od kart do gry własnej roboty po kulki z kaszy na cukrze, cenione nawet przez tych, co potracili zęby. Dziwny piknik: ślepe babki dziergające pończochy z kordonka, kobiety trochę młodsze i zupełnie młode, które wciąż coś prały bądź suszyły, dzieci zapędzane do czyszczenia zastawy, której skrzynie znaleziono w ruinach dawnej fabryki Gerlacha i za którą u obwoźnych handlarzy można było dostać dobrą cenę. Powszechna wesołość, wspólny śmiech, życie. Ubrania rozwieszone do wietrzenia ktoś komuś ubrudził psią kupą, nie wiadomo kto zrobił gwoździem dziury w czyichś butach.

Jeśli ktoś jawnie psuł atmosferę pikniku – jak ta młoda, jasna, ze stolicy – biada mu! Narzeczonego zostawiła w płomieniach w Warszawie, przy ulicy Pawiej, na pierwszym piętrze, w mieszkaniu, które miało ściany o kolorze groszkowym. Wciąż opowiadała z detalami, choć nikt nie chciał słuchać. Tamtego dnia kamienica po kamienicy szli Niemcy, miotając ogień. Dom po domu, podwórze po podwórzu podpalali wraz z tym, co było w środku. A oni, młodzi powstańcy z getta, uciekali strychami i choć nie mieli szans, czasem wypuszczali się z pistoletami na Niemców. Narzeczony oberwał z karabinu. Zaklinał ją na wszystko, na miłość, na całe ich przeszłe i jej przyszłe życie, żeby poszła z innymi. Dwa domy dalej już wszystko stało w ogniu. Pytał tylko, czy mogą dać mu kulkę na śmierć bardziej ludzką. Nie mogli.

Zostawili żywego. Słyszeli potem, jak krzyczy, czuli, jak bucha gorąco z palonego domu. Młoda i jasna, której nikt nie pytał o imię, w dzień mówiła, chociaż nie słuchali, a w nocy budziła wszystkich krzykiem. To jeszcze wybaczyliby, wielu teraz krzyczało, ale smutek był nie do wybaczenia. Zupę ktoś jej rozlał, menażkę wrzucił do klozetu, pranie postrącał z linki, te dwie nędzne, zszarzałe półhalki, wielokrotnie cerowane rajstopy i brzydki, poplamiony podkoszulek.

Zamiast smutku ludzie chcieli nadziei. Tę miała im dać Ilda. Czy widziała dom? Jakieś meble? A może wyściełane? Opowiadała więc, pojęcia nie mając, meble są, okolica wyjątkowo malownicza, bo rzeka jest i góra, a przynajmniej tak wynika z mapy, krowy tam podobno wyjątkowo mleczne. I przez wojnę wszystkich nie wybiło.

A w nocy kotłowało się pod kocami. Czasem padały deklaracje o ślubach, czasem to dzieci ciągnęły za nogawki różnych konwojentów albo listonoszy, żeby poszli z nimi na wspólne gospodarstwo. A gdy się który zgadzał, kobiety zajmowały się nimi jak bohaterami, choćby to byli łajdacy i tchórze. Leczyły obce rany, jakby nie miały za domami własnych trupów. Patrzyły potem z wyrzutem, przyganą, a czasem nawet rozpaczą, jak magazynier, już niemówiący im „dzień dobry", zawieszał wzrok na ogromnym biuście Ildy.

Mężczyźni patrzyli na nią. Pomimo tych jej ubrań niekobiecych, tych za wielkich koszul z klapami na piersiach i spodni workowatych, pomimo tej bielizny zszarzałej i brzydkiej, którą z ostentacją rozwieszała na linkach pomiędzy nie wiadomo gdzie zdobytymi halkami z koronek, ciągnęło mężczyzn do Ildy. Żadnego nie chciała.

Na Dziewczą Górę z początku przyjeżdżała rzadko. Najwyżej raz na trzy albo cztery tygodnie, żeby spędzić z matką i siostrami kawałek soboty i niedzielę. Przepędzała czas przy stole albo szwendając się po ogrodzie, po czym wsiadała na motocykl i znów była w Olsztynie. Początkowo zachwycona zmianą, po kilku miesiącach zaczęła trochę tęsknić. Za matką i jej szorstkim ciepłem, za Gertą i jej nieznośną skłonnością do dyrygowania całym domem, a najbardziej za Trudą – za jej dziwacznymi pomysłami, impulsywnością, krzykliwością, za potrząsaniem kudłatą głową ponad talerzem z zupą – lecz też za ujmującym zwyczajem, by w zimną noc, jak w dzieciństwie, wskoczyć siostrze do łóżka, nie bacząc, że już dawno przestały być małe. Przytulone, grzały się potem o siebie aż do rana. Sama Ilda nigdy nie miała śmiałości, by zrobić coś podobnego.

Pewnego razu nie zastała Trudy. Ani Gerta, ani matka nie chciały nic powiedzieć. Matka milkła obrażona, jakby o Trudę nawet pytać nie było wolno, a Gerta powtarzała, że nie ma żadnej sprawy. Albo – że nic nie wie. Przecież kiedy weszła, Truda już trzymała się za stłuczony policzek, a zimna dusza od żelazka leżała na podłodze. W końcu Ilda wydusiła z siostry groźbą i szantażem, że Truda mieszka teraz w Gdyni. Radzi sobie doskonale. Jej sprawa. Nie chce, niech nie wraca.

Truda

Od kiedy Jakob wyjechał, Truda nieraz wyobrażała sobie, jak pakuje się, opuszcza dom, żeby ruszyć za nim. Każde najskromniejsze mieszkanko w najbrzydszym z miast było lepsze niż wieś. Choć od rozstania z Jakobem minęło sześć miesięcy, żaden list nie nadszedł. A z domu nie ona wyjechała, ale Ilda. Truda już nie mogła dłużej czekać.

Wychodząc po raz kolejny z kartuskiej poczty bez listu, poślizgnęła się na ulotkach rozrzuconych przy schodach. Reklamowały Gdynię. Na kartce gazetowego papieru pisano, że nowe miasto oferuje każdemu nowe życie – szkoły, wzięte zawody, przyszłość, zatrudnienie, a być może nawet i meldunek. Każde z tych słów mocno przemawiało do Trudy. Wyobrażała sobie, że to będzie właściwsze powitanie. Gdy już przyjedzie Jakob, zastanie ją nie pośród świń, lecz w eleganckim biurze, w mieście.

Następnego dnia, rankiem, pojechała złożyć podanie. Podróż była z przesiadką. Truda przestraszyła się, kiedy w Gdańsku, z dworca, którego ściany szczęśliwie się zachowały, zobaczyła ruiny po horyzont. Pomiędzy pokruszonymi cegłami, stosami połamanych dech i rozbitych dachówek wykopano korytarze. Nie wyszła jednak z dworca. Chciała już wracać do domu. Szczęśliwie Gdynia okazała się zupełnie inna – nowe miasto, równe, szerokie ulice. Piękne domy, a w nich witryna przy witrynie. A w każdej – lepszy świat. Tkaniny, porcelana, światła miasta.

Na Dziewczą Górę wróciła tylko po walizkę. Inaczej niż Ilda, która do zwykłej torby papierowej wzięła dwie pary majtek, parę spodni i dwie męskie koszule, Truda do szkoły potrzebowała znacznie więcej. Odłożyła do pakowania sukienki na ciepłą oraz zimną pogodę, płyn do układania włosów, trochę biżuterii, krem, rajstopy, buty, chusteczki, tusz do rzęs, pomadkę oraz pół kurczaka duszonego. Sukienki postanowiła wyprasować, bo przecież nie mogła do miasta, pomiędzy ludzi, wziąć wymiętych.

Żelazko było w świniej kuchni. Matka mówiła, że popsute, lecz Truda chciała to sprawdzić, bo też co się mogło popsuć w takim kawale metalu? Na stole ułożyła koc, nakryła go płótnem, na tym ustawiła żelazko. Wyjęła duszę. Wówczas weszła matka. Chwyciła duszę i tym ciężkim kawałem metalu uderzyła Trudę w twarz.

I tak pierwszego dnia w nowej szkole Truda zjawiła się w nieodprasowanej sukience, z włosami, których po raz pierwszy w życiu nie miała siły ułożyć, z opuchniętym policzkiem i fioletowym cieniem wokół lewego oka, które nie było pomalowane. Szła przez tę modną Gdynię z głową wciśniętą w ramiona, patrząc jedynie pod nogi, nieczuła na urok witryn, na klasę tych szerokich, okutych mosiądzem i wyłożonych drewnem orzechowym drzwi. Znalazłszy właściwy adres, nie spojrzała na szeroką, nowoczesną fasadę Liceum dla Dorosłych. Nie podnosząc oczu na kobietę siedzącą w portierni bursy dla uczennic, poprosiła o klucz do właściwego pokoju. Nawet się nie zmartwiła, że dostaje nie pokój, lecz łóżko w dusznej sali, zastawionej piętrowymi pryczami.

Unikając spojrzeń, doszła na sam koniec pomieszczenia, usiadła na ostatnim łóżku. Z nikim nie zamieniwszy słowa, położyła się spać, nakryta kocem, z postanowieniem, że jej noga już nie postanie na Dziewczej Górze.

Gerta

Truda nie dawała znaku życia. Wieści o niej docierały do wsi od sąsiadki: chwalą ją, bo pracuje jak szalona, siedząc w książkach nawet wtedy, gdy już wszyscy wyjeżdżają do domów. Obudzona w nocy, potrafi wyrecytować odległość spacji z zajęć z maszynopisania i wszystkie rodzaje śledzi, jakich kazano się im wyuczyć na towaroznawstwie. Podobno ma zwierzęcy wprost talent do liczb. Wyłapuje natychmiast zabłąkaną albo niepotrzebną – jak kot, który widzi mysz tam, gdzie inni nigdy jej nie zauważą. Aż ją stary wileński profesor, ledwo już ciągnący nogami po kamiennych posadzkach, przychodzi oglądać jak cyrkowe zwierzę i pokazuje innym. To wszystko matka z siostrami wiedziały, nie mając od samej Trudy żadnych listów.

Zjawiła się Truda nieoczekiwanie dopiero w którąś sobotę, od progu pytając o list. Jaki list? Gerta nie miała pojęcia. Matka jedynie wzruszyła ramionami. Wieść o liście z Berlina przekazano Trudzie z kartuskiej poczty, więc teraz chciała go dostać. – Widać pomylili się – powiedziała matka, ale ani Truda, ani Gerta jej nie uwierzyły.

Truda poszła z matką do pokoju i długo rozmawiały. Wyszła już mniej zacięta i uparta. Z początku nie chciała opowiadać o szkole, by w końcu przyznać, że po miesiącach uczenia się dniem i nocą ma wiedzę ogromną, ale zupełnie niepotrzebną. I żadnego pomysłu, co dalej.

Gerta nie mogła pojąć wyborów życiowych swoich sióstr. Obie zostawiły dom, matkę, własne łóżka, ogród i jezioro, kuchnię, w której można

oprzeć się o własny piec i zawsze gdy się chce, na-
kroić sobie chleba, by spędzać noce w salach peł-
nych obcych ludzi, na metalowych pryczach ustawionych w rzędach. Nie mogła pojąć też świata,
z którego wracały siostry. Starań Trudy w szkole, by zdobyć przydział meldunkowy, jeśli będzie
najlepszą uczennicą i jeśli szkoła skieruje ją do
pracy, bo w świecie Trudy nie można mieszkać
tam, gdzie się chce. Opowieści Ildy o ludziach ce-
lowo wsiadających nie do tych pociągów co trzeba,
przekonanych, że tam, gdzie kierują innych, musi
być lepiej niż tam, gdzie oni dostali przydział.
O piszących skargi – na Ildę, na partię, na nowych sąsiadów. Że domy nie takie, a informacja
źle zorganizowana. Gdy Ilda narzekała, że ludzie
piszą kłamstwa, oburzona Gerta odgrażała się,
że pójdzie opowiedzieć o tym do gazety. Niech
dziennikarze opiszą! Ale Ilda tylko machała ręką.
Potem pomyślała, że może każdy dziś musiał się
poawanturować? Żyjąc wśród grobów, wypalo-
nych podwórzy, zwalonych mostów, zburzonych
ulic, powywracanych pociągów leżących kołami
do góry, jak ten nieopodal, pod Pępowem, może
każdy czuje tę samą złość?

Ta złość była nawet w ich domu. Nie dało się
od niej uciec. Ilda wciąż mówiła o nadziei. A skąd
miałaby się brać nadzieja? Chodząc po domach
z miodem i jajkami, Gerta nie widziała nadziei.

Widziała za to pijane bandy włóczące się wieczorami od obejścia do obejścia, jakby te chłopaki, co powracały z wojennego piekła, już nie potrafiły żyć w zwykłym, porządnym świecie. Gerta bała się tych mężczyzn. Liczyła się z tym, że w końcu przyjdą i do nich, i modliła się, aby to się nie wydarzyło. Którejś nocy usłyszała jednak głośne kwiczenie świń i silniejsze niż zwykle walenie łańcuchem w metalową budę. Wiadomo było, że to oni. Gerta chciała zaraz ryglować drzwi, ale matka wzięła pogrzebacz i poszła przez ogród wprost do świniej kuchni. Gerta pobiegła za nią. W świetle lampy karbidówki za matki plecami zobaczyła dwóch mężczyzn. Niższego z nich, drobniejszego, znała jeszcze sprzed wojny, kiedy twarzy nie miał jeszcze czerwonej. Mówiono o nim, że potrafi naprawić wszystko, co ma silnik. Potem opowiadano, że się zaplątał zbyt blisko wykolejonego pociągu do obozu, kiedy Niemcy strzelali do Żydów, i że za nim też posłali serię z karabinu. Wszyscy myśleli, że umarł. Gdy go zastały w chlewie, wciągnął spodnie i uciekł.

Wróciły do domu, nic nie mówiąc. Gerta poszła spać do ostatniego pokoju, lecz słyszała przez ścianę, jak matka kręci się po kuchni i stuka naczyniami. Nazajutrz, gdy wstała skoro świt, zastała matkę w ogrodzie. Pogrzebaczem wyrywała perz, aż leciały wokół grudy ziemi. Na kuchennym stole w idealnym porządku leżały nici, od zawsze poplątane, wrzucone w nieładzie do pudełka po herbacie. Teraz ułożone były kolorami, precyzyjnie ponawijane na szpulki.

Rozela

Tymczasem na Dziewczą Górę przyszedł prąd. Słupy były już wkopane, główne sieci pociągnięte aż z Kartuz, wystarczyło podłączyć okoliczne domy.

Zobaczywszy trzech młodych robotników na podwórzu, Truda, która ostatnio zaczęła częściej przyjeżdżać do domu, zaprosiła ich do kuchni. Dając im po kawałku chleba, nagle odzyskała całą swą zalotność, cały dobry humor. Zamiast spać w tych barakach – rzekła – mogliby zatrzymać się u nich, w dużym pokoju od drogi. Po czym spakowała swoją wielką torbę i pojechała do Gdyni. Rozeli i Gercie zostali goście do obsługi.

Prócz monterów zjawił się zaraz za Trudą Rudy Cygan, jakby go węch przywiódł. Odwiózł Trudę pekaesem do szkoły, by wrócić tego samego dnia po południu, z psem. – Prawdziwy diabeł – powiedział zdziwionej Rozeli, tak by słyszeli monterzy.

Dziwny był to pies i brzydki. Tułów długi, nogi krzywe i tak krótkie, że zwierzak brzuchem prawie ciągnął po ziemi, łeb wielki z pyskiem ostro zakończonym i z uszami tak dużymi, jakby pochodziły od innego zwierzęcia. Ciągle ujadał. Rudy Cygan, wyraźnie zirytowany obcymi mężczyznami w domu, którego on sam nie zdążył jeszcze zostać gospodarzem, wziął psa w obie ręce i machnął nim w stronę jednego z monterów, niby tak, dla żartu. – Będzie diabeł dobrze pilnował domu – powiedział. A pies, jakby intencje Rudego odczytując, cały się najeżył, wytoczył pianę z pyska i zaczął ujadać na cienkich tonach tak wściekle, że aż oczy mu poczerwieniały. Potem wywinął się z rąk komiwojażera i jednym szarpnięciem wygryzł dziurę w spódnicy Rozeli. Monterzy, tak zajadle obszczekani, nagle przyspieszyli z robotą i kable były położone, a oni gotowi do drogi, byle nie nocować.

Rudy Cygan przekonywał, że to jest pies rasowy, jednak Rozela zażądała dla niego łańcucha. I tak zamieszkały w jednej budzie dwa psy: Duży, kudłaty, strachliwy, oraz Mały, zajadły. Większy mógłby z dziesięć takich małych połknąć za jednym kłapnięciem, a jednak to Mały wyznaczył zaraz, ile miejsca w budzie przysługuje Dużemu.

Nowy pies okazał się popędliwy, ale niepozbawiony rozsądku. W mig się połapał, kto karmi, kto jest w łaskach karmiącego. Wiedział, że należy witać przyjaźnie Rozelę, grzecznie odnosić się do jej córek i tolerować Rudego. Przymusową grzeczność pies rekompensował sobie zdwojoną zajadłością wobec listonosza, wszystkich, którzy zachodzili pobujać kurę, i samej kury. Gdy się wściekał, to się ślinił, a gdy się ślinił, to chciał pić. A wtedy pił tak dużo, że zaraz zasypiał z brzuchem rozdętym jak balon – i na czas jakiś był spokój.

Kable położono, ale na prąd czekać trzeba było jeszcze kilka tygodni. Już prawie lato szło, a sztuczne kwiaty z polimerii, przewieszone na nowy, nieczynny jeszcze kawał kabla z żarówką, straciły kolejnych kilka główek. Najbardziej niecierpliwa była Truda. Przywiozła z Gdyni nowe, elektryczne żelazko, z czerwoną drewnianą rączką. Smukłe i niewielkie, filigranowe wręcz w porównaniu do tego starego, na duszę. Ustawiła to nowe cacko na stole gestem tak mocnym, jakby wbijała miecz w pole bitwy. A patrzyła przy tym w oczy matki hardo.

Nowe żelazko stanęło na szafie, stare zniknęło na dobre. Rozela była pewna, że to sprawka Trudy. Jej córka, że to gest matki. Takie przeprosiny.

Gdy prąd wreszcie popłynął, Truda rozłożyła stół, nakryła go kocem i jednym z prześcieradeł, na krzesłach rozłożyła rzeczy do uprasowania; kolejne prześcieradła, obie sukienki, zieloną i niebieską, suknie Gerty i męską koszulę taliowaną, którą zdobyła gdzieś dla Ildy. A potem, gestem

tak szerokim i nabożnym, jakby siadała do forte-
pianu, chwyciła wtyczkę i umieściła w kontakcie.
Prąd popłynął. Żelazko się rozgrzało.

Rozela bardzo się starała, by ani Truda, ani
Gerta nie zauważyły, jak jej drży ręka za każdym razem, kiedy brała od Trudy nowe żelazko.
To chyba źle – pomyślała – że jest takie lekkie.
Pierwsze dotknięcie materiału, pierwszy syk wy-
dany przez spryskane wodą prześcieradło, ten ob-
łok pary, który poszedł w górę i aż oparzył twarz
Rozeli – przyjęła ze ścierpniętą skórą. Mocniej
uchwyciła się czerwonej rączki, suwając kawałem
gorącego metalu po tkaninie. Nowe żelazko było
takie śmigłe!

Skończyły prasować wieczorem, gdy wokół
piętrzyły się stosy gotowej pościeli. Truda – dumna z siebie, bo sama zarobiła na pierwszą rzecz do
wspólnego domu, Gerta – podekscytowana, Rozela – cicha i skupiona. Córki poszły jeszcze do ogrodu w jaśniejącym księżycu popatrzeć na jezioro, a Rozela zajęła się układaniem prześcieradeł.
Pachniały, gdy jedno po drugim wkładała do szafy.
Własne prześcieradła do własnej szafy.

Gerta

Wstyd! Biała puściła się z dzikiem, a Truda puściła się z Cyganem! Najpierw jedna, a zaraz potem
druga!

Pierwsza była Biała. Cwana świnka. Choć sprawiała wrażenie cichej i niekłopotliwej, umiała to ziemniaki ukraść z kuchni, to wyjść na drogę, gdy ją nieopatrznie wypuszczono do ogrodu. Ale jak otworzyła chlew?! Bo jakoś musiała to zrobić, skoro wczesnym popołudniem, gdy Gerta poszła sprawdzić gospodarstwo, wszystko było jak trzeba, a wieczorem znalazła już drzwi do świń otwarte na oścież. Knurek, niedojda, stał jak zwykle, wpatrując się w okno, przez które i tak nic nie mógł zobaczyć. A Białej nie było. Za to zza mirabelek, rozrośniętych tak, że teraz dochodziły aż do chlewa, słychać było pochrząkiwania i pohukiwania. Niewiele myśląc, wzięła Gerta kij, ten od podpierania grochu, i nabrawszy powietrza, dała nura prosto w gęsty krzak. Poczuła, jak ją drapią gałęzie, co tylko wzmogło jej złość. A gdy już znalazła się po drugiej stronie, zobaczyła trzęsący się zad.

To było takie okropne! To było takie straszne! To było takie ohydne!

Przeciw całemu światu i całemu zepsuciu sama jedna z tym kijem, wzięła zamach, mierząc w cielsko włochate, wypięte prosto na nią, pod ogon zadarty wysoko. Trafiła widać w czuły punkt, bo cielsko poderwało się i zawyło, aż głuche echo zadudniło na jeziorze. A kiedy zamiast wypiętego włochatego tyłka zobaczyła przed sobą dwa kły, nie miała litości. Waliła z całej siły, raz za razem, wyrzucając z siebie całą złość na to ludzkie zdziczenie i zezwierzęcenie. I waliła tak, nie patrząc nawet, że się kij połamał. Dalej okładała zwierzaka ostro złamanym końcem, jakby miotała piorunem, a nie kawałem gałęzi.

Być może kontrast pomiędzy dziczym p r z e d c h w i l ą i t e r a z był za duży, może nadmiar doznań całkiem skołował zwierzę. Wreszcie dwieście kilo ciała uznało, że ma dość. Najpierw śpiesznie, później nieco wolniej potruchtało do lasu, pokwikując i nawet się nie oglądając. Po jeziorze niosło się jedynie wściekłe, wysokie ujadanie psa oraz dudnienie łańcuchów o metalową budę.

– No, spokój – powiedziała Gerta do Białej, gdy już zostały same, patrząc prosto w jej świńskie oczka. – Spokój ma być. Nic nie mówimy i wracamy do domu. Poszły więc. Gerta, a za nią jej podopieczna, korna i zadowolona.

– Głupia, sprośna świnia – powiedziała Gerta i zamknęła samicę w chlewie.

Nie chciała, żeby ktokolwiek dowiedział się, co zaszło. Jak miałaby o tym opowiadać, nie czerwieniąc się? Niestety, Truda wszystko widziała z werandy, ponad mirabelkami. I gdy Gerta wróciła do domu, Truda mówiła tylko o tym. Jak jej siostra tym mikrym kijaszkiem... Jak dwieście kilo uciekało w popłochu. A wcześniej Biała kwękała pod tym dzikiem i wyglądała na zupełnie szczęśliwą.

– Te Ruskie są wszystkie takie same – powiedziała na to ich matka, Rozela.

– Ale czemu Ruskie? – zdziwiła się Truda.

– A czemu ty tak pytasz mamusię i pytasz – włączyła się pośpiesznie Gerta i jeszcze dodała: – A co to, przesłuchanie? Ty gestapo jesteś?

Obrót spraw był za szybki nawet jak na Gertę, lecz już nie umiała się zatrzymać. Gdy Truda zamilkła zaskoczona, siostra poprawiła jeszcze, całą złość, jaką miała, cały wstyd mieszcząc w jednym zdaniu:

– Może twój Niemiec cię nauczył?

A potem było, jak było. Pocieszała się Gerta, że Truda zawsze musi trochę pohisteryzować. Rozgrzeszała się, wypominając, że nawet gdy ubijali Dropiatą, Truda łapała się za serce i krzyczała, że umiera. Wreszcie złościła się, bo to zawsze lepiej złościć się niż płakać lub przepraszać. Ale dlaczego tylko ona jedna widzi tę teatralność gestów Trudy? Sama nigdy nie pozwoliłaby sobie na takie rozmemłanie i histerię. Truda chodziła jeszcze smutniejsza, jeszcze bardziej obrażona. W końcu stanęła na środku kuchni i powiedziała: – Chcą Polaka – będzie Polak.

W dwa tygodnie później, gdy wróciła ze szkoły, Rudy zajechał samochodem. Było to piękne auto, czarne bmw z biało-niebieską szachownicą na przedzie. Gerta z Trudą, wciąż jeszcze na siebie pogniewane, oglądały je razem, stukały palcami w karoserię, w końcu weszły do środka wypróbowywać sprężynowe kanapy. Gerta starała się niczego nie pobrudzić i nie popsuć, lecz Truda podskakiwała na kanapach jak dziecko, by w końcu obwieścić, zawstydzając Gertę przy właścicielu samochodu, że ją biust rozbolał. Piersi, choć płaskie, miała sterczące, z zawsze odstającymi sutkami; skacząc, poobcierała je do krwi niemal. Ale nie przestała się wygłupiać. Skakała dalej, tyle że trzymając się za piersi i raz po raz zaglądając sobie w dekolt. A Rudy Cygan łypał tam wraz z nią.

Cały dzień tak przesiedziały w samochodzie, Truda – drapiąc lakier paznokciami, wykręcając kierownicę i przełączając światła, a Gerta – wycierając flanelą to, co Truda obłapiła i ubrudziła jedzeniem. A gdy się już zrobiło szaro i Gerta poszła dać jeść świniakom i kurom, usłyszała, jak chodzi silnik. Pojechali – sami!

Nie było ich prawie do rana. Gdy następnego dnia Gerta zobaczyła siostrę – obolałą, okładającą sobie podrapane do krwi sutki liśćmi chłodzonej kapusty, niemal się rozpłakała. – To potwór – powiedziała o Rudym Cyganie, jak o dziku, naprawdę przestraszona. Na co Truda uśmiechnęła się tylko, machając ręką: – Bez przesady.

Truda

Samochód, którym zajechał Rudy Cygan, był pierwszą od miesięcy rzeczą z prawdziwego świata. Malowanie paznokci na perłowy róż, staranne tlenienie włosów, szminki, sukienki i obcasy nie mogły zamaskować faktu, że lato szło, a Truda żyła wśród świń. I nawet Gdynia – miasto o tysiąckroć doskonalsze od zapadłej Dziewczej Góry – w ostatecznym rozrachunku nie zmieniła wiele. Obcasy, którymi Truda mogła teraz stukać po gdyńskich chodnikach, pozdzierały się i pobrudziły na wiejskim piachu, i już nawet nie było sensu ich naprawiać. Tlenione włosy natychmiast łapały odór świń, śmierdziały drewnem palonym w piecu i popiołem. Były to zapachy po tysiąckroć trwalsze niż woń miasta i nadmorskiego wiatru.

Tak długo, jak miała nadzieję na rychły list od Jakoba, Truda jeszcze to znosiła. Więcej nawet: zdarzyło jej się rozpłakać rzewnie i serdecznie, gdy siedząc w ogrodzie na trawie i patrząc, jak niebo zmienia kolory nad jeziorem, wyobraziła sobie, że to już się stało: wyjechała i teraz tęskni rozpaczliwie za matką, siostrami, za wodą, chlewem, lecz już tego nigdy nie zobaczy. Wzruszała się, widząc w wyobraźni, jak nocami rozpacza w berlińskim łóżku, zwinięta w kłębek u boku Jakoba. Jednak w prawdziwym życiu jezioro było, a list nie przychodził.

Tymczasem tęskniła za Berlinem. Nie za miastem, które z niej życie wyssało, widziała raczej ulicę Marienstrasse, pełną sklepowych witryn, gdzie stały manekiny w garsonkach z żorżety „pudrowy róż", widziała przejeżdżające środkiem nowoczesne, wyremontowane tramwaje, stukoczące na zakrętach równie głośno jak obcasy kobiet. Berlin, za którym tęskniła, był szykowny i odbudowany i nikt już tam nie pamiętał wojny.

Bardzo rzadko myśl jej zbaczała w takie miejsca jak mansarda dawnej oddziałowej, Marie, tej, która uznawszy, że do oczu Trudy nieodzowny jest blond, w zbiedniałym, brzydkim pokoju z metalowym łóżkiem, zapleśniałymi ścianami oraz łuszczącym się lustrem całą głowę wysmarowała jej farbą, smród amoniaku tuszując kilkoma kroplami ciężkich perfum. Taka odmieniona, z włosami blond, szła potem Truda do łóżka Marie, jakby wchodziła w sen. A dzieła dopełniła, gdy za pieniądze przeznaczone na tygodniowy zapas chleba kupiła sobie szminkę. Jakiś człowiek zaczepił ją na ulicy: miał kartonik, a w nim te cacka w złotych, grawerowanych futerałach z lusterkami. Wybrała czerwień. Nie pamiętała już, co jadła i czy jadła, za to nigdy wcześniej ani nigdy później nie miała równie mocnej pewności, że zrobiła właśnie to, co powinna.

Dla tej szminki Jakob wrócił do domu, w którym zanocowali na dziko i z którego rankiem musieli uciekać. Wrócił, choć ryzykował, że zostanie rozpoznany. Wrócił, bo i on rozumiał, że tej wojny, upadku, poniżenia po prostu nie da się znieść, straciwszy nawet pomadkę. Nie musiała go Truda prosić. Niczego mu tłumaczyć. Odpłacała mu się więc teraz, czekając.

Pierwszy list przyszedł zaraz po tym, jak dzik dopadł Białą. A przeczytawszy, co jej Jakob napisał, chciała Truda jedynie, by było jak najmocniej, jak najbardziej dotkliwie. Żeby krew pompowana przez serce, zagnane choćby i na śmierć, wymyła każdą jej myśl. To ona powiedziała Rudemu Cyganowi, by odpalił silnik. A potem poprosiła, by zatrzymał się w zagajniku. Sama zdjęła stanik, a on, zawstydzony, zaczął od całowania. I tak się przy tym roztkliwiał nad kształtem jej obojczyków, nad obrzmieniem sutków, odrapanych do czerwoności od skakania, że zdołał ją rozczulić. Przekonany, że dziewicę ma pod sobą, udzielał jej rad, jak się powinna ułożyć, żeby nie bolało, na wszystkie strony wykręcając ją przy tym, podnosząc, przesuwając, przekładając, jakby piórkiem była. Zapierał się a to plecami, a to kolanami o oparcie foteli i wszystko w aucie niebezpiecznie trzeszczało i jęczało.

Gdy skończyli, zapytała go, jak ma właściwie na imię. Uśmiechnęła się, bo to było bardzo ład-

ne imię. Gdy już w domu, w ciemnościach, prze-
mknęła do łóżka, z wielką czułością pomyślała:
Jan. To jednak nie były uczucia, jakich chciała. Wyszła więc spod pierzyny równie cicho i po
ciemku odszukała w szufladzie pod stołem naj-
mniejszy i najostrzejszy z tych nożyków, którymi kroiły Dropiatą, i na wysokości pieprzyka, tuż
pod obojczykiem, nacięła sobie skórę na krzyż.
Dawno temu, w innym życiu, Jakob kawałkiem
węgla wyciągniętym z ognia narysował tam serce.
Trochę krwi teraz poleciało, a Truda poczuła ulgę.
Nareszcie.

W liście, odebranym dzień wcześniej z poczty,
Jakob Richert napisał po niemiecku:

Droga Trudo,

Nie będę się rozwodził, jak bardzo Cię wspomi-
nam. Proszę, nie miej do mnie żalu, lecz już na mnie
nie czekaj. Gdybyś tylko potrzebowała czegoś, daj
znać. Wiem, że ciężko u Was. Przyślę wszystko, co
trzeba.

Twój J.
PS Ożeniłem się.

Ilda

Przysłał list, a Truda poprosiła go o buty?!

Gdy w kolejny piątkowy wieczór Ilda przyjechała na urlop, zastała najstarszą siostrę ga-

niającą po podwórzu z dwiema kartkami papieru i Trudę, która biegała za nią, próbując jej ten papier odebrać. Gerta krzyczała, że po jej trupie, że nie pozwoli się siostrze tak skompromitować. A Truda odkrzykiwała, aż uszy bolały, że Gerta głupia jest i gówno wie. Na pierwszej kartce było jedno zdanie, czerwonym atramentem, pismem równym, statecznym i zdyscyplinowanym: Truda prosi o buty o obcasach odpowiednio wysokich i w kształcie dokładnie takim, jak się teraz nosi w Berlinie. Na drugiej kartce – stronie wydartej z gazety – był dokładny odrys stopy oraz osobno wymiary – długość i wysokość podbicia.

Ilda wzięła list od Gerty i oddała Trudzie. Ta, nie patrząc nawet, że się papier pomiął, zakleiła kopertę i poprosiła siostrę, by odwiozła list na pocztę. Sama zabrała się do prania pościeli. Na włosach – jak nie ona – zawiązała chustkę, zbyt szeroką spódnicę zamotała w pasie, a perłowo-różowy lakier na paznokciach Trudy rozmakał w rozstawionych po całym podwórku miskach z wodą i mydłem, bo prawie nie wyjmowała rąk z prania. A gdy Rudy Jan zajechał swoim czarnym bmw, uciekła do domu.

Przez najbliższe dni tak właśnie uciekała. Jak maszyna pracując przy zszywaniu bielizny, ale też malowaniu ocembrowania studni wielkim pędzlem, reperowaniu płotu w najdalszej części ogrodu, wychodząc z domu zaraz, gdy on wchodził. Jan, wyraźnie przekonany, że to z jego powodu, próbował zaczepiać, dowiadywać się, odgadywać życzenia, gdyby były. Cisza. Przywoził to młode króliki, które wzięła Rozela i kazała zaraz zrobić klatkę, to miękką, puszystą szynszylę, na którą Truda nawet nie rzuciła okiem. A gdy rozganiając drób, który znów wlazł do ogrodu i rozgrzebał pomidory, Truda rzuciła w przestrzeń, że liczyła w życiu na bażanty, a ma kury, Jan wydał się uskrzydlony: to było w końcu jakieś konkretne zamówienie. Wrócił po dwóch dniach, nie wiadomo – niepewny czy dumny – z czterema chudymi, szarymi kurczakami. – To pawie – powiedział. – Tylko jeszcze młode.

Truda nie zdążyła nic powiedzieć, gdyż Mały, najostrzejszy pies świata, zrobił taki raban, że aż wpadła w wibracje metalowa buda. Wszystkie pawie ze strachu wyciągnęły nogi. Rudy Jan w napięciu przykładał ucho do ich piersi, by cokolwiek usłyszeć. Żyły. Gdy ożyły zupełnie, dały nura pod auto i nie chciały wyleźć. Krzyczały tylko, a Jan próbował je stamtąd wyciągać. Po pawiemu krzyczały, w sposób tak głęboki, przejmujący, że aż sztywniały kręgosłupy. Tak strasznie smutno zawodziły i narzekały spod błyszczącego niemieckiego samochodu, że wszystkie koty z okolicy zbiegły się zaciekawione. Tak przenikliwie szczerze krzyczały małe pawie, tak chwytał za serce ich ni to płacz, ni to skargi dziecięce, że się Trudzie w oku zakręciła łza. No i poszło. Płakała przez cały wieczór. Siostry próbowały ją pocieszać i Jan próbował, lecz nic to nie dawało. Płakała przez całą noc i przez następny ranek, i przez cały dzień aż do późnego wieczora. Płakała tak i płakała, wyżymając kolejne chustki, aż się ich zebrała cała balia. Szła do łóżka, by płakać, z tego łóżka bosa wychodziła na werandę, by płakać. Po pięciu dniach i pięciu nocach wypłakała wszystko. Wyszła przed dom i powiedziała w przestrzeń: – Kocham pawie.

Po czym zabrała się do urządzania im życia. O, tu Rudy Jan ma zrobić miejsce do spania w stodole, żeby ciepło miały i żeby okoliczne wychudzone i zdziczałe koty przypadkiem któregoś nie upolowały. Tam, pod mirabelkami, wysieje się im więcej trawy, żeby nie ciągnęły ogonami po warzywach. A warzywa rzecz jasna się ogrodzi. Jan zwlekał z wyjazdem, wreszcie był szczęśliwy.

Ilda, która coraz bardziej ociągała się z powrotami do Olsztyna, budowała idiotyczny dom dla pawi wraz z Janem. Patrzył na nią skonsternowany, gdy brała za młotek lub, co gorsza, ciągnęła ciężkie, długie deski przez podwórze, jak mężczyzna, z którym w żadnym razie nie można było jej pomylić, ale nic nie mówił. Ilda waliła młotkiem, poprawiając kopniakami. Jakież to było proste! Tak zwyczajnie poczuć swoją siłę!

Gerta

Szynki i boczki knurze – bo i Gustaw musiał pójść pod nóż – wielokrotnie przewracane, zapeklowały się tymczasem w piwnicy pod podłogą, a potem obeschły na tyle, że czas był najwyższy odwieźć je do wędzenia. Adres dał Rozeli Rudy Jan, który wrósł w ich dom, i kwestia wesela z Trudą była przesądzona. Tylko data wciąż niewyznaczona, z powodu uporu Trudy, idiotycznego zdaniem sióstr. Siostry musiały szynki odwieźć same. Jan powiedział, że nie może pokazać się u wędzarza, dlatego że teraz pracuje w milicji. A produkcja mięsa w domach jest już nielegalna i on, wiedząc o świni trzymanej pod podłogą, powinien areszttować Rozelę wraz z córkami.

Matka zapytała go z przyganą, czy nie mógłby znaleźć sobie lepszej pracy. Jan zamilkł, nerwowo tupiąc nogą. W końcu wydusił z siebie, że przysięga: zrobił to, co najlepsze. Dały spokój.

Odwieźć szynki do wędzenia pojechały Ilda z Gertą. Rudy Jan pomógł upchać do przyczepki motocykla mięso, ciasno związane jedwabną błękitną nicią. Spakowali płaty boczku, z zachowanymi jeszcze białymi kośćmi, dwie nogi dobrze już obeschnięte i kiełbasę w jelitach. Zasiadła na tym wszystkim Gerta jak królowa. Pojechały, kurz podnosząc.

W Kartuzach długo nie mogły znaleźć właściwego podwórza, a bały się pytać o adres. W końcu wyszedł do nich jakiś młody mężczyzna i powiedział, że jeśli szukają wędzarni, to będzie tamto podwórko. Stanęły pod kanarkowożółtą kamienicą, a Ilda poszła rozpytać. Gerta została w przyczepce, usadzona na szynkach. Pierwszy pies zjawił się, gdy tylko Ilda zniknęła za bramą. Próbowała go Gerta odgonić, machając rękami i patrząc mu w oczy hardym wzrokiem, lecz szynki, leżące tam, stłoczone pod jej siedzeniem, nie dały psu odejść. Zdjęła but, walnęła go w łeb, ale za chwilę wokół motocykla pojawiło się całe stado kundli.

Wróciwszy, zobaczyła Ilda Gertę spłakaną, potarganą, czerwoną ze strachu i złości. Żeby ochronić mięso, Gerta ściskała kolana i rozdawała ciosy obcasem pantofla. Jeden z durnych psów uczepił się tego buta i oderwał skórę od podeszwy.

– No przecież ja już nie mam innych butów – rozpłakała się na widok Ildy Gerta.

Psy przestraszyły się wreszcie uruchomionego przez Ildę silnika. Gdy zawył, wprowadzony na najwyższe obroty, przestały skakać. Ale nawet wówczas nie dały za wygraną. Kiedy Gerta z Ildą wolniutko wtoczyły się po kocich łbach na podwórze, okrążyła je cała szczekająca świta. Konie, które stały tuż za bramą, spłoszyły się, więc jakiś człowiek, klnąc pod nosem, zdzielił kilka psów kopniakami, ale i to ich nie odstraszyło. Nie gasząc silnika, Ilda odnalazła właściwe drzwi i waliła w nie z całych sił, z coraz większą furią, aż się otwarły.

Mężczyzna z wędzarni wyglądał na wściekłego. Wykrzykiwał, że zaraz milicję mu sprowadzą na głowę, był tak nieprzyjemny, że Gerta roszlochała się na dobre. Im głośniej krzyczał, w tym bardziej niepohamowany płacz wpadała Gerta. Łkała, aż zbiegli się ludzie, bo myśleli, że człowiek z wędzarni zrobił jej coś złego. Już go chcieli wyciągać z kanciapy za poły fartucha, tamten wziął więc z przyczepy mięso, kazał Ildzie wejść ze sobą do środka i zamknął drzwi. Gerta została sama, bez mięsa, na podwórzu pełnym psów, wciąż niedających za wygraną.

Wtedy go zobaczyła. On widać też ją pamiętał, bo nim podbiegł zapytać, co się stało, jeszcze się w miejscu zatrzymał, wahając się przez chwilę. Zanim ją przywitał po imieniu, nim wziął od niej pogryziony przez psy but i zaprosił do domu, popatrzył Gercie w oczy – a patrzył smutno.

Mieszkał w kanarkowożółtej kamienicy. Poprowadził Gertę kuśtykającą, bo w jednym bucie, przez ciemne korytarze wymalowane w amory.

Pomyślała, że są niedorzeczne. Miał ciasne, niewielkie mieszkanie od podwórza, a od ulicy wystawny zakład zegarmistrzowski z dębowymi meblami, który teraz zamknął, by Gerta mogła się umyć. Wymawiając się, że w mieszkaniu nieporządek, przyniósł miskę z wodą i mydłem pomiędzy zegary i wyszedł, zostawiwszy ją samą. Wrócił po jakimś czasie i nieśmiało zapukał; w rękach miał but Gerty, sklejony i ściśnięty szczypcami.

Trzeba było trochę poczekać, aż klej chwyci. Przyniósł dwie herbaty, a potem, by zabawić zdenerwowaną i przestraszoną Gertę, otworzył szuflady wielkiego dębowego biurka. Pokazał jej pudełka wykładane jedwabiem i wykończone laką, zwykłe słoiki, w których trzymał prawdziwe korale, szklankę mazidła, jakim ponoć w dalekich Chinach nacierano nieboszczyków, tak by odnosiciele umarłych zdążyli z nimi do domu, na pogrzeb, zanim się rozłożą. W końcu wyciągnął obrazki – narysowane własnoręcznie amorki. Powiedział, że to szkice, a skończoną pracę widzieli na klatce ponad schodami. Nie przyznała się, że jej się nie spodobały. Już miała wychodzić, pewna, że siostra jej szuka i się niepokoi, gdy nagle kilkanaście zegarów zaczęło bić jednocześnie, a mężczyzna rozdziawił usta, zachwycony jak dziecko. Pomyślała, że w tym chuderlawym zegarmistrzu musi jednak być wielka tkliwość.

Całą wojnę miała, żeby mu wybaczyć. W drzwiach po prostu zapytała go o żonę. Powiedział, że jest wdowcem, i niezdarnie oparł się o stół, tak że wszystko z niego pospadało. Może to ten żywiczno-kadzidlany zapach rozbitej kalafonii sprawił, że znów poczuła się oszołomiona.

Truda

Gdy siostry wróciły do domu, Truda szybko wyczuła, że wydarzyło się coś szczególnego. – Kto to był? – pytały teraz obie. Gerta milczała. Truda była dociekliwa: – Czy to prawda, że malarz? Gerta zbywała je, bąkając, że zegarmistrz, malarz co najwyżej niedzielny, a amory, wymalowane przez niego na wszystkich sufitach kamienicy, były szpetne. W głowie Trudy zrodził się jednak pomysł. Potrzebowała portretu! Ona wraz z siostrami na tle jeziora, z widokiem na Dziewczą Górę, trochę maków z ogrodu, błękity i zielenie. Piękny portret, który mogłaby wysłać Jakobowi do Berlina. A skoro potrzebny był obraz, to niezbędny był i malarz. Im mocniej siostry wybijały Trudzie z głowy ten pomysł, tym bardziej była pewna swego. Muszą zaraz jechać do tego malarza i złożyć zamówienie.

Gerta powiedziała, że jej noga nie przestąpi progów tamtej kamienicy, Ilda, nic z tego nie rozumiejąc, nie chciała żadnego pozowania. Lecz malarz sam się stawił, w garniturze, z bukietem, stropiony i nieśmiały. Oddychał płytko i szybko, jakby się czymś denerwował, a w końcu zaczął wzdychać, głęboko i przeciągle. Truda liczyła te westchnienia, zdumiona: nim gość doczekał się herbaty, westchnął dwadzieścia trzy razy. Nie mogła uwierzyć, że powodem jest jej siostra.

Przedstawił się: Edward Strzelczyk. A potem zamilkł. Bez słowa siedziała też Gerta, wyraźnie zakłopotana. Truda postanowiła, że teraz albo nigdy. Najpierw zapytała gościa o malowanie obrazów – co w tym lubi najbardziej, gdzie się uczył, jak się razem z profesorami sztuk znalazł za drutami w obozie. Im więcej chciała wiedzieć, tym bardziej gość robił się milczący. Spytała więc prosto z mostu: czy nie podjąłby się portretu na zamówienie. Oczywiście, obiecał zaraz z gorliwością, jakiej się nie spodziewała. Jeśli siostra panny Gerty ma takie życzenie, on się podejmie, choćby zaraz. Truda zaczęła więc opowieść, jak sobie wyobraża malunek, a gdy skończyła, niedzielny malarz już nic więcej nie powiedział. By przerwać ciszę, Truda z właściwą sobie przesadą zaczęła opowiadać, jak złamała rękę, kiedy spadła z konia (choć naprawdę z krzesła), jak przed wojną występowała na scenie (w gimnazjum przed własną klasą). Opowiedziała też, jak kobiety w Berlinie farbują włosy na blond i że podobno nie tylko te, które widać, wprawiając gościa w konsternację, a Gertę w przerażenie. Wreszcie zaczęła historię o tym, jak porzuciła narzeczonego sprzed wojny, bo jej miłość do Polski nie pozwoliła wyjść za Niemca. Tu jej siostra Gerta i niedzielny malarz posłali sobie tajemnicze spojrzenia.

W końcu gość nabrał śmiałości i pochwalił się, że zna sztuczkę. Potrafi chwycić krzesło w zęby i unieść je nad głowę. Nieproszony, zdjął marynarkę, rozluźnił krawat i odpiął kołnierzyk. Ustawił sobie oparcie pomiędzy zębami. Nogi krzesła zadrżały, fikając w górze, a żyły na szyi malarza napięły się niebezpiecznie. Gdy siedzisko zakołysało się i już wiadomo było, że zaraz spadnie siłaczowi na głowę, odstawił krzesło. Musiały siostry przyznać, że jak na malarza był wyjątkowo silny. Usłyszawszy komplement, Edward Strzelczyk rozochocił się i popatrując na Gertę, powiedział, że da radę podnieść także stół. Gerta uprzejmie zdjęła filiżanki, on oparł blat na czole i zsunął go na szczękę, a stół nogami wierzgnął w stronę sufitu. Na rancie już na zawsze pozostać miał mocny ślad po zębach.

Truda także znała sztuczkę! Też mogłaby ją pokazać! Nie bacząc na protesty Gerty, wyjęła z pudełka w kolorze kobaltowym perłowy guzik i kazała zadać sobie jedno pytanie. Czy trzeba mówić je na głos? Nie, nie trzeba. Zadał? Kiwa głową. A perła rozhuśtała się tak, że Truda musiała odsunąć rękę, by nie zawadzać biustem. Gość ogromnie się ucieszył, gdy usłyszał od Trudy odpowiedź: – Tak. Truda zaczęła naciskać, by teraz koniecznie zapytał o jakąś nieżywą osobę, bo i z takimi ona potrafi się połączyć. Nie chciał. Uparła się, że sprawdzi bez jego pozwolenia. Z huśtaniny perły wyczytała, że wraz z nimi w pokoju przebywa jakaś zmarła kobieta. Gerta oraz malarz po raz kolejny dziwnie na siebie popatrzyli. Gość zmarkotniał i nie chciał już wróżb z guzika.

Ale Truda nie umiała się zatrzymać. Od guzika przeszła do tych wszystkich niedorzecznych historii o duchach i nieboszczykach, które uwielbiała. Na przykład o drugiej Gercie, co miała na imię tak samo jak jej siostra, a umarła młodo. Jej grób siedem razy znaleziono rozkopany. Mąż wdowiec pilnował i sąsiedzi pilnowali, żywego ducha nie było na całym cmentarzu, a rano – znów druga Gerta wywleczona. Malarz bladł, zerkając na pierwszą Gertę i prosząc, by mu dalej już nie opowiadać, lecz Truda, na nic nie zważając, mówiła. Ksiądz wiele butli święconej wody wylał, lecz to coś było mocniejsze od święconej wody. Gdy na grobie kobiety położono kamień, specjalnym dźwigiem go tam umieszczając, to aż się ziemia zatrzęsła. I zaraz umarli mąż i ksiądz, i człowiek, który sprowadził dźwig. Opowiadała to wszystko Truda, trzęsąc głową, wywracając oczami i gestykulując tak, że filiżanka poleciała na podłogę. Malarz nie dał rady znieść więcej i pożegnał się z siostrami.

Ciąg dalszy Truda opowiadała już w drzwiach. Winien był mąż, który latami chodził do innej kobiety na wieś pod Staniszewem. Najpierw mówił tamtej, że żony nie kocha, ale potem, że co ludzie powiedzą. W końcu, że noce – proszę bardzo – są jej, lecz każdy dzień jest dla żony, nawet po jej trupie. No i ot – sam był sobie winien. Tak to jest z mężczyznami, że jedna kobieta to dla nich zawsze za mało. Doprawdy nie rozumiała Truda, dlaczego Gerta jest ciągle taka rozzłoszczona. Dzień pozowania do portretu był już przecież umówiony.

Rozela

Drugi list z Berlina przyszedł bardzo szybko. Nie list właściwie, ale paczka: spory karton zawinięty w kwiecisty papier, dodatkowo owinięty na szaro, a w środku dwie pary pantofli. Jedne złote, na słupkowych obcasach, którymi Truda zaraz zaczęła walić po kuchennej podłodze, drugie czarne, eleganckie bardzo, lecz obcasy z pewnością za wysokie dla porządnej dziewczyny. Oprócz butów – rzeczy świadczące o tym, że Niemiec pojęcia nie miał, jak się teraz u nich żyje. Gdzie niby miały spieniać to mydło w pięknym błękitnym kolorze? Co zrobić ze słodyczami, od których bolą zęby? Galaretki różane trafiły na lata do kredensu. Mydło Rozela pokroiła nożem na maleńkie kawałeczki i porozkładała po szafach, by czuć było przy każdym otwarciu ich zagraniczny zapach. Kule do kąpieli do stosowania w wannach, jakich w Dziewczej Górze nie widziano, Truda wymieniła w Gdyni na pięć kilo ryżu. Rozela kazała córce poprosić tego Niemca o zapasy leków dla zwierząt.

Biała po spotkaniu z dzikiem była prośna. Poród szedł źle. Aż cztery dni to trwało. Truda, która z tego powodu nie pojechała do szkoły, donosiła z kuchni wodę, by z kubka podawać ją Białej wprost do ryjka, Gerta masowała śwince brzuch, a Rozela starała się, jak mogła, udrożnić przejście dla małych. Cztery dni, trzy noce. Penicylina, zdobyta cudem przez Jana aż w Gdyni, na jakimś statku, który przypłynął z daleka, pomogła śwince się wykaraskać. Szczęśliwie aż osiem na dziewięć młodych przeżyło. Na mleku Białej rosły jak na drożdżach.

Prosięta były piękne, jednak zamiast gładkiej głowy wszystkie miały kręcone czarne grzywki. Rozela nie przykładałaby wagi do takiego detalu, gdyby nie fakt, że wśród różnych dziwności, ogłaszanych po wsiach przez nową władzę – jak zakaz bicia świń, pędzenia wódki czy siania maku w ogrodach – był też zakaz krzyżowania rasy polskiej białej zwisłouchej. Osobiście obwieścił im go sołtys przed paroma tygodniami, zajechawszy na rowerze. Straszył, że będą nie tylko rekwirować, lecz i zamykać do więzień. Kontrole milicyjne wciąż chodzą i szukają po szopach nielegalnych bimbrowni, a za świnię siedzieć głupio. Zanim pojechał, Rozela popatrzyła z wyrzutem na Jana, a ten spuścił wzrok.

Rozela miała nadzieję, że gdy małe podrosną, to i czarne czuprynki się powycierają, ale nic z tych rzeczy. Grzywki z czasem robiły się gęstsze i bardziej kręcone. Wymyśliła, że można je zgolić. A ponieważ brzytwy używała jedynie do zaostrzania kijów, którymi w ogrodzie podpierała groch, kazała Rudemu Janowi się tym zająć. Nie chciał, wymawiając się pracą w milicji, ale nie miał wyjścia.

Trzeba było połapać świniaki między kolana, przyciąć co dłuższe kudły nożyczkami, a resztę potraktować namydlonym pędzlem i zgolić brzytwą na gładko. Golił Jan, mamrocząc pod nosem, że trzeba by te świniaki czym prędzej wybić i zjeść. Truda miała mocno trzymać zwierzaki. Ale małe, głupiutkie zwierzątka nie rozumiały, że to nie zabawy. Zamiast stać spokojnie, wyrywały się i darły tak głośno, że echo się niosło po jeziorze. Sprytne były i zwinne. Nie tylko Trudy, ale i trzech sióstr było mało do przytrzymywania. I gdyby nie pomoc kartuskiego zegarmistrza, który teraz przyjeżdżał do Gerty, nic by z golenia nie wyszło. Dzień i wieczór minęły im więc wśród pisków i świńskiego zawodzenia, tłumionego za pomocą jedwabnej chustki przez Trudę, która kneblowała podgalane prosięta. Skończyli umordowani.

Już nazajutrz okazało się jednak, że grzywki odrastają. Za tydzień konieczne było kolejne golenie. Tymczasem na Dziewczą Górę dotarła władza ludowa, akurat w dzień po kolejnym zabiegu. Milicjanci aż z Gdańska oglądali chlew ze wszystkich stron, liczyli prosiaki, w końcu poszli. Jasne było jednak, że jak raz przyszli, to wrócą. Wszyscy nabierali coraz większej wprawy w goleniu – Jan, coraz bardziej nerwowy, Rozela z córkami, a nawet Edward, który starał się być pomocny. Ale oczywiste było, że tajemnicy nie da się utrzymać.

Gerta nie była pewna zegarmistrza, zapytała więc matkę, czy może mu ufać. Poznali się – mówiła – w ostatnie lato przedwojenne, gdy Rozela wyprawiła Gertę na ślub kuzynki w Rzeszowie. On – młody, hardy, już w polskim mundurze, siedział w tym samym wagonie. Zabawiał ją przez całą drogę rozmową i zwierzeniami. A rankiem,

czekając w Przeworsku na kolejne połączenie, patrzyli razem na świt. Gerta pomyślała, że się za-
kochała. Rozstali się na stacji, obiecując sobie, że
się jeszcze zobaczą. No i zobaczyła go: tego samego wieczora, w roli pana młodego na ślubie z ku-
zynką. Jak teraz ufać takiemu, pytała. Ale Rozela
kazała jej iść za niego, skoro tak się stara. Po mężczyznach, powiedziała córce, zbyt wiele nie warto
się spodziewać.

LATO

Truda

Prosięta z grzywkami poszły na stoły weselne. Rozela uparła się jedynie, że zostawi najcwańszego, tego, co pierwszy nauczył się siusiać do rynsztoka. Gościom Gerty podano golone, a goście Trudy zjedli prosiaki z grzywkami.

Gerta powiedziała, że jej własne wesele to poważna sprawa. Nie życzy sobie, by gadano później, że karmiła gości pieczonymi kotami. Za to Truda uparła się, że nie będzie niczego udawała. W końcu już i tak wszystko jedno, mówiła, niech przynajmniej na stole prosiaki mogą być sobą.

Gerta wychodziła za zegarmistrza Edwarda Strzelczyka, który od kiedy posklejał popsuty przez psy but, uparcie wracał. Kleił w kwietniu, oświadczał się w maju, dając Gercie wyjątkowo piękny platynowy pierścionek. A na początek lipca wyznaczono datę wesela.

Tuż przed ślubem zegarmistrz oddał zamówiony portret. Efekt pozowania zdaniem Trudy był umiarkowany – jakieś smutne postaci, bez wątpienia kobiece, trzymające po bukiecie, a w tle gładkie, błękitne jezioro zlewające się z niebem i ryby wyskakujące to z toni, to z chmur. Postaci były podpisane, tyle że Truda uparła się, że będzie Astridą, i zegarmistrz musiał przemalować podpis. Teraz wystarczyło obraz zapakować i wysłać do Berlina, jednak Truda-Astrida uznała nagle, że pomysł z malowaniem był głupi.

Portret stanął pod stołem, oparty o ścianę, i tam został, a Truda postanowiła wyjść za mąż. Za komiwojażera Jana Kotejuka. Sprawa była pilna i narzeczony Trudy jakimś cudem znalazł w urzędzie wolny termin na tydzień przed ślubem Gerty. Truda wcale nie była chętna, ale nie miała okresu. Najpierw chodziła po domu i płakała, oglądała w lustrze swoje piersi i brzuch, w tajemnicy przed matką siadała we wrzątku, piła sok z żołędzi i dziurawca, deszczówkę pełną gnijących robali, stosowała i inne niedorzeczne przepisy, podpowiadane przez Gertę, która od lat zbierała do kajetu tym podobne dziwności – choć zwykle dotyczące prowadzenia domu. Wszystko na nic. W końcu matka zorientowała się, o co tu chodzi, i już nie było odwrotu.

Ślub Trudy był cichy i szybki. Prosiaki, przygotowywane na wesele starszej, w tych okolicznościach musiały zostać podzielone między podwójnych gości. Było skromnie, bo Gerta chodziła za matką, lamentując, że dla niej nie wystarczy zapasów. W dodatku Truda nie dała się przyodziać w długą suknię. Wyjąwszy odświętne buty – te złote, które specjalnie na uroczystość pofarbowała na biało – włożyła zwykłe rzeczy. Miała co prawda piękną koronkową sukienkę, którą sama sobie uszyła z materiału z Berlina, pedałując zawzięcie na maszynie Singera i kolanami obijając bez litości świeżą ciążę, jednak tuż przed planowanym weselem brzuch urósł i suknia okazała się za ciasna. Cóż. Poszła Truda w białej, rozpiętej garsonce, w codziennej białej spódnicy, pożyczonej na szybko, od guzika do szlufki zawiązanej gumką, i w szerokiej Janowej koszuli z kołnierzem odcinanym w noc przed uroczystością. W trakcie ślubu i wesela nie pozwoliła robić sobie zdjęć. Rudy Jan musiał przeganiać fotografa. Pamiątkową fotografię dla gości mieli zrobić dopiero, gdy już Truda zeszczupleje na tyle, żeby zmieścić się w suknię. Zdjęcie nigdy nie powstało.

Za to buty miała, jakie chciała. Jan spróbował jeszcze stanąć w szranki, przywożąc Trudzie inne, piękne i białe, lecz fabryczna robota nijak miała się do berlińskiego szewstwa. Buty od narzeczonego otarły stopy Trudy do krwi. No, może nie tylko buty, bo i sama przyszła panna młoda po kryjomu tarła pięty kamieniami. Jan, widząc, jak kobieta jego życia cierpi w podarowanych pantoflach, sam wrzucił je do pieca.

Goście zasiedli na zbitych przez pana młodego ławach, przeniesionych z powodu deszczu do domu. Zabawa była we wszystkich trzech pokojach. Hołubce i przytupy, śpiewy i toasty. Także Truda, w spódnicy gumką zawiązanej, tańczyła jak szalona, aż wysokimi, słupkowymi obcasami porysowała podłogę we wszystkich trzech pokojach. Rudy Jan ze względu na dziecko schował jej kieliszek, ale też sam, nawet na „Gorzko, gorzko młodej parze", nie tknął wódki, mówiąc, że nic go nie obchodzą takie zwyczaje. Za to Truda podpijała ze szkła innym gościom. Wywijając w tańcu, wędrowała z jednych ramion w kolejne, śmiała się i potrząsała platynowymi lokami, obijała brzuch, nie zważając nic a nic, jak Jan próbuje zatrzymać ją nieco bliżej ziemi. Bawiła się dosłownie do upadłego, nie przejmując się ciążą, własną reputacją, a nawet karcącymi spojrzeniami starszej siostry, która przecież jeszcze nie zdążyła wyjść za mąż.

Już po weselu, wciąż w butach, podtrzymując brzuch, zaległa na łóżku jak nieżywa. Spałaby tak do rana, mówiąc przez sen i bezładnie ruszając stopami, z których Jan zdjął jej buty, ale obudziły ją mdłości. Spać nie mogąc, spłakała się Janowi na ramieniu. Narzekała na ciążę. Nie przespał Rudy Jan swojej poślubnej nocy, wynosząc napełniane przez Trudę kolejne miski, wycierając jej twarz i wysłuchując żalów.

Gerta

Pierwsze wesele w domu miało być jej. Gdy Gerta usłyszała, że Truda wyprzedziła ją z terminem, poprosiła narzeczonego, by coś zrobił. – I my się pospieszmy – mówiła. – Właściwie wszystko już gotowe, prosiaki jak najszybciej muszą zostać upieczone. Lecz Edward był uparty. Data jest datą. Jeśli ją zmienić, goście się obrażą. Matka dodawała, że u księdza ślub będą brać, a nie należy Bogu zawracać głowy bez potrzeby.

Mało brakowało, a ślub trzeba by odłożyć na jesień. Na dwa tygodnie przed uroczystością chmieleński parafialny kościół panny młodej zajęli konserwatorzy z Gdańska. Tępili szkodniki z drewnianej konstrukcji chóru. Całe wnętrze zlali terpentyną, tak że nie dało się oddychać. Ksiądz, nie chcąc zostawić zrozpaczonej pary bez sakramentu danego po bożemu, wysłał ich do Kartuz, zaopatrzonych w list do proboszcza kolegiaty nad jeziorem.

Obrót spraw wszystko Gercie wynagrodził. W przeciwieństwie do skromnego wiejskiego kościółka, ten był wielki i potężny, poważny i uroczysty, a w środku cały wymalowany na złoto, z ołtarzem z kręconymi kolumnami, tak wysokim, że stojąc u dołu, trudno było dostrzec detale zamocowane u góry. Z portretami Madonn w królewskich sukniach, pozujących w pałacach, obrazami świętych o imionach wyniosłych i dostojnych. Nawet kobieta w prostej czerni wsparta o własną dłoń, z czaszką w drugiej, miała w uszach perły.

Na dzień przed ślubem wraz z siostrami narwały kolorowych kwiatów w ogrodzie. Potem stłoczone z Ildą na siedzeniu motocykla, by ciężarna Truda mogła rozsiąść się w przyczepce, zajechały na rynek w miasteczku i dokupiły róż. Gdy utykały je pomiędzy stallami, u szczytów ławek, wokół bocznych ołtarzy, Ilda spytała, czy Gerta się nie boi. I nie chodziło jej o zamążpójście, lecz o tych wszystkich nieboszczyków na kościelnych obrazach: trupie czaszki, szkielety wyrzeźbione w drewnie, poprzetrącane głowy, poranione boki. Wreszcie o tego anioła z alabastru, który machnął im kosą nad głowami, jakby miał je ściąć, gdy wchodziły.

Gerta nie o strasznym zamążpójściu pomyślała, ale o własnym welonie. Czy ta kosa, wahadło zegara z wieży, nie siecze aby za nisko? Czy się w nią welon nie zaplącze? Nagle wydało jej się, że to jakiś spisek złego z jeszcze gorszym: najpierw kościół zamknięty, teraz to wahadło, gotowe zedrzeć jej z głowy welon.

Za nic mając Trudy narzekania na zmęczenie i brzuch, ciągnąc siostry za sobą, raz jeszcze poszła do proboszcza, by go przekonywać, że ten zegar trzeba zatrzymać. Stary, szczupły ksiądz długo się opierał, tłumacząc, że w sześćsetletniej historii kościoła nie było jeszcze przypadku zaplątania się welonu. Mechanizm zegara rozreguluje się, gdy zaczną w nim grzebać. Jej narzeczony, zegarmistrz – odpowiadała z przekonaniem Gerta – na pewno coś poradzi. Ksiądz tłumaczył, robiąc minę poważną, że czasu nie da się zatrzymać, podobnie jak się nie da uciec przed nieodwołalnym – lecz Gerta go nie słuchała. Chciała nawet sama iść na wieżę, by zatrzymać zegar. Wtedy Truda chwyciła się za brzuch, wyciągnęła nogi na plebanijnej kanapie i kazała natychmiast wołać doktora.

Sporo czasu minęło, nim sprowadzono dziwnego, chłodnego w obyciu lekarza z nowego szpitala, który orzekł, że do porodu jeszcze wiele brakuje, a ciężarna powinna być ostrożniejsza i leżeć we własnym, nie księżowskim łóżku. Ściemniło się na tyle, że nie dało się już wejść na wieżę. Wzburzenie Gerty było równie gwałtowne jak jej wcześniejszy atak na kościelny zegar. Tego podstępu nigdy Trudzie nie wybaczy! Koniec z ich miłością siostrzaną! Nic jednak nie mogła poradzić, trzeba było wracać do domu.

Po południu Gerta zabrała się do mierzenia welonu przed lustrem. Namawiała Ildę, żeby – wbrew zwyczajowi, który mówił, że pan młody nie może zobaczyć narzeczonej w noc przed ślubem – przywiozła jej Edwarda, by ten wlazł skoro świt na wieżę. Namawiała szwagra. Bezskutecznie. Nie przespała nocy, myśląc o tym welonie.

Rankiem, gdy pozwoliła siostrom, by ją ubrały, a nawet umalowały, choć do tego potrzebna była ręka Trudy, dopilnowała, by welon przypięto dodatkowymi szpilkami. Zasiadła w pokoju, czekając na pana młodego. Jeszcze wierzyła, że uda się zatrzymać wahadło kościelnego zegara. Pan młody przyjechał jednak blady, stremowany i poprosił, żeby podać mu krzesło. Cokolwiek do niego mówiono, wyglądał, jakby nic nie rozumiał. Zaczęła Gerta o wahadle, ale nie skończyła. Panem młodym trzeba się było zająć, nie zegarem. Dzień był piękny, choć mglisty, gości sporo, rwetes w domu. Kiedy wsiadali do szwagrowego bmw, Gerta dalej myślała o welonie.

Gdy weszli do kościoła, grały organy, bo Edward wcześniej o to zadbał. Welon nie zaplątał się w kosę. Za to Gerta, patrząc w górę i szacując odległość, potknęła się na schodach.

Z samego ślubu pamiętała niewiele. Trochę więcej z wesela: na obrus wylał się sok, lecz udało się uratować suknię, goście krzyczeli, że będzie dużo dzieci. Pan młody, zwykle nieśmiały, poczerwieniał z emocji, wziął wódkę i polewał wszystkich jak z prysznica. Znów udało się ocalić

sukienkę. Pamiętała, że welon bardzo długo od-
pinano, dziwiąc się liczbie szpilek, a ona cierpiała, bo szpilki wyrywały jej włosy. Rzuciła welon
za siebie, okazało się, że trafił w ręce pulchnej,
rozchichotanej dziewczyny. Choć bardzo, bardzo
chciała trafić w Ildę.

Ilda

Trzeba było pomóc Gercie rozkładać kwiaty w kościele. Tym kościele. Ilda na mszach nie bywała.
Od czasu gdy ją ksiądz zamknął na wieży, była
w ich parafii, w Chmielnie, może raz. Uważała,
że Truda z Janem słusznie robią, nie dając się
wciągnąć w religijny ślub, i wciąż kłóciła się o to
z matką, czym doprowadzała ją do łez. Podzielała
przekonanie z kronik filmowych, wyświetlanych
przed seansami objazdowego kina, że Boga nie
ma, że to ludzie go sobie wymyślili, bo boją się
umierać. Sama – uważała – nie ma takich lęków.
Jeśli się ktoś urodził, musi umrzeć. Jedni mieli
szczęście umrzeć we własnych łóżkach, inni go
nie mieli, śmierć kosiła ich pod cudzymi oknami albo strącała z rusztowań. Ona, Ilda, nie była
winna żadnej z nich.

Ale kościół kartuski był szczególny. Jadąc drogą na Chmielno z Kartuz do Dziewczej Góry, dziesiątki razy mijała ten potężny ceglany budynek.
Miał dziwny dach – czarny, metalowy, w kształcie

trumny. Posadowiony wśród drzew i grobów, odbity w wodach klasztornego jeziora, pogrążony w dziwnej ciszy, zawsze budził w niej niepokój. Zawsze próbowała ów stan jakoś zagłuszyć. Tuż przed starą lipą odbijała motocyklem w dół, na małą uliczkę pomiędzy murem kościelnym a browarem, rycząc wściekle silnikiem. Hałasowała tak, żeby nie czuć lęku przed kościołem. Ten kolos, rozgniewany olbrzym, mógł ruszyć z miejsca i ją zmiażdżyć.

Przywożąc kwiaty na ślub, po raz pierwszy w życiu weszła do środka. Wewnątrz jeszcze mocniej poczuła ciszę i swój lęk. Święci w stanach natchnienia ginęli w zielonkawym świetle płynącym z witraży. Stali w nienaturalnych pozach na wąskich półkach. Aż strach było, że spadną. W głębokiej ciszy słyszała własny przyspieszony oddech i kroki sióstr, które rozeszły się, by poukładać kwiaty. Patrzyła wylękniona na Jezusa wiszącego w bocznej nawie, wzruszająco bladego, zziębniętego, i oczu od niego nie mogła oderwać. Wyglądał, jakby zamarł przed chwilą, jakby zaraz zastygnąć miało wszystko wokół. Razem z nią, Ildą.

Gdy już minęło pierwsze onieśmielenie, zaczęła się rozglądać. Dziwiły ją atłasowe poduszki w ramach, rozwieszone na ścianach bocznej nawy. Wzory wyszyte złotą nicią, ułożone z kości paliczkowych i kawałków czaszek świętych o cudacznych imionach, zapisanych pismem oszczędnym, maleńkim, dziś wypłowiałym. Z wolna Ilda zaczynała rozumieć, jaki cud sprawił, że akurat to miejsce przetrwało wojnę nietknięte. Cała siła zniszczenia i cierpienia, impet, złość, śmierć przeszły bokiem. Widać, pomyślała, idący po śmierć z bagnetami i w czołgach też bali się śmierci. Pod dachem w kształcie trumny tracili resztki brawury.

Następnego dnia, wśród gości, kobiet do pomocy, mężczyzn, którzy przyszli wraz z nimi, gdy cały pochód weselny zajechał do kościoła, po zadumie i strachu nie było ani śladu. Wozy, do których zaprzęgnięto konie ustrojone wstążkami, stanęły na placu od strony jeziora, zwierzęta prychały, goście śpiewali *Sto lat*. Gdy weselnicy wchodzili do kościoła, organy grały tak głośno, że nieprzywykła do muzyki Ilda musiała zasłaniać uszy. Stojąc w pierwszym rzędzie, ubrana w sukienkę, zabierała pannie młodej spojrzenia. To wokół niej zrobiło się tłoczno, gdy pozowała wraz z rodziną do pamiątkowego zdjęcia. Ktoś tam wziął ją pod łokieć, ktoś chciał rękę oprzeć na jej biodrze. Śmieszyło Ildę ogromnie, że żaden z gości, łącznie z wdzięczącym się zza obiektywu młodym fotografem, nie zauważył, że ustawiono wszystkich pod zegarem słonecznym z trupią czaszką i napisem: *Memento mori*.

Już w domu, podobnie jak tydzień wcześniej na weselu Trudy, Ilda miała swoją robotę. Podawać talerze z zupą i półmiski z pieczonymi prosiętami, zebrać użyte już naczynia, umyć zniesione z pokoi, znów powykładać jedzenie na talerze. Kiedy tylko się dało, uciekała na strych, skąd – jak kiedyś z wieży – podglądała weselników przez szpary. Tyle kobiet kręciło się po domu, że jej nieobecności nikt nie zauważył, wyjąwszy Gertę, która nie chciała bez Ildy zacząć rzucania welonem. Cudem uchyliła się, by wieszczący szybkie zamążpójście, a celowany wprost w nią kawał białego tiulu ją minął.

Truda

Truda, z dnia na dzień coraz grubsza – a teraz, z końcem lata, wręcz zwalista i potężna – ignorowała i Jana, i ciążę. Już jej ten brzuch cały świat przesłaniał, już wyglądała, jakby miała pęknąć, lecz wciąż wkładała kolczyki z akwamarynami, te co zawsze buty na wysokich obcasach i z godnością lawirując pomiędzy dziurami w drodze, brnąc w piachu, maszerowała na przystanek PKS.

Jeździła do pracy, którą na pół roku przed zamążpójściem dostała w Urzędzie Morskim. Nie bacząc, że już powinna zwolnić, robiła kolejne kursy i następne szkolenia. Na miesiąc przed terminem rozwiązania zapisała się na studia. Wieczorami zasiadała przy stole i obijając nogą portret trzech sióstr na tle jeziora, wyjmowała nowe papiery i książki.

Truda była zła. Gdy już została żoną, mieli piękne pożycie. Trwało to jednak zbyt krótko. Po ślubie najpierw było tak, że Jan co wieczór zamykał pokój na klucz, zasłaniał okna, rozbierał Trudę, sadzał ją, jak na drągu, na swoim sterczącym fallusie i mówił jej sprośne rzeczy. Obnosił ją tak usadzoną po pokoju, dumny z tej twardości, jakby to naprawdę był solidny, drewniany drąg, a nie penis. Lubiła to. Lubiła ogień, z jakim ją wywracał, i wprost uwielbiała buzowanie życia w ciele, o które ją przyprawiał. Lubiła też tkliwość, z jaką sprawdzał, czy aby coś złego jej się przy tym nie dzieje. By na koniec, za każdym razem jednakowo zawstydzony, że przesadził, uraził, zajmować się nią jak dzieckiem. Jakby wciąż w głowie nie mieściło mu się, że już przestała być dziewicą.

Lubiła to i chciała więcej. Teraz jednak wszystkie ich ulubione świństewka i rytuały były zakazane. Mąż orzekł, że skoro jest w niej dziecko, które rusza się w brzuchu, koniec z rozpasaniem. Małe nie może przecież ze środka oglądać jego penisa. Truda, na którą ciąża podziałała tak, że chciała teraz Jana jak nigdy wcześniej, próbowała go przekonywać, uwodzić, namawiać, obłapiać, lecz on w kółko: ostatnią świnią byłby, gdyby jej nie dał spokoju. Jakby potrzebowała spokoju!

Zła i coraz bardziej beczkowata Truda rewanżowała się Janowi po swojemu. Odmówiła prasowania mu koszul, ale też wspólnych wypraw bmw. Co rano, choć brzuch ciągnął ją ku ziemi, wkładała obcasy i szła do pekaesu, z godnością zajmując miejsce na przednim siedzeniu. Z doskonale obojętną miną patrzyła w lustra nad głową kierowcy, w których odbijał się czarny mężowski samochód. Albo i nie patrzyła. Dopiero na dworcu PKS Gdynia łaskawie godziła się zająć miejsce w aucie. Trolejbus to było już za dużo. Rudy Jan uznawał jej dziwactwa za objawy ciąży i ustępował.

Gdy Truda zdarła berlińskie obcasy do reszty, zapakowała je do pudełka, kazała Janowi zawieźć na pocztę i odesłać do Berlina. W liście, który załączyła, obok wiersza własnego autorstwa napisała, że to były jej ulubione buty. Prosi więc o następne, aby – napisała – przetańczyć w nich kolejny rok.

Brzuch rósł nieubłaganie.

Gerta

Edward, mąż Gerty, był mężczyzną delikatnym. Po weselu, na którym pił i Gerty, i swoje zdrowie – bo przecież nie mógł pozwolić, by młoda żona wlewała w siebie szklanki alkoholu – kiedy goście posnęli albo rozjechali się wozami do domów, zabrał ją do Kartuz, do mieszkania przy zakładzie. Położyli się do łóżka jak stare małżeństwo. Ledwo ją pocałował. Z atencją i oddaniem. Potem Gerta starała się myśleć o czesaniu matczyną szczotką, o Matce Boskiej i kościele, jakoś odpowiednio się pod nim ułożyć, lecz nic nie wychodziło. Edward grzecznie ją przeprosił. Przekonany, że to jego wina.

Rankiem znów ją pocałował, jak wcześniej, i zapytał, czy mogłaby zdjąć koszulę. Raz jeszcze, myśląc o welonie, którym nie trafiła w siostrę, starała się wpuścić go do środka. I znów, jak poprzednio, usłyszała przeprosiny. Nalegał, by została pod pierzyną, a sam wstawał napalić w piecu. Dziwiła się, że taki jest nieskładny w zabieraniu się do małżeńskich spraw – przecież nie była jego pierwszą żoną.

Zimno im było mimo lata. W kolejne ranki zamienili się rolami. To ona go przepraszała, pospiesznie wyskakując spod pierzyny, mówiąc, że trzeba rozpalić, nim zdążył ją poprosić o zdjęcie koszuli.

Nie polubiła Gerta życia w pokoju kartuskiej kamienicy. Tam, w Dziewczej Górze, było jasno od słońca i świeżo od zapachu trawy, tutaj miała za oknem ścianę z cegieł. Tam wciąż coś było do zrobienia w ogrodzie, tu wszystko, co mogła wnieść w życie, to rozstawianie talerzy.

Chodziła do Edwarda do warsztatu, starając się, żeby było jak wówczas, gdy siedzieli na dworcu w Przeworsku. Ani trochę nie było. Dopytywała go o cuda zgromadzone w szufladach – nagle wszystkie te dziwności okazywały się mieć jeden, nieszczęsny, bo miłosny, kontekst: bursztynowy konik-zapalniczka, któremu buchał ogień spod ogona, albo uchwyt na szklankę z dziwnej skóry – z napletka słonia, jak się okazało, co zdradził jej Edward, czerwieniąc się i jąkając.

Tymczasem tam, w Dziewczej Górze, siostra miała rodzić. Gerta wspominała o tym mężowi nieśmiało i z lękiem, bo przecież w ich małżeństwie nie zanosiło się na dzieci. Gdy Edward powiedział wreszcie, że chyba powinna pojechać, nagotowała mu gołąbków do słoików, każdy opisując starannie dniem tygodnia, i nasmażyła kotletów. Wsiadła na rower i ruszyła siostrze z pomocą, do domu, za którym zdążyła zatęsknić.

Truda była już zatrważająco gruba, wciąż jednak jeździła do pracy do Gdyni. Wracała późno, a za nią Rudy Jan. Ilda kursowała pomiędzy domem a Olsztynem. Matka nie wiedziała, w co na gospodarce ręce włożyć. Pawie, którymi nikt się nie zajmował, całymi dniami siedziały na dachu stodoły, oganiając się mocnymi dziobami od wszędobylskich kotów. Buda z metalu wciąż nie była wymieniona, ogród zarósł perzem, ale najgorsze były świnie. Stadko im się rozrosło, bo Rudy Jan przywiózł kilka młodych. Knurek, którego matka zostawiła przy życiu mimo czarnej grzywki, okazał się inteligentny jak matka i kłopotliwy jak ojciec. Otwierał drzwi i rozpuszczał po wsi świńskie towarzystwo. Sam zakradał się do cudzych chlewów i zadawał z cudzymi świniami.

Tamtego dnia, gdy przyjechała Gerta, knur znów zniknął i trzeba go było szukać. Gerta obeszła łąkę, pół lasu, pagórki nad jeziorem, i nic. Poszła do wsi. Chodziła od zagrody do zagrody, ale knura z czarną grzywką nikt nie widział. Tylko ona sama dostrzegła z zawstydzeniem, że namnożyło się we wsi prosiąt, którym rosły włosy czarne i kręcone.

Ciemno się już zrobiło, gdy zaszła pod dom w rozwidleniu starej rzeki, na drugim końcu wsi, za górą. Wyraźnie usłyszała piski świńskie – a były to piski świń czymś przejętych. Zajrzała do chlewa przez okienko od tyłu, ale nic nie widziała. Chrząkanie ze środka brzmiało znajomo. Żeby lepiej widzieć, podtoczyła kamień i wspięła się na niego. Gdy podciągnęła się, żeby zajrzeć głębiej, kamień wytoczył się spod jej stóp, a wówczas Gerta, próbując złapać równowagę, oparła się o parapet tak nieszczęśliwie, że wpadła prosto do cudzego chlewa. Wytężywszy wzrok w białym świetle księżyca, znalazła tam dziewięć par wpatrzonych w nią oczu, w tym jedne pod czarną grzywką.

Chlew był zamknięty od zewnątrz. Niewiele widząc w ciemności, zaczęła Gerta szukać czegoś, na co mogłaby się wspiąć, żeby wyjść przez okno. A knur, jakby wiedział, w czym rzecz, sam się jej nadstawił. Udałoby się, gdyby ktoś nagle nie otwarł drzwi. Wtedy świniak uskoczył jej spod nóg. A Gerta okrakiem wylądowała mu na grzbiecie, ledwo zdążywszy przytrzymać się tej czarnej grzywki. I pognali, nieszczęśni, prosto w tę jasną noc – knur z siedzącą na nim okrakiem Gertą, a za nimi wszystkie świnie z chlewa.

Ależ to była jazda! Pędząc, potrącając płoty, na których trzaskały garnki, wywracając kanki wystawione z mlekiem, tupiąc po kamieniach, całą wieś wybudzili. Po chwili już nie tylko świnie, lecz i kundle wiejskie biegły razem z nimi. I chyba każdy w Dziewczej Górze zobaczył to widowisko: Gerta Strzelczykowa na knurze, wieziona wprost do własnego chlewa, a za nią świnie, biegnące truchtem, obszczekiwane przez psy. Opowieść na setkę co najmniej najbliższych wesel i pogrzebów!

Jak inaczej przemówić do gapiów miała, jeśli nie hardo? Z knurzego grzbietu, trzymając się grzywki, rzucała Gerta grube przekleństwa. A gdy już z całym zwierzęcym towarzystwem dotarła domu i gdy na własnym podwórzu psy wreszcie zatrzymały narwanego knura, Gerta wzięła kij i wściekła zagoniła nim wszystkie świnie do zagrody. Jeszcze z tym kijem na drogę wyszła, pogrozić sąsiadom. Na koniec, wciąż wzburzona, trzasnęła drzwiami domu i wykrzyczała w jasną noc księżycową, że ma ich wszystkich dosyć. Rozela i Truda, szykując jej pościel w dużym pokoju, nie powiedziały słowa. Spłakana, spocona, lecz wciąż harda Gerta, nie umywszy się nawet, poszła spać.

Dwa dni chodziła po wsi wyprostowana jak struna, nic nie mówiąc. Trzeciego dnia przyjechał z Kartuz Edward. Rower postawił pod jabłonką i powiedział, że plotki opowiadane o jego żonie po Kartuzach nic go nie obchodzą, a świnie biegające po nocy to nie są jego sprawy. Jednak żonę zabiera, bo jej miejsce jest w domu. Wracali, pedałując pod Łapalicką Górę, on przodem, ona za nim, każde na swoim rowerze.

Ilda

Domy, które Ilda miała do rozdania powojennym tułaczom, kończyły się. Większe gospodarstwa na zachodzie były zasiedlone. Do wzięcia zostało tylko co najgorsze. Na przykład posesje, z których nie chcieli wyprowadzić się Niemcy, albo te zrujnowane, albo te z kuchnią i wychodkiem wspólnymi z sąsiadami. Ludzi w punkcie przesiedleńczym w Olsztynie również ubywało. Pierwsza fala babek oraz matek z dziećmi rozjechała się, druga fala rodzin cudem poskładanych, co to szukały się przez wiele miesięcy, czekając w wypalonej Warszawie, też gdzieś już poosiadała. W powszechnej noclegowni zjawiali się już tylko życiowi nieszczęśnicy. Na przykład warszawiak, który był pod pięćdziesięcioma adresami, lecz wszędzie podobno maltretowały go duchy. Albo inżynier z Radomia, który sam wyglądał, jakby od dawna nie żył, ale co dzień przed zaśnięciem wyciągał zdjęcie żony i chciał ją zabijać. Powiedziano mu, że w wojnę wyszła za innego, więc teraz szukał jej, by się mścić. Tych, co twierdzili, że żona nie żyje, słuchać nie chciał. Gdy mu kto powiedział, że widziana była we Wrocławiu, Szczecinie, Złotoryi, zaraz jechał, wcześniej prosząc Ildę, jakby o życie prosił, by szukała w papierach adresów.

Gdy pewnego wieczoru zostali w noclegowni tylko we dwoje, Ilda powinna była się bać, nie strach jednak czuła, lecz raczej ekscytację pomieszaną z rezygnacją. Ubrana położyła się do łóżka w drugim końcu sali i czekała, co będzie. Ale nic nie było. Jak co wieczór inżynier powiedział kobiecie ze zdjęcia, że jej nienawidzi, i zasnął z fotografią w ręku. Ilda pomyślała, że już nie lubi tej pracy.

Patrząc, jak niewiele domów zostało do rozdania, żałowała czasami, że i dla siebie choć jednego nie wzięła. Mogła była urządzić coś wyjątkowego. Lecz Dziewcza Góra trzymała ją dziwnie mocno. Im dalej Ilda wypuszczała się myślami, tym bardziej tęskniła do matki i sióstr.

Tymczasem i jej dom się zmienił. Rudy Jan, ożeniwszy się z Trudą, poczuł się pod ich dachem jak u siebie. Nie mogła znieść Ilda, jak łatwo przychodzi mu mieszanie się w ich sprawy. Gdy przywoził rozsady, zaraz mówił, gdzie Ilda ma je umieścić. Gdy przywiózł kilka kur, to od razu z instrukcją, co upiec z jajek. Traktował ją jak młodszego brata. Młotek dawał do ręki albo piłę. Skoro motorem jeździ? I wciąż powtarzał, że noclegownia to miejsce nie dla niej, godzinami wyliczał, jakie inne posady załatwić jej może od jutra, jakby w ogóle chciała o tym słuchać. Im bardziej nalegał, tym bardziej była uparta.

Swoją żonę Trudę Rudy Jan traktował jak uwielbiane dziecko. Wszelką jej niezgodę ignorując, jakby to były kaprysy, a wszelkie łzy biorąc tak poważnie, jakby świat się walił. Naprawdę nie było trudno o łzy Trudy.

Jeśli Jan liczył się z kimś, to z Rozelą. Bo też matka, co Ildę złościło, była najbardziej zakochaną w Rudym Janie kobietą. Gdy pewnego dnia matka postawiła przed Janem talerz gestem tak mocnym, że aż brzęknęło, a nakładając jedzenie, patrzyła nie na Jana, a w jezioro, milcząca i zacięta, Ilda zdała sobie sprawę, że pierwszy raz w czymś się nie zgadzają. Szło o szpital dla Trudy. Jan obstawał, że dziecko urodzić ma się na nowym oddziale położniczym pod opieką lekarzy, którą wszystkim kobietom gwarantuje władza ludowa. Po jej trupie – odgrażała się Rozela, tupiąc. Mężczyźni nie powinni mieszać się do porodów. Jan próbował na miękko, że bezpieczniej, że lepiej. Na co matka odkrzykiwała, że w takim razie doniesie, co też władza ludowa toleruje w jej domu w podkuchennej piwniczce. Gdy było naprawdę blisko rozwiązania, Jan oznajmił, że musi wziąć delegację, i wyjechał.

Rozela

Zaczęło się sierpniowego wieczora. Powietrze stało tak gorące, że aż parzyło w płuca. Wszyscy w domu czekali na wieczór, wierząc, że będzie trochę chłodniej. Ale nie było. Mokra od upału Truda siedziała nad książkami, przy namalowanym przez szwagra obrazie, który już na dobre utkwił pod stołem. Siedziała, nogi położywszy na sąsiednim krześle, bo puchły, podczas gdy Ilda i matka dogorywały obok. Poszło. Jakby Truda zrobiła siku na podłogę. Ciurkiem poleciało, jak z dzbana.

Truda długo starała się zachowywać obojętność. Od obojętności przeszła do bezradnego zdziwienia. Dlaczego teraz? Jeszcze nie zdała wszystkich egzaminów. I byłaby się ze sobą targowała dalej, gdyby nie pierwszy ból w kręgosłupie. Spróbowała czytać, ale już nie mogła. Wstała, niezdolna dłużej usiedzieć, a wówczas brzuch zaczął tańczyć. Wypuczał się i przelewał, układał się to spiczaście, to płasko, przybierał coraz to inny kształt, jak wszystkie brzuchy rodzące. Krzyknęła Truda do Rozeli, żeby to zatrzymać, lecz tego biegu nie dało się już odwrócić.

Tymczasem Rozela stała skamieniała. Brzuch sam z siebie przetaczał się z boku na bok. To był już czas najwyższy na jej interwencję. Brzuch rodzący zaraz mógł wywrócić małą Trudę. Rozela, tonem dziwnie bezradnym, kazała się córce położyć. Kazała też Ildzie pootwierać wszystkie drzwi, a okna dobrze zamknąć i nanieść dużo ciepłej wody.

– Tak, kochanie – mówiła do córki, siadając za nią i masując jej krzyż. Trzymając Trudę, zaklinała los: – Urodzisz tę swoją córeczkę i wszystko, co złe, zapomnisz, obiecuję. Przemawiała tak, jak kiedyś do niej mówiły akuszerki. Wystarczy pójść za tym, co się dzieje, a spokój poczuje i konieczność, własną błahość i nową, potrzebną siłę. Brzuch złapał rytm, cały skomplikowany mechanizm porodu zaczął się zestrajać. A wtedy – co dziwne – nagle Rozela zwątpiła. Straciła wiarę. Patrzyła między nogi Trudy i miała mętlik w głowie. Nie żeby nie oglądała jej dotąd od tamtej strony. Nieraz w życiu cierpliwie leczyła robale i otarte tyłki córek, a gdy się wstydziły, machała lekceważąco i mówiła: „kochanie", jakby to tłumaczyło wszystko. Rozłożone nogi to nie był widok, który mógł ją przerazić. Zwątpiła, bo to, co widziała przed sobą, było takie delikatne. Wracali ruscy żołnierze. Gniew i strach zamąciły jej myśli, wzbierała w niej burza, nie siła. To kruche, misternie przez naturę stworzone, różowe, małe zwierzę tak miażdżyć, tak niszczyć!

I choć naprawdę, naprawdę chciała być przy tych narodzinach, od wielu, wielu tygodni każdej nocy punkt po punkcie, krok po kroku odtwarzając w pamięci, co mówiła ciotka akuszerka, to teraz pamięć na wierzch wyciągała tylko to: sześciu czy siedmiu, a może sześć milionów, nachylających się nad nią, leżącą jak teraz Truda, tych dwóch albo trzech trzymających ją za nogi, rozciągnięte aż do pęknięcia miednicy. Żelazko, bicie, strach.

Oddychać – myślała. Oddychać! Licząc do dziesięciu, każdy wdech, każdy wydech osobno. Oddychać, rytm świata łapiąc – i już o tamtym nie myśleć. Poród szedł. Okiełznać trzeba było ten potężny, wszechmogący brzuch, by urodziło się dziecko, by ochronić Trudę.

Precyzyjny był to mechanizm. Każdy gest rąk Rozeli, każdy szum, trzepot skrzydeł i trzaśnięcie za oknami mogły go zaciąć. Oddychać. Nie myśleć, lecz oddychać. Już jak obcy słyszała własny głos, rzeczowy teraz i konkretny, wydający kolejne polecenia: Wody! Papieru! Ręczniki! Skóra cierpła jej ze strachu, gdy słyszała krzyki Trudy: Zatrzymać to! Zatrzymać! Oddychać, oddychać, powtarzała sobie, pragnąc, by się kolana Trudy zacisnęły. By raz na zawsze to miejsce zatrzasnąć i zapomnieć. Ale tego już się nie dało zatrzymać.

Walczyły. Ona robiła swoje, każąc przeć córce i zabraniając na zmianę, gdy widziała, że zbyt mocne pchnięcie rozerwie krocze. Truda swoje, szarpiąc się z nieuniknionym, prąc kiedy nie trzeba i zatrzymując akcję, kiedy nie powinna, a bezwzględny brzuch swoje. Przegrały. Gorąca fala lepkiej krwi buchnęła z rozrywanych tkanek. Na tej krwi wypłynęło dziecko. Chłopiec.

Znów własny głos usłyszała Rozela, spokojny i rzeczowy, że łożysko jeszcze, że szycie. I gdy spłynęło na krwi z brzucha Trudy także to wielkie, błoniaste, żyłami naznaczone drzewo, Rozela obejrzała je pod światło, stwierdzając, że żadnego kawałka nie brakuje. Jakby na łożysko jedynie dziś czekały, nie na dziecko. Gdy potem wbijała igłę w zmaltretowane, bezwładne, wyczerpane

ciało córki, by zszyć pęknięte krocze, Truda nie
miała siły krzyczeć. Patrzyła tępo w sufit.

Ilda

Był niewiele większy od kurzego korpusu. Tak
samo zwarty, mocny jak kurczak oskubany z pie-
rza. Zaciskał piąstki, prostował i przykurczał
mięsiste, silne udka, jakby się dziwił, że działają.
Spomiędzy nich zaraz ją obsikał, zalewając i stół,
i podłogę, i jej ręce. Maleńki.

Matka podała jej dziecko, nawet nie patrząc.
Ilda spróbowała ułożyć je przy siostrze, by mogło
się dostać do piersi, ale Truda nie chciała wziąć
syna. Ilda została więc z tym małym człowiekiem,
umazanym krwią i dziwną żółtą mazią, prężącym
się na jej rękach. Mocno go trzymała, bojąc się,
czy nie za mocno, i patrzyła, zdziwiona i przejęta.

Niechby nie był taki brudny i umazany, maleńki. Zmoczoną w ciepłej jeszcze wodzie flanelą po-
wycierała go. – Mamo – mówiła – zobacz, jaki on
jest silny. Spójrz, Trudo – zachęcała – jakiego pięknego syna urodziłaś. Ale widziała tylko, że jej matka z ogromnym zdumieniem i podziwem ogląda
pod światło łożysko, a wycieńczona siostra chce
jedynie spać i nic nie czuć. No i zostali tak. Mały,
pachnący krwią i ciastem, i ona.

Głodny był. Zaczął się wiercić niespokojnie.
A cóż ona mogła mu dać? Znów położyła go Tru-

dzie na piersi, lecz siostra odwróciła się tylko. Pytała matkę – lecz odpowiedzi nie dostała. Chłopiec zaczynał płakać. Zaciskał piąstki, wyginał głowę i prężył się. Szukał.

Podała mu palec. Pociągnął mocno, wreszcie uspokojony, lecz po chwili zorientował się, że oto pierwszy raz w życiu go oszukano. No dobrze, niech będzie pierś. Pociągnął z taką mocą i taką zajadłością, że krew poszła. Przywarł do niej zupełnie zachwycony. Mimo bólu, który świdrował Ildę aż po kręgosłup, nie wyjęła piersi z jego mocnych, bezzębnych jeszcze szczęk.

Znów próbowała podać syna Trudzie. Daremnie. Siostra swoje: spać chce, nie ma mleka. I tak dawała Ilda dziecku własną pierś przez kolejne godziny, ignorując ból i zmęczenie, tracąc z tego bólu poczucie, gdzie jest i kim jest. W pokoju z powietrzem stojącym i gorącym, w półmroku, bo przy śpiącej Trudzie zasłony pozostały zaciągnięte, poczuła się jak święta. A mały patrzył na nią tak przejmująco ufnie, że aż ją zawstydzał. Próbowała patrzeć, jak on patrzył, lecz nie umiała unieść tak mocnego spojrzenia. Gdy w końcu zasnął, przyjechała Gerta. Jakże zła była Ilda na siostrę, że dziecku sen przerwała.

Matka poprosiła najstarszą, by wzięła butelkę i objechała rowerem jezioro, dokładnie wyliczając, w których domach są małe dzieci. A gdy Gerta wróciła z darowanym mlekiem, z kawałka szmatki zrobiły dla małego smoczek. Jak go ciągnął! Pił, a zmieszane mleko dziewczogórskich mamek lało mu się po brodzie. Gdy się napił, wypluł szmatkę i znów chciał piersi. Ignorując pełne potępienia spojrzenie starszej siostry, która wyraźnie sądziła że jest coś wrogiego naturze w tym, że dziecko ssie pierś innej kobiety, Ilda znów przystawiła syna Trudy do własnej piersi, ciepłej i wielkiej. Nim się dzień skończył, ani razu nie zdjęła dziecka z rąk, by późnym wieczorem, gdy się bała, że zaśnie i małego upuści, zabrać go ze sobą. Zasnęli razem na łóżku w gościnnym pokoju. Nie był to dla Ildy sen mocny. Co chwila budziła się, żeby sprawdzić, czy mały oddycha, czy żyje.

W końcu musiało stać się i to: nazajutrz, po przespanej nocy, Truda, już przytomniejsza, już nie tak bólem zorana, poprosiła o synka. Wyciągnęła ręce, a Ilda z ociąganiem oddała jej małego. Wtedy dziecko wrzasnęło. A im mocniej próbowała je przytulić Truda, tym bardziej krzyczało. Aż się stołu musiała Ilda chwycić. Aż się od tego chwytu stół ze stojącą na nim butlą z resztą mleka zachybotał. Szkło brzęknęło, mleko rozbryznęło się wokoło. Mały wrzeszczał. – Ty go weź! – powiedziała Truda. A Ilda poczuła zaraz, jak świat odzyskuje harmonię.

– Stało się. Szkło trzeba zebrać – powiedziała Truda.

Gerta

Nie podobało się Gercie to, co zastała w Dziewczej Górze. Truda leżała blada, półprzytomna, obolała, pozszywana byle jak błękitną jedwabną nicią. Gerta pomyślała, że siostra potrzebuje lekarza. Gdy już uporała się z zebraniem mleka, pobiegła na koniec wsi, gdzie mieszkał właściciel jedynego, prócz Janowego bmw, samochodu. Czuła się niezręcznie, tłumacząc sąsiadom, co się stało ze szwagrem i dlaczego go nie ma. Z dzieckiem dobrze, ale nikt nie może wejść do domu. Nie chciała, żeby ktokolwiek zobaczył, że jej młodsza siostra podaje swoje wielkie piersi dziecku Trudy. Nie przeżyłaby kolejnego wstydu. W końcu pojechali: kierowca na przedzie, z tyłu Gerta, ponaglająca go, żeby mocniej cisnął pod Łapalicką Górę, obok niej Truda, wsparta na siostrze, cierpiąca, podejrzanie obojętna na to, co się z nią dzieje.

W nowo otwartym szpitalu, wielkim i białym, lejąca się przez ręce Truda ledwo odsiedziała swoje na byle jakim zydlu w korytarzu. Wreszcie przyszedł lekarz, od razu z krzykiem: „Zabobon! Ciemnota". Zażądał, żeby natychmiast przywieźć też dziecko. Trudę zaprowadzono za wielkie metalowe drzwi, zza których dobiegały płacze i krzyki kobiet, krzyki tak straszne, że Gerta zwątpiła, czy szpital to był dobry pomysł. Przestraszona lekarską surowością, pojechała jednak do domu po syna Trudy. Taksówką, żeby zaraz wrócić do szpitala. Okazało się, że Ilda nie chce oddać dziecka. Odmawia. Nie puści. To było czyste szaleństwo, a może i przestępstwo, ale uparła się przy swoim. Taksówkarz wrócił więc do Kartuz sam, w dodatku bez pieniędzy. Po zapłatę posłała go Gerta do swojego męża. A sama, bezradna zupełnie, osamotniona wśród kobiet, które najwyraźniej oszalały, postanowiła poczekać do powrotu Jana.

Tymczasem w ostatnich dniach całe domostwo w Dziewczej popadało w całkowite zaniedbanie. Na podwórzu wyły dwa psy, niekarmione przez nikogo. Ganiające pomiędzy nimi pawie darły się ile wlezie i przekrzykiwały kury. Ta, którą trzeba było bujać w koszyku, zdołała zbudować już gniazdo ze słomy na samym środku podwórza, tuż przy studni, i do tego gniazda znieść dwanaście jaj, których jak zwykle broniła. Goniła więc pawie, ilekroć się zbliżyły, i psy, robiąc jeszcze więcej hałasu. Ogród przysychał. Na środku ścieżki piętrzyły się porzucone konewki, z których w upał dawno wyparowała woda. Groch wyschnięty, ziemniaki wysuszone na wióry. Mirabelki, które właśnie dojrzały, spadły z drzew i zaczęły fermentować. Ciężki, zawiesisty odór niósł się od chlewa. Gerta, zrezygnowana, zabrała się do ogarniania tego bałaganu. Wzięła grabie i zgarnęła śliwki. Oporządziła świnie. Pawiom naprawiła wolierę, psom przybiła dodatkowy kołek, żeby nie szarpały się na wspólnym łańcuchu. Robiła wielkie porządki, czekając na powrót szwagra i wieści o siostrze ze szpitala. Tak ją zastał Edward: spoconą, z włosami rozwianymi, rumianą, ze skórą błyszczącą i mokrymi oczami, przestraszoną nagłym obrotem spraw, ale dziwnie szczęśliwą.

Pojechali jak zwykle, rower za rowerem. Odsiedzieli swoje w szpitalu, by dowiedzieć się, że Truda jest bezpieczna, jej zdrowie się poprawia, a lekarze chcą zaraz widzieć dziecko! Ale co Gerta mogła poradzić? Już na własnym podwórzu, nim Edward wpuścił żonę do mieszkania, oznajmił jej, że teraz będą hodować króliki. Zakupił już pięć sztuk, trzy samce, dwie samiczki, ale będzie się musiał postarać o jeszcze jedną panią. W kuchni stała wysoka klatka, wciśnięta pomiędzy stół a ścianę. Gdy przyszła noc głucha i długa, zdumiewająco długa jak na sierpień, króliki w kuchni kotłowały się i deptały. Szurało, stukało i dudniło w klatce, aż się Gercie zdawało, że całą kuchnię rozniesie, gdy tak leżeli nakryci po szyje jedną kołdrą. Razem. W smutku.

Truda

Jan przyjechał w trzy dni po porodzie. Odnalazł Trudę w szpitalu. Przywiózł futro, w którym wyprowadził ją w asyście doktorów, teraz usłużnych i grzecznych. W domu Truda milczała, ignorując pytania męża. Nie pomogło futro z lisów. Wymusiła na Janie obietnicę, że już nie będzie więcej dzieci. Mały rósł na mleku siostry, które, ku zdumieniu i wielkiej radości Ildy, w końcu popłynęło z jej piersi, choć nie urodziła dziecka. Młodsza siostra nie wypuszczała teraz chłopca z rąk. Zajęli we dwoje pokój reprezentacyjny od drogi. Jan, gdy już przełknął pierwsze zdziwienie i pierwszy zawód, że to nie jego żona karmi syna, uznał, że widać tak musi być. Mieszkali w dawnym pokoju sióstr, tym ciemnawym, od strony jeziora, od syna dzieliły ich więc tylko drzwi. Na imię dostał Jan, po ojcu.

Truda, w miesiąc po porodzie, mając za nic zalecenia lekarzy, wróciła do dawnego życia. Co rano ze spokojem zakładała kolczyki, futro, wspinała się na któreś z obcasów nadesłanych z Berlina – i łaskawie zgadzała się, by Jan zawiózł ją do pracy. Gdy syn skończył rok, Truda miała w Gdyni biurko i wianuszek pań, którym delegowała zadania i marzyła o własnym gabinecie i asystentce do parzenia kawy. Taką właśnie powinien zobaczyć ją Jakob, żeby wiedział, co stracił. Wielkomiejską, z dobrze ułożonymi włosami.

Życie z Janem i z dzieckiem w drugim pokoju toczyło się swoim trybem. Wieczór w wieczór odprawiali teraz erotyczne rytuały. Naga Truda była noszona na nagich biodrach Jana, obcałowywana i wywracana, a w każdym miłosnym finale traktowana jak dziecko lub dziewica. Jeśli czasem Jan zapędził się, obracając żonę zbyt gwałtownie lub używając słów, od których dziewica powinna spalić się na popiół, przepraszał, zawsze jednakowo przejęty.

Truda nie przestawała jednak pisać do Berlina. List wysyłał zwykle Jan, wykłócając się za każdym razem, że po raz ostatni idzie z tym na pocztę, po czym brał kopertę w dwa palce na wyprostowanej ręce. Spory rozwiązywali na trzeszczącym łóżku, za zamkniętymi drzwiami.

Być może Truda też powinna się gniewać na Jana. O siostrę. Bo Jan, który dotąd traktował Ildę jak chłopaczysko, podrostka, zobaczył w niej wreszcie kobietę. Teraz ukradkiem przypatrywał się, jak Ilda wyciąga swoją wielką pierś i karmi jego syna. Mały trzymał ją oburącz, jakby i pierś, i ciotkę chciał pożreć, a Jan patrzył na to zawsze jednakowo rozanielony. Truda ukrywała zazdrość, bo tak, jak było, było dla wszystkich najlepiej. Jedynie zaczęło ją frapować, że syn rósł, a Ilda wcale nie zamierzała przestać go karmić piersią. W końcu Jan – za jej namową – wziął małego na przejażdżkę samochodem. Gdy wrócili, chłopczyk już nie chciał tknąć mleka ciotki.

Ilda

Późnym latem urodził się Mały Jan, a na wiosnę następnego roku młodym pawiom wyrosły przepiękne ogony. Rozkładały teraz dwumetrowe błękitne wachlarze, a Mały Jan patrzył, zachwycony, wraz z nim Ilda, która porzuciła wreszcie pracę w biurze przesiedleńczym. Według nowego, dziwnego prawa niezamężna kobieta nie mogła tak po prostu zajmować się swoim domem, więc by uniknąć skierowania do pracy poza Dziewczą Górą, Jan załatwił dla Ildy chałupnictwo. Miała pleść wiklinowe klosze do lamp dla Spółdzielni „Samopomoc Chłopska", sprzedawanych w warszawskim sklepie z rękodziełem.

Ilda nawet nie dotknęła wikliny. Raz na parę tygodni Jan zwoził do domu młodych milicjantów, by ci, siedząc w kuchni kołem, pletli klosze za Ildę. A ona miała czas, żeby się zajmować siostrzeńcem. Karmiła go, myła. Razem oglądali, jak się pawiom zieleniły pióra, jak ćwiczyły latanie z dachu stodoły na podwórze, wreszcie jak dwie szare wciąż, niepozorne samiczki w sianie w stodole i za kupą drewna porąbanego na opał założyły gniazda.

Gdy tylko cztery nakrapiane na czarno jaja pojawiły się w słomie, samiczki, dotąd obiekty wielkiej pawiej miłości, zaczęły walczyć z samcami. Oba pawie za największego wroga miały teraz jajka. Bez końca próbowały dostać się do nich, by je zniszczyć. I niszczyłyby, gdyby nie samice. Matki wciąż niewyklutych pawiątek pilnowały gniazd bardzo czujnie, opuszczając je jedynie nocą, na krótką chwilę, by złapać coś do jedzenia. A gdy się któryś paw zbliżył, broniły jajek dziobami i pazurami. Aż dnia pewnego większy z ptaków, ten, który nauczył się latać jako pierwszy, zobaczył, że gniazdo jest puste. Ile sił w skrzydłach podleciał do niego, by zdążyć przed samicą. Zdążył. Gdy podeptał jajka, dumnie rozłożył ogon. Samica, która widziała, co się dzieje, lecz nie zdążyła dobiec, najpierw chodziła wokół i zaglądała w słomę, nie dowierzając, grzebała tam pazurami, wywracała na wszystkie strony potłuczone skorupy. Trwało to bardzo długo. W końcu apatyczna i po ptasiemu zrozpaczona, przysiadła pod płotem. Przez najbliższe dni nic nie mogło ukoić jej żalu. A potem jakby wszystko zapomniała. Znowu były zaloty, wielka miłość z tym samym pawiem, gniazdo, jajka. Gdy tym razem szczęśliwie wykluły się z nich pisklaki, para rodziców chodziła z nimi po podwórku jak wzorowa rodzina. Jakby nigdy nic się między nimi nie stało.

Bywało, że któryś funkcjonariusz od plecenia kloszy, nierozumiejący nic z rodzinnych koligacji, próbował zaprzyjaźnić się z Małym Janem, by zdobyć serce Ildy, przekonany, że to ona jest

matką. Czasami któryś wprost mówił, że nie miałby nic przeciwko pannie z dzieckiem. Ilda nazywała tych absztyfikantów pawiami i chodziła na
skargę do Rudego Jana. Nie zdarzyło się, żeby
któryś jeszcze raz przyjechał na Dziewczą Górę.

Gerta

Gerta bardzo czekała na wiadomość, że potrzebna jest na wsi. Kartuskie króliki okazały się jeszcze gorsze od dziewczogórskich świń. Głupie były,
rosły im zbyt długie zęby, którymi piłowały pręty
klatki. Gerta wywalczyła, by usunąć je przynajmniej z kuchni i przenieść do szałerka po drugiej
stronie wąskiego podwórza. Było jeszcze gorzej.
Odtąd mieli królicze odgłosy tuż za oknem, pod
którym sypiali.

Edward pogodził się z tym, że jego żona żyje
na dwa domy. Prócz kartuskiego mieszkania, które pod jej ręką powoli zaczynało przypominać
porządny salon, miała jeszcze pod opieką dom
rodzinny, do którego zaglądała najrzadziej raz na
tydzień. Zarządzała, co ma być zrobione, zaganiała
kogo się dało do pracy. Albo brała się do niej sama.

O tym, że ktoś chce sprzedać pompę do studni,
dzięki której można mieć wodę w domu, w kra-
nie, usłyszała w miasteczku. Zaraz dała zaliczkę
z mężowskich pieniędzy i pojechała na Dziewczą
Górę uprzedzić, że Rudy Jan będzie musiał za-

jąć się montażem. Z przyczyn, których pojąć nie umiała, nikt nie miał do tego głowy. Jan był zajęty w miasteczku, Truda całe dnie siedziała w pracy, do rodzinnego domu wpadała jak po ogień, Ildy nie interesowało nic prócz Małego Jana, a matka nie wychodziła z ogrodu, walcząc z perzem. Trudno. Sama się do tego wzięła.

Gdy zdjęła pokrywę studni, jeden z pawi siedzących na dachu stodoły sfrunął i usiadł na ocembrowaniu. Zajrzał do studni i zobaczył siebie. Z takim zachwytem przypatrywał się odbiciu, tak przekręcał głowę to w prawo, to w lewo, aż skoczył. Prosto do wody. Najpierw się przeraził, potem się pozbierał i zaczął pływać. Nim Gerta odnalazła swoją młodszą siostrę i nim ją wraz z matką spuściły do studni na wiaderku, minęła godzina, może dwie. Wreszcie wyciągnęły pawia całego i żywego. Tyle że od zimnej wody dostał przykurczu łap. Próbowała je matka nacierać spirytusem, rozgrzewać w kuchni nad piecem, lecz nic się już nie dało zrobić.

Gerta była praktyczna. Nikogo nie pytając, wzięła ptaka, ucięła mu łeb siekierką i porządnie go sparzyła. Pod tym wydatnym, kolorowym ogonem odkryła ze cztery kilo tłuszczu. Rosołem ugotowanym na pawiu całą wieś można było obdzielić, taki był gęsty i aromatyczny. Smakował także Edwardowi; dwa słoiki przywiezione z Dziewczej Góry poszły na jedną kolację. Wieczorem Gerta zapytała męża o króliki. Czy skoro jest ich tak dużo, nie mogliby części przeznaczyć do zjedzenia? Edward się oburzył.

W Dziewczej Górze po pawiu, którego zjedzono, została samica. Strasznie rozpaczała. Goniła po podwórzu, wybiegła przez mirabelki aż na pola i trzeba jej było szukać. Ilda z Małym Janem znaleźli ją w końcu hen za Dziewczą Górą. Przynieśli owiniętą kawałkiem fartucha. Nie było wyjścia. Potrzebny był nowy samiec. Przeczesując ogłoszenia w gazecie, Gerta znalazła jedno: „Pawie na sprzedaż u księdza pod Hrubieszowem". Bez pytań, bez zwłoki zadzwoniła i umówiła cenę. Księdzu powiedziała, że szwagier przyjedzie i zabierze ptaka.

Truda

Już od dawna koleżanki z Gdyni prosiły, by im pokazać pawie, o których tyle opowiadała Truda. Nie mogła jednak kobiet nawykłych do miasta zaprosić do chałupy z wychodkiem. Jan na wymurowanie łazienki dostał tydzień. Pompa do studni wciąż leżała na podwórku niezamontowana, a sedesu, wanny, zlewu nie sposób było zdobyć. Truda nie chciała o tym słuchać i Jan, przymuszony, znalazł sposób. W budowanej w Kartuzach nowej szkole parę sztuk porcelany wpisano do strat. Za-

gonieni do pracy funkcjonariusze migiem dosta-
wili do ściany kuchni dodatkowe pomieszczenie
i wybili drzwi w miejscu drugiego okna. Wanna
stanęła pod ścianą pomalowaną na niebiesko, sedes obok, na postumencie, a rura wyprowadzona
została dyskretnie pod porzeczki. Zamontowana
na studni pompa ciągnęła wodę wprost do kranów.

Schła jeszcze farba, schły przeprane w jeziorze
zasłonki w rajskie ptaki, gdy miastowe koleżanki
stanęły w drzwiach. Cztery panie w garsonkach,
w butach na obcasach, wszystkie ufryzowane jak
Truda i całe w ochach i achach. Obejrzały dom
i ogród. Truda tak prowadziła gości, by ominąć
świnią kuchnię. Pawie jak na zamówienie rozłoży-
ły ogony. Chyboczącą się na obcasach i wpadając co
chwila w dziury na drodze, poszły wszystkie razem
nad jezioro. Tam zjadły zupę z ziemniaków, zamia-
tając z apetytem łyżkami. Wieczorem każda umyła
się w ich nowej łazience, jakby to była najzwyklej-
sza rzecz na świecie. Truda łgała jak z nut: Nie
mają akurat odpowiednich ręczników, tylko lniane.
Wiatr je zerwał, gdy na dworze suszyło się pranie.

Nazajutrz, gdy obejrzały też dziecko, Jan odwiózł koleżanki Trudy samochodem aż do Gdyni.

Ilda

Czasem Ilda złościła się na zbyt głośno tupią-
cą po kuchni obcasami średnią siostrę. Groziła,

że w końcu to Truda dostanie wiklinowe klosze do wyplatania, lecz nie mówiła serio, bo sama w domu, z dzieckiem Trudy, po raz pierwszy czuła się szczęśliwa. Jeszcze w jej życiu nie było nic tak prostego. Mały przywiązał ją do siebie. Nauczył patrzeć w oczy. Ilda z początku, przy karmieniu, znieść nie mogła tak intensywnego spojrzenia. Uciekała oczami. Ale on patrzył dalej, spokojnie, uważnie, szukając jej wzroku, widząc, nie widząc. Już gdy miał trzy miesiące, godzinami pływać mogła w jego oczach jak w najspokojniejszym jeziorze. Gryzł i macerował brodawki do krwi, na co mimo bólu pozwalała. Taki był kruchy i ufny. Gryzł, aż popłynęło mleko. A ona czuła szczęście. Oswoił ją, szczeniak jeden, cudotwórca.

Mówi się o takich dzieciach: żywe srebro. Jak podrósł, psom właził do budy, pawiom do woliery, by tam zagrzebać się w piachu. Do gnojówki wpadł, węża złapał za ogon, na szczęście zwykłego zaskrońca. Rozrzucił po całej kuchni wiklinę i zniknął pod spodem. Albo jeździł po podwórzu na świniach, do obłędu doprowadzając biedną ciotkę Gertę.

Wraz z Małym pojawił się też, pierwszy w życiu Ildy, paniczny lęk o jego życie. Przytykała śpiącemu siostrzeńcowi ucho do piersi i słuchała, czy oddycha. Czasem wyobrażała sobie, że właśnie umarł. Oto leży bez ruchu, nieżywy, a świat trwa.

Za ścianą Truda chichotała z Janem, drewno łóżka się gięło, sprężyny trzeszczały, a Ilda gotowała się na śmierć. Mały jakby to wiedział. Otwierał oczy i spokojnie, po prostu, przypatrywał się jej. Wtedy lęk z wolna mijał.

Sama umierała ze strachu wiele razy. A to Mały wlazł między stado gęsi, a one zaczęły go szczypać, przybłąkał się pies i skoczył prosto na niego. Mały rozpalił ogień na podwórzu, aż trawa wokół niego zaczęła się tlić. Ilda nie mogła wówczas zrobić kroku. Sparaliżował ją strach. Choć była zupełnie blisko, nie wyciągnęła go z ognia, nie wiadomo czym bardziej przerażona, ogniem czy samą sobą? Na szczęście Jan, który właśnie wrócił, doskoczył do Małego i zmiótł kurtką płomienie. Ilda przepłakała cały wieczór.

Tęskniła za nim, kiedy tylko znikał jej z oczu. Była zazdrosna o niego. Gdy przyjechały koleżanki Trudy, zapakowała Małego Jana do swojego motocykla – owiniętego w kołdrę, żeby przypadkiem nie wypadł – i pojechali, na Chmielno, na Zawory, przez Kartuzy aż do Mirachowa, ile tylko wystarczyło benzyny, byle cały świat dał im spokój.

Gerta

Gdy Gerta jeździła na Dziewczą Górę, Edward zbierał swe męskie siły. Po jej powrocie zaczynały się płonne próby, podejmowane z zapałem godnym ich pierwszego razu. Gerta bardzo była cierpliwa, ale czasem krzyknęła nieopatrznie. Wtedy on schodził z niej niezdarnie i ją przepraszał.

Wieczorami, w warsztacie, by jej zejść z oczu, zabierał się do malowania obrazów. Malował dziwnie: pejzaż niby piękny, nawet można by go powiesić nad stołem, ale w rogu pies myśliwski robi kupę. Wieś spokojna o poranku, a wszystkim bykom błyszczy na różowo przyrodzenie. Gerta próbowała mężowi tłumaczyć, że sztuka nie może zawstydzać, że pokazując obrazy klientom z zakładu, naraża na śmieszność całą rodzinę. Wtedy zwykle unosił jedną brew, patrzył na nią i nic nie mówił.

Wymyśliła, jak go podejść. Poprosiła, by w prezencie na rocznicę ślubu namalował dla niej portret kogoś godnego, znanego poety, czy też kompozytora. Dała mu do wyboru kilka zdjęć wyrwanych z gazet. Edward zgodził się i wybrał fotografię Szopena. Gerta była wniebowzięta: kompozytor miał białą koszulę, czarny frak i fular. Taki obraz bardzo porządnie wyglądałby w złotych ramach, zawieszony w witrynie zakładu, albo jeszcze lepiej w domu nad pianinem, jeśli kiedyś udałoby się je kupić. Szopen wyszedł Edwardowi bez żadnych udziwnień, może niezbyt podobny, lecz za to idealny nad pianino. Do czasu, aż obraz

zapadł na trąd. Pech. Widać deska została źle za-
gruntowana, bo po trzech miesiącach farba zaczęła odłazić na rudo. Po tym incydencie Edward
wyrzucił farby.

Rozela

Wszyscy zajęci byli sobą. Nikt nie zauważył, co
się dzieje z Rozelą. A ona liczyła. Do krupniku
tysiąc siedemset ziaren kaszy, trzysta kawałków
marchwi, około osiemdziesięciu kawałków selera
i pietruszki. Ziemniaki w większych kawałkach –
dwadzieścia parę albo trzydzieści. Cztery klasy
szkoły ukończywszy, nie sądziła, że w zapamię-
tywaniu liczb dojdzie kiedykolwiek do stu. Teraz
bez końca liczyła. Od narodzin wnuka, by nie dać
się porwać mętnej rzece uczuć, trzymała się twardo detali – liczenia kawałeczków warzyw, które
wrzucała do zupy, tykania zegara, którego rytm
śledziła z pełną uwagą, przekładania wyrwanych
chwastów z jednej kupy na drugą i układania równo. Dotykania zwierząt tak, żeby żadne odczucie
nie umknęło, trzymania talerzy, garnków, wiader
mocno, obiema rękami, uważnego, pętelka po
pętelce przeszywania ściegu. Jakże mozolne to
było. Jakby zaplątana w tony glonowatych roślin,
ratowała się z nurtu mętnej rzeki. Centymetr po
centymetrze drapała się na brzeg. Zegar tyknął
właśnie dwieście dwudziesty piąty raz.

Manię liczenia udało się Rozeli opanować, gdy wnuk skończył dwa lata. W tamtym czasie czulej potraktowała piwniczkę, prócz wódki pędząc dobre wino. Smakowała i wymyślała, z czego można je zrobić. Raz nieopatrznie wyrzuciła wytłoczyny po śliwkach na podwórze. Wlazły w nie świnie, po raz kolejny wypuszczone przez knura na wolność, w efekcie zaczęły chodzić slalomem i się przewracać. Leżały w piachu i machały racicami, nie bacząc na psy, skołowane tak, że aż przestały szczekać. Kwikom i chrumkaniu nie było końca, dopóki nie wytrzeźwiały. Ktoś, kto przechodził akurat koło domu, zobaczył pijane świnie i rozgadał po wsi. Rozela, zła i zawstydzona, najpierw każdą z córek zbeształa z jakichś błahych powodów, wreszcie wsiadła na zięcia. Krzyczała, że to nie do zaakceptowania – nie dość, że żyją z Trudą bez ślubu kościelnego, to nawet nie ochrzcili dziecka. Jan, który początkowo zarzekał się, że prędzej połknie kluczyki, niż pojedzie z synem do kościoła, w końcu dał za wygraną. W kolejną niedzielę, w Chmielnie, po mszy, bez rozgłosu, żeby nie pogarszać sprawy, Truda, Jan, Ilda, Rozela i Gerta z Edwardem ochrzcili małego imieniem, jakie już wpisano mu do dokumentów: Jan. W domu, z powodu ciągłego wzniecania pożarów, nazywali go Fajerjankiem.

Sprawa została załatwiona, a Rozelę martwiły już inne plotki. Chyba nie było w Dziewczej Górze nikogo, kto by nie podejrzewał, że nie Truda, ale Ilda jest matką jej wnuka. Rozela, przez całe życie nawykła do puszczania mimo uszu bzdurnej ludzkiej gadaniny, od narodzin dziecka jakby nie była sobą. Bolało ją byle co, rozbijało. Jakby całą skórę miała teraz cienką i pergaminową jak w tym miejscu na brzuchu, gdzie był ślad po żelazku.

Gerta

Do Strzelczyków przyjechał kolega z wojny. Rzadka rzecz. Pogratulował Edwardowi pięknej żony, zapytał o dzieci, poklepał po ramieniu, że widać jeszcze trzeba poczekać, i rzekł zdziwionej Gercie: – Rok po tej samej stronie pieca.

Edward zamknął zakład, napisał na kartce, żeby w bardzo ważnych sprawach szukać go w mieszkaniu, i usiadł z gościem przy stole. Mówił tylko tamten, kiwając się nad kieliszkami, które sam napełniał. Najpierw kurtuazyjnie: o własnej żonie i dzieciach, o pracy konwojenta. Potem o Edwardzie. Czy coś pani Gercie o obozie jenieckim opowiadał? Skoro nie, on opowie. Razem siedzieli w stalagu. Edward był tam osobą rozpoznawalną, nawet wśród oficerów. Nie tylko ze względu na to, że siedział od samego początku;

innych jeńców bez stopni wojskowych trzymali najwyżej kilkanaście miesięcy, a jego całe cztery lata. Może się coś w papierach pomieszało, może Niemcom chodziło o jego brata, oficera? Słynny był Edward głównie dlatego, że rysował. Kobiety zwłaszcza. Gdy ktoś zamówił większy format z fotografii, która się przetarła, żony i narzeczone wychodziły mu jeszcze piękniejsze. Długów karcianych miał ile wlezie w tym obozie – prawda, Edziu? Ale zawsze spłacał wszystko, co do grosza, z tych obrazków.

A czy o kotce mąż opowiadał pani Gercie? Edward pamiętać nie chciał, było widać, jak się wierci na krześle, ale gość bardzo chciał opowiedzieć. Przyplątała się zwykła kotka. Znosiła do baraków myszy, a w większą biedę choćby karaluchy. Raz przyniosła pająki. Zobaczyli ją z rana, jak je zagarnia łapami, by się nie rozlazły. W obozie Edward spał razem z kotką na pryczy. Tamtego dnia, gdy brzęk się rozległ, od razu było wiadomo: stłuczona porcelana. Gdybyż to było lusterko do golenia – siedem lat nieszczęść i trudno. Nawet gdyby to było zdjęcie czyjejś ukochanej albo szyba okienna – zimno by się zrobiło, powód mieliby, aby nudę zabijać wizytami u doktora. Ale to była miseczka porcelanowa. Ci w obozie, którym udało się zdobyć coś takiego, szanowali te naczynia bardziej niż pieniądze albo papierosy. Bo czy próbowała pani Gerta kiedyś wylizać łój po zupie z aluminium? Cały obóz patrzył więc, jak tamten, któremu stłuczono miseczkę, krzyczał za kotką: „Kurwo!". Za co go Edward chciał pobić, mocno trzymany przez pozostałych, którym był potrzebny na oddziale malarz ze sprawnymi rękami. Aż ktoś otruł zwierzątko sproszkowanym szkłem. A czy wie kolega, że ten, co to najpewniej zrobił, mieszka teraz niedaleko, w Kościerzynie?

Edward wciąż milczał, a tamten nie przestawał gadać. Wie pani Gerta, jak było wszystkim w obozie żal Edzia z powodu jego żony? Opowiadał, prawda? Większość przed niewolą miała jakąś dziewczynę, ale nie było takiego, który by się ożenił, a nie zdążył posmakować kobiety. Żaden prosto z wesela, bez jednej nocy z żoną, nie pojechał na front, prócz Edwarda, żaden bez walki nie trafił do niewoli, by całą wojnę przesiedzieć w obozie. Widzieli z kolegami, jak płakał, kiedy dostał list ze zdjęciem młodej żony w trumnie.

W tym momencie gałki oczu poczerwieniały Edwardowi. Powiedział: – Dość! Widać było, że nie żartuje. Pożegnali gościa, który zebrał się pospiesznie. Wieczorem Gerta zaczęła się łagodnie, najdelikatniej jak umiała, dopytywać. – Daj spokój – powiedział stanowczo. Chodził po warsztacie, z oczyma wciąż czerwonymi, wbiwszy pięści w kieszenie. Tej nocy i przez kilka następnych spał w zakładzie, na kocu, który rozłożył sobie koło biurka.

A pięć dni później była czwarta rocznica ich ślubu. Pijany od rana Edward połamał w drzazgi misternie wykuty ze srebra wianuszek, który Gerta w kwiatową rocznicę miała włożyć na głowę do welonu, rozbił stół, wreszcie rzucił o ścianę portretem Szopena.

Truda

Jak mało znały swych mężów! Najpierw szwagier narobił wstydu rodzinie, rozganiając gości sproszonych na rocznicę ślubu, a potem Jan, któremu Truda urodziła syna, okazał się ostatnim łajdakiem. Ta mała z poczty, z blond włosami wyzywająco zaczesanymi w czub, powiedziała jej niby w tajemnicy: „Jan ma gdzieś w Polsce jeszcze jedno dziecko!". Podobno pod Hrubieszowem. Jeździł tam ostatnio.

Długim i wyjątkowo energicznym krokiem szła tamtego dnia Truda z poczty do komendy. Nie bacząc na dziury w kartuskich chodnikach, nie próbując nawet wyminąć kamieni, ignorując gnące się obcasy, przeszła przez milicyjne podwórze i ostrym ruchem przegoniła kury. Nie spojrzała nawet na grzecznie dygających podwładnych męża. Weszła do gabinetu, wyprosiła jakiegoś ważnego kartuskiego dyrektora i powiedziała: – Nie tego się po tobie spodziewałam.

Po czym inaczej, niż zaplanowała, usiadła Janowi na kolanach i zaczęła płakać. A on, skołowany i zawstydzony, wypierał się i bronił. Pod Hrubieszów jeździł przecież po pawie. Niech mu da miesiąc, a wszystkie sprawy załatwi. Gdy przyjdzie czas, gdy już będzie mógł, to – przysięga – wszystko jej wyjaśni. Niech mu tylko uwierzy: nie ma innej kobiety.

W ten sądny dzień, już wieczorem, Truda przypomniała sobie o liście z Berlina. Jeszcze we łzach otworzyła kopertę i przeczytała: *Die Eheleute Anne Marie und Jakob Richertowie z radością powiadamiają o narodzinach potomka.* Na załączonym zdjęciu było grube dziecko w burzy koronek, trzymane na kolanach przez kobietę. Ono było podobne do Jakoba. Ona miała ciemne, falowane włosy, ciemne oczy, odrobinę skośne, twarz bardzo białą i dziewczęcą – nie widziała Truda ani śladu szminki. Mierzyły się wzrokiem bardzo długo i Truda nie spuszczała oczu. W końcu wzięła zdjęcie, oparła o puszkę z cukrem, na wprost wejścia do kuchni. Nim wyszła, raz jeszcze spojrzała w oczy tamtej kobiety, hardo i wyzywająco: niech tamta wie, że nie była pierwsza.

Wieczorem jak zwykle pozwoliła się rozebrać, a gdy się już Jan do niej zabierał, kazała mu wstać i wyjść. Widać – pomyślała – ma jednak coś na sumieniu, bo posłuchał. Po raz pierwszy od lat Truda samotnie przepłakała noc. Jana znalazła rano śpiącego na gołych deskach kuchennych, nakrytego jedynie własną marynarką od munduru. Spał i chrapał, głowę przycisnąwszy do kredensu, a ze zdjęcia ponad nim bezczelnie patrzyła Trudzie w oczy tamta kobieta.

Ilda

Ależ one mało wiedziały o mężczyznach! Najpierw Truda usłyszała, że Fajerjanek podobno gdzieś tam w Polsce ma brata. Zaraz potem mąż Gerty przyjechał na rowerze, lecz zamiast postawić go jak zwykle na podwórzu, zaczaił się na Ildę w świniej kuchni, od strony jeziora. Tam wręczył jej fotografię i powiedział, że musi, ale koniecznie musi, pojechać do Kościerzyny i rozpytać się o adres człowieka z tego zdjęcia. Spytała, dlaczego nie poprosi Rudego Jana, na co Edward aż się zatrząsł. No jakże? Przecież szwagier pracuje w milicji. Niech Ilda dowie się o adres, a z resztą już sobie sam poradzi. Tylko błaga: niech nic nikomu nie mówi.

Ilda przyrzekła Edwardowi, że pojedzie do Kościerzyny w następnym tygodniu. Gdy była już na głównej ulicy w Kartuzach, przy skrzyżowaniu Gdańskiej i Parkowej, wprost pod koła wszedł jej niski, drobny jak dziecko mężczyzna. Wyminęłaby go, a on zdołałby uskoczyć, ale zawadziła przyczepką o krawężnik i motor zmienił bieg. Runął prosto na niego. Ponieważ mężczyzna był tak lekki, na metr w górę poleciał, nim upadł plecami na kocie łby. Ludzie zbiegli się, ktoś zaczął krzyczeć na Ildę, lecz mężczyzna zaraz wstał, otrzepał ręce i kazał wszystkim się rozejść, bo nic się nie stało. Patrzył na nią tak, jakby cud zobaczył. Po czym powiedział: – To nie może być przypadek. – Dlaczego? Po prostu musi jej pokazać rzeźbę w swojej pracowni w Sopocie. Wtedy sama zrozumie.

Ilda nie ufała obcym, nie znosiła zaczepek. Jednak w tym człowieku było coś wyjątkowego: fizycznie drobny, granatowymi oczami w czarnej oprawie patrzył tak zadziornie, mocno, że niejeden roślejszy i silniejszy mężczyzna zszedłby mu z drogi. Mimo dziecięcego niemal ciała czuć było od niego siłę i zaczepność. Poza tym, skoro prawie go zabiła, należało mu się trochę uprzejmości.

Pojechali więc. Ona za kierownicą sokoła, on w przyczepce. Całą drogę przyglądał jej się uśmiechnięty, z tym samym dziecinnym uśmiechem otworzył wielkie szklane drzwi. W wysokim, jasnym pomieszczeniu stały wśród gęstego kurzu bryły białego kamienia. A na samym końcu – rzeźba kobiety z dzieckiem u gołej piersi. Była nieco większa niż Ilda, ale miała jej twarz, jakby autor kopiował z natury. I pierś miała jej, chociaż nie tak bujną. Ilda była zdumiona.

Poprosił, by napiła się herbaty, skoro zechciała przyjechać. I spytał, czy mógłby jeszcze popatrzeć na swoją Madonnę, tylko żywą. Siedzieli, milcząc, pijąc herbatę z kubków, które czuć było sproszkowanym kamieniem, a które on wyciągnął z pełnego dłut i słoików zlewu. Siedzieli, a on nie przestawał się w Ildę wpatrywać. Zapytała go, jak się nazywa. Wskazał szyld oparty o ścianę: „Tadeusz Gelbert. Pracownia Rzeźbiarska".

Gdy dopili herbatę, zapytał, czy jest głodna. Powiedział, że ma jakieś jedzenie na górze, a Ilda, choć przez myśl jej przeszło, że nie należy chodzić nie wiadomo dokąd z obcymi, zgodziła się z nim pójść. Pomyślała, że skrzywdziłaby go bardzo, pokazując, że mu nie ufa. Weszli po drewnianych, bardzo stromych schodach, jakie prowadzą raczej na strych. Za drzwiami Ilda zobaczyła inny świat: w niewielkim mieszkaniu, oddzielonym od pracowni grubą pluszową kotarą, stały dwa wyściełane fotele, sofa, regalik na bibeloty i nawet biurko, na którym w idealnym porządku leżały kawałki szlifowanych kolorowych kamieni. Okna mieszkania wychodziły na boczną, cichą ulicę, przy której rosły jesiony. Gałęzie jednego z drzew wprost dotykały szyb. Gdy otwarł okno, usłyszała morze i poczuła jego zapach.

Do jedzenia dostała upieczoną rybę, którą Tadeusz wyjął z bardzo nowoczesnej lodówki w niewielkiej, ciemnej kuchence przylegającej do salonu. Zapytała, kto przygotował to danie. Odpowiedział, że przychodzi pani Kazia. Chciała wiedzieć, czy pani Kazia jest ładna. Uśmiechnął się, mówiąc, że raczej nie. Potem usiedli w fotelach vis-à-vis. Nawet nie próbował jej dotykać. Opowiedziała mu trochę o Dziewczej Górze, o pracy przy przesiedleniach i o siostrach. Zapytała, skąd się wziął w Kartuzach. Sprowadził tam byłą żonę i synów, prawie dorosłych już, kupił dla nich dom koło Krzyżowej Górki. Próbowała pytać go o rodzinę, lecz on nie chciał rozmawiać na ten temat.

Zamiast o swoim życiu opowiedział jej o Penelopie, która w dzień tkała, w nocy pruła z miłości do Odysa, i o Homerze, który tę opowieść o największej miłości świata deklamował z pamięci, nigdy jej nie zapisawszy. Opowiadał o obrazach Caravaggia, nad którymi on, twardy mężczyzna, zawsze płacze, o tym, że współcześni owego artysty go nie doceniali, bo w rolach Madonn malował prostytutki. Opowiadał o wątkach z tych obrazów: obciętych głowach, morderstwach, śmierci. – Studiowanie cudzych prac – powiedział – to najlepsza szkoła sztuki. Poczuła wielki podziw dla jego ogromnej wiedzy. Pomyślała też, że choć straszne rzeczy opowiada, to jeśli kocha tak, jak mówi, mogłaby już nie wychodzić od niego.

Poprosiła, by opowiedział, skąd pochodzi. Usłyszała historię, jak jeszcze w pierwszą wojnę, w wielki głód, z pociągu jadącego do Warszawy wypchnięto kobietę, wcześniej odbierając jej zdobyty na wsi chleb. Resztę sił zebrawszy, kobieta poszła w las, nie wiedząc, gdzie jest ani dokąd idzie. W tym lesie, na samym środku drogi, natknęła się na niemowlę. Znaleziono ich oboje, bo dziecko głośno płakało. Ona przeżyła, bo on krzyczał, a on dzięki temu, że kobieta grzała go własnym ciałem. A gdy już odzyskali siły we wsi gdzieś pod Radomiem, okazało się, że jej dom zburzono, dzieci zabito. I tak zostali we dwoje. On, rodzonej matki nieznający, i ona, dla której był zastępczym dzieckiem.

Tę noc Ilda spędziła z rzeźbiarzem. Ubrani, zapięci po szyję, przytuleni, zasnęli w końcu w jego łóżku – skromnym, ale czystym, które stało w drugim, prawie pustym pokoju. Rano, gdy było jeszcze szaro, w tym łóżku ją rozebrał. Ilda wiedziała już, że nie wróci do domu.

Rozela

Po południu na rowerze przypedałowała Gerta. Płacząc, mówiła, że pod ich domem był wypadek na sokole. Rozela kazała zaraz sprowadzić z miasta zięcia, a potem posłała go raz jeszcze do Kartuz, nakazując – szeptem, żeby nie usłyszał Fajerjanek – gdzie i co ma sprawdzić.

W szpitalu Ildy nie było. Nie było jej też w kostnicy. Ktoś widział, jak odjeżdża z mężczyzną, którego potrąciła. Poszukiwania trwały do wieczora. Milicjanci posłani przez Jana w teren znaleźli nawet dwa motocykle sokoły, ale żaden z nich nie należał do Ildy. Ona sama zjawiła się nazajutrz w Dziewczej Górze. Opowiedziała o wypadku, tłumacząc, że musiała zająć się poszkodowanym. I zaraz do niego wraca. Dorosła jest. Nikt jej nie może zabronić.

– A kto się dzieckiem zajmie? – krzyknęła Rozela. – A czego się tak patrzą Gerta z Trudą, jak cielęta!? Czy nie widzą, co wyrabia ta dziewczyna?

I chwilę później zamykała Ildę w piwniczce pod kuchenną podłogą. Po prostu otwarła drzwi i powiedziała: – Właź. Nasunęła krzesło na klapę w podłodze, drugie ustawiła tak, by oprzeć na nim stopy, i na tych krzesłach usiadła. Na nich też postanowiła spać, nakrywszy się pierzyną. Całą noc tak przesiedziała, przy otwartym piecu, z którego migotało pomarańczowe światło. Cały dzień przesiedziała. Wiedziała, że żadna ze starszych córek, które snuły się wokół niej naburmuszone, nie powie słowa. Nie dbała o to, że pięcioletni Fajerjanek pyta, dlaczego

uwięziła ciocię – kazała mu być cicho i się nie
wtrącać. Przez zamkniętą klapę wygłaszała prze-
mowy i prawiła morały, klękała na środku i od-
mawiała zdrowaśki o opamiętanie córki. Ciskała
się, tupiąc po kuchni butami na drewnianej po-
deszwie, aż tam, pod podłogą, ściany musiały się
trząść od huku. Ale gdy znów spróbowała po dobroci, napotkała tylko opór Ildy. Zła była tak, że
byłaby ją głodem zamorzyła, gdyby nie zmęczenie, które ją ogarnęło znienacka czwartej nocy.
Obudziła się już we własnym łóżku. Kuchnia była
pusta, krzesła rozsunięte, klapa podniesiona,
w piwnicy – nikogo.

Pytała Trudę. Dlaczego trzyma z tą wyrodną
dziewczyną!? Pytała Gertę, licząc, że w czułej na
wstyd córce znajdzie sojuszniczkę. Żadna nic nie
powiedziała. Próbowała Rozela dowiedzieć się
czegoś od Jana, wymóc na nim, by coś zrobił, ale
ten tylko spuszczał wzrok i chrząkał dziwnie.

Tymczasem Rozela czuła, jak – może pod wpły-
wem zmęczenia, może widoku pustej piwnicy
i podniesionej klapy – gniew w niej gaśnie, robiąc
miejsce dla lęku o nieobliczalną Ildę. Przez kolejne tygodnie rozpalała gniew, jak mogła: oburze-
niem, drwiną, słowami, wyobraźnią, jednak gniew
gasł, a rósł lęk. Rozela nie zamierzała się bać! Postanowiła, że sama załatwi tę sprawę. W jeden
dzień gorący i parny, spruwszy i pozszywawszy

kilkadziesiąt już razy kawałki materiału na nową narzutę, oświadczyła, że wsiada w pociąg do Sopotu. Zabierze Ildę od tego hochsztaplera. Spakowała w małą tekturową walizkę trochę sera i chleba, zawiązała chustkę na włosach, włożyła czystą spódnicę i poszła piechotą na stację, złapać pociąg z przesiadką w Somoninie.

Siedząc na ławce w chłodnej, ciemnej poczekalni, w oczekiwaniu na kolejne połączenie, wierzyła jeszcze, że jej się uda. Wciąż i wciąż odtwarzała w wyobraźni scenę, jak mocnym krokiem idzie po schodach, bo na pewno będą tam schody. Jak łomocze w drzwi, a potem, nie czekając, naciska klamkę. Bała się, że jeśli zbyt długo przyjdzie jej czekać na pociąg, cała odwaga uleci. Przywoływała wtedy samą siebie ostro do porządku, próbując raz jeszcze w wyobraźni postawić pierwszy krok na schodach.

Pociąg jechał o wiele za długo. Sopot okazał się wielki i tłoczny. Rozela pomyślała ze złością o Trudzie. W koralach, futrze pasowałaby tu o wiele lepiej niż ona, ale nie chciała pojechać. Miała żal do Gerty, której obojętności nie była w stanie pojąć. Zaczęła rozpytywać o rzeźbiarza przechodniów, lecz wśród nich większość to byli przyjezdni, jak ona. Wreszcie ktoś wskazał jej drogę.

Ulica była szeroka, po obu jej stronach stały pawilony. Czuć było w powietrzu zapach glonów i świeżego wiatru. Główny trakt prowadził prosto nad morze, wcześniej trzeba było skręcić w prawo, dwa domy dalej był właściwy adres. Rozela nigdy nie była nad morzem, gdzie miała swoje stare, niezałatwione sprawy. Skarciła samą siebie w myślach: nie po to przyjechała tutaj, aby zajmować się sobą. Poszła, gdzie jej kazano. Chwyciła spódnicę w obie garście, stanowczym krokiem pokonała schody i otworzyła drzwi.

Siedzieli w fotelach. Jak państwo: on i Ilda, ubrana w wąską, miejską spódnicę, ufryzowana i zapięta pod szyją ciężką, drogą broszką. Ilda o karnacji jakby bielszej i oczach bardziej niebieskich i błyszczących. Podobna była teraz do kobiet, jakie Rozela widziała tylko dwa razy: na ślubie i na pogrzebie świętej pamięci Abrama.

Cóż to był za pomysł – zrugała samą siebie w myślach – przyjeżdżać tutaj. Ona, ze wsi głębokiej – cóż robiła w tym eleganckim świecie, prócz przynoszenia córce wstydu? Weszła, skoro ją poprosili, lecz odmówiła herbaty. Nie chciała spocząć w fotelu. Nie chciała pójść na spacer. Obeszła mieszkanie, spojrzała z okien na ulicę, pomacała aksamit i nie patrząc w oczy córce, oznajmiła, że już musi jechać. Nie pozwoliła odprowadzić się na dworzec. W drzwiach, na odchodnym, rzuciła: aż do ślubu w kościele nie życzy sobie w Dziewczej Górze tego pana.

Gdy wieczorem w domu znów siadła do maszyny Singera, dokończyła narzutę z dużo większym spokojem.

Gerta

Gerta od samego zniknięcia Ildy bardzo chciała wiedzieć, co z siostrą, jak się ma, jak się urządziła, gdzie mieszka – i czy warto było. Inaczej niż matka, która udawała, że nie ma córki i postanowiła zmilczeć jej istnienie, Gerta namawiała Trudę, by razem pojechały do Ildy. Truda jak koza uparła się, że nie. Powodem miał być syn Trudy, Fajerjanek. Mówiła Truda: – Jak można tak zostawić dzieciaka z dnia na dzień! Chyba jednak nie o dziecko szło, skoro teraz oddawała Gercie syna bez wahania. Gerta myślała, że to dziwna zazdrość. Może o to, że Ilda umiała pójść za tym, za kim chciała?

Gerta wzięła na siebie obowiązek opieki nad siostrzeńcem, bo Truda spędzała ostatnio w Gdyni jeszcze więcej czasu, a Jan przesiadywał w komisariacie. Plotki o dziecku Jana, krążące po miasteczku, nie zrobiły dobrze ich małżeństwu. Matkę dużo zdrowia kosztowała ucieczka Ildy, postarzała się od tego czasu i skurczyła. Wnuk, pięcioletni chłopak, którego wszędzie pełno, to było ponad Rozeli siły. Gdy samemu chodził po wsi, wciąż pakował się w kłopoty. A to coś podpalił, a to potłukł, z kimś się pobił. A w dodatku łobuz: kiedy zauważył, jak nerwowo babka reaguje na każde wspomnienie o Rosjanach, wciąż ją o to pytał, zadowolony, że udało mu się zrobić zamieszanie.

Gerta na część tygodnia brała więc siostrzeńca do siebie, do miasteczka. Sadzała go na ramę od roweru i przywoziła do domu. Na kartuskim podwórku dzieci było pod dostatkiem; wychodził rankiem, wpadał w porze obiadu, a potem dopiero wieczorem. Gerta widziała przez okno, jak całą bandą wspinają się na dach wędzarni albo jak brzęczą miskami przy zlewach do robienia prania. Czasem wypadała za nim z domu ze ścierką – gdy dzieciarnia, zachęcana przez łobuza Fajerjanka, wrzucała śmieci wędzarzowi przez komin albo wiązała puszki do ogonów kotom. Jednak była zadowolona z dodatkowego domownika.

Inaczej niż Edward, który narzekał na dzieciaka i na to, że Gerta kładła ich obu, siostrzeńca i męża, w jednym łóżku. No jakże, mówiła Edwardowi, mieliby zostawić to biedne dziecko w zimnej kuchni samo? Kładła ich więc razem, sobie robiła królestwo z pierzyn pomiędzy garnkami i wówczas naprawdę czuła się gospodynią. Edward marudził, kręcił głową, lecz rozumiał tę grę, w którą z nim grała Gerta. Odczekiwał cierpliwie do piątku, gdy Fajerjanek wracał z ojcem do domu. W sobotę Gerta wymawiała się przed mężem praniem, dawała mu stosy pościeli do naciągnięcia i dywanów do wytrzepania. Niech się zmęczy. Albo prosiła o więcej drew, jeśli było zimno. Czasem późnym popołudniem zabierała się do niecierpiącego zwłoki prasowania. A on, wyczekując na moment, gdy oparła się o coś nieopatrznie, pochyliła nad wanną, włożyła ręce w ciasto, dopadał ją gdzieś pomiędzy spiżarnią a pralnią.

Swój pierwszy raz mieli już wówczas za sobą. Gerta, wróciwszy od doktora, postanowiła jak najszybciej załatwić tę sprawę. Gdy położyli się wieczorem do łóżka, a Edward jak zwykle pocałował ją zdawkowo na dobranoc, nie zdejmując koszuli, usiadła mu na biodrach. Spiął się i zaniepokoił. Popatrzył na nią z lękiem, czym ją ogromnie zawstydził, więc zamknęła oczy. Siedzieli tak dłuższą chwilę, a Gerta z całej siły zaciskała powieki – nie po to weszła na niego, żeby zejść. Widać jej ciężar, zapach, ciepło i rozpięta koszula wystarczyły, by poczuł Edward, co się musi wydarzyć. Przetoczył Gertę na plecy i trochę niezdarnie, lecz bez większych przeszkód wszedł w nią. Jeszcze mocniej zacisnęła powieki, z całej siły zacisnęła też pięści, aż we wnętrza dłoni wbiły się paznokcie, ale poddała mu się. Otworzyła usta, czując, że Edward je całuje, szeroko rozłożyła nogi. Ich pierwszy seks nie trwał może długo, ale – dziwne to było uczucie – rozhuśtał serce Gerty jak dzwon. Zasnęli bliżsi sobie. Rankiem, gdy jeszcze szaro było, Edward, jakby chciał się upewnić, czy nie sen aby przeżył poprzedniej nocy, spróbował jeszcze raz.

Z czasem on nabrał śmiałości, ale ona nie nabrała ochoty. On się na nią zaczajał, ona robiła wszystko, żeby się wywinąć. Gdy udawało się Gercie obronić przed mężem przez więcej niż tydzień, Edward robił się nerwowy i z byle powodu narzekał albo krzyczał. Wówczas Gerta korzystała ze sposobności, aby się obrazić i wynieść do kuchni z siennikiem na dłużej, częściej jednak przychodziła sama, przymilna, na tak długo, jak tylko Edward chciał. Tak się ze sobą droczyli całymi tygodniami. Gdy więc pewnego dnia szwagier zjawił się u nich z prośbą, mówiąc, że musi wyjechać z domu na tydzień, może trzy, a Truda, wiadomo, praca w biurze, więc czy nie mogliby – Gerta była zachwycona. Oczywiście – zdeklarowała się. Niech Jan jedzie. Zajmą się Fajerjankiem tak długo, jak będzie trzeba.

Trwało to sześć tygodni. Czasem było wręcz pięknie. Na przykład wtedy, gdy Edward, zdjąwszy koszulę, szorował chłopaka do czysta w wannie pełnej nagrzanej wody, a potem, by woda się nie marnowała, szorował Gertę, masując jej cudnie plecy i ramiona. I wtedy nawet trochę żałowała, że to chłopak, a nie ona śpi z Edwardem.

Czasem było strasznie. Jak wówczas, gdy dzieciak znalazł żyletki, używane przez Gertę do pracy na tkaninach. Pociął się i zachlapał krwią ścianę. Trzeba było pobiec z nim do szpitala na szycie. Na domiar złego spaskudził całą belę materiału. A krew nie daje się sprać. Gerta była tak zła, że aż Edward wybronić musiał chłopaka przed karą.

Sześć tygodni bez miłości z Gertą to dla Edwarda było o wiele za długo. Pewnej nocy rozłożona na pierzynach pod kuchennym piecem Gerta poczuła, że nie jest sama. Od tego czasu łóżko małżeńskie zajmował siostrzeniec, a Gerta dzieliła z Edwardem ciasny siennik i pierzynę.

Ilda

Tamtego dnia, gdy Ilda uciekła z Dziewczej Góry i stanęła w drzwiach Tadeusza Gelberta w Sopocie, zawstydziła się, kiedy jej otworzył. Nie była z kobiet nieśmiałych, a jednak poczuła takie skrępowanie, że spuściła oczy. Przesiadując kolejne dni i noce w piwnicy matczynego domu, bardzo tęskniła za tym mężczyzną. Wyobrażała sobie godzinami, jak znów leżą nadzy w jednym łóżku, jak on mówi do niej, jak ją pieści. Jednak stojąc przed realnym Tadeuszem Gelbertem, poczuła własną śmieszność. Niemożliwość: jakby miała wskoczyć w środek snu, z którego zdążyła się całkiem obudzić.

Powitała go trochę dziwnym wyznaniem, że ma ze sobą tylko jedno ubranie i motocykl. Ucieszył się, że ją widzi. Wcale nie wydawał się zmartwiony tym, że przyjeżdża bez niczego, przeciwnie, stwierdził: – Z tym sobie poradzimy. Zawołał zaraz w stronę kuchni i wyszła z niej starsza, postawna kobieta. Powiedział do niej: – Niech Kazia coś przygotuje, musimy nakarmić naszą Ildę. Zmieszana Ilda spojrzała w stronę gosposi. Kobieta przyglądała jej się krytycznie i chłodno.

Z czasem okazało się, że Kazia jest największą Ildy stronniczką. Pracowała dla Tadeusza od lat, pamiętała go jeszcze z wczesnej młodości i najwyraźniej nie lubiła pierwszej pani Gelbertowej. A Ildę polubiła: córka Rozeli umiała słuchać, po miesiącach spędzonych w zbiorczej noclegowni biura przesiedleńczego znała też wiele poruszających historii. A Kazia, choć sprawiająca wrażenie twardej i nieociosanej, wzruszała się łatwo i chętnie. Odpłacała Ildzie za serdeczność, podtykając jej co lepsze kąski do jedzenia. Powtarzała wciąż: jej, prostej kobiecie, nic do tego, jak żyją wielkomiejscy ludzie, byle innych nie krzywdzili.

Ilda nie była wielkomiejska. Tadeusz, początkowo zachwycony jej – jak mówił – intuicją i naturalnym talentem do rozumienia sztuki, szybko stwierdził, że dziewczyna musi nadrobić braki w edukacji. Ilda skończyła polskie gimnazjum w Kartuzach, miała nauczycieli, z których część przyjechała z Wilna, znała trochę francuski, języka uczył ją jeden z tych uciekinierów ukrywanych przed Niemcami w piwnicy w Dziewczej Górze. Jednak Tadeusz uważał, że nieobycie Ildy ją kompromituje. Co tydzień zadawał jej do przeczytania lekturę, jedną z książek – z pokreślonymi na marginesach notatkami – ze swojej biblioteki. Czytała więc: Homera, Herodota, Schillera, trochę się przy tym nudząc. Innym razem Tadeusz brał grube, ciężkie albumy z malarstwem, z biało-czarnymi reprodukcjami kolorowych obrazów. Sadzał ją na sofie i opowiadał, jak obrazy wyglądają naprawdę. W soboty kazał sobie ciekawie opowiedzieć o przeczytanej książce. Czasem, zirytowany, że pamięta za mało, zaczynał przepytywanki jak w szkole: ile kolumn miały katedry średniowieczne? Co to jest język ezopowy? Gdzie była najsłynniejsza wyrocznia starożytna? Kim był Talleyrand? Jeśli się pomyliła, bardzo się na nią złościł.

Sam nie był mężczyzną, jakich zwykł przywoływać w swoich opowieściach. Był nerwowy i porywczy, a za siłą ducha, jaka w dniu ich poznania ujęła Ildę, czaił się lęk. Bywało, że zamiast pasjonujących mitologicznych opowieści miał dla niej litanie pretensji: jako artysta nie jest zrozumiany, inni rzeźbiarze kradną mu pomysły, zamawiającym brakuje wyczucia i gustu. Narzekając, krążył po salonie w białym fartuchu i takimż płóciennym kaszkiecie, które co rano zakładał do pracy, nie zwracając uwagi, że pył kamienny z pracowni przynosi na górę. Wystarczyło jednak, że spojrzał na Ildę swoimi ciemnymi, tatarskimi oczami, a ona pokorniała. Wzrok miał pewny i mocny, oczy wciąż nieco dzikie, przenikliwe.

Tygodnie, miesiące, minął rok, Ilda przyzwyczajała się do nowego życia i tylko spojrzenia w lustro wciąż budziły w niej zdziwienie. Największe zwierciadło wisiało tuż przy schodach, którymi z salonu schodziło się do pracowni, na ścianie pomalowanej na błękitno, jak większość tego mieszkania. Gdy mijała lustro, mogła obejrzeć się cała. Zawsze najpierw widziała suknię: drogą, uszytą z dobrego materiału, na miarę, na klepsydrowej figurze wszystkie leżały doskonale, potem dopiero bardzo urodziwą kobietę, ale nieco sztywną. Twarz pociągła, włosy zakręcone nad uszami, obcięte na krótko, wedle nowoczesnej mody. Oczy wielkie, ale trochę przestraszone, zdziwione. Niebieskie. Mimo że ich nie malowała, były intensywniejszego koloru niż kiedykolwiek wcześniej. To była kobieta, do której prawdziwa Ilda wstydziłaby się podejść.

Przymiarki u krawcowej należały do ważnych zadań Ildy. Tadeusz zapisywał je co rano na żółtych karteczkach, wyrywanych z oprawionego w intarsjowaną skórę notesu. Gdy zjedli wczesne śniadanie, ładnie i elegancko podane przez służącą Kazię, nie wstając od stołu, przechodzili do ustalania zadań. Robił to zawsze Tadeusz, nikogo nie pytając. Dla Kazi, dla czeladników z zakładu, dla siebie samego – aktualne zamówienia, rozliczenia, bilanse. Wreszcie dla Ildy, której przypadało wysadzenie kwiatów, wizyta w księgarni po odłożone dla niego nowości książkowe, odwiedziny u szewca w sprawie jego butów, które wciąż go cisnęły i wciąż trzeba je było poprawiać. Przymiarka w zakładzie krawieckim w sprawie nowej, zleconej przez niego sukienki.

Gdy chodził do pracowni, Ilda zaczynała życie według jego planów. Wieczorami, nim położyli się do łóżka, żądał sprawozdania z wykonania zadań. Czy wszystko z karteczki zostało załatwione? Nic nie przeoczyła? Potem kładł się po jej prawej stronie i prosił o sutek do ust. Mówił, że bez tego nie potrafi zasnąć. A ona leżała, znosząc niewygodę, bo gdy już usnął, w żaden sposób nie mogła wyszarpać piersi spomiędzy jego zębów. Sama zapadała w sen dopiero nad ranem, po czym Tadeusz zaraz ją budził, by z nim zjadła śniadanie i odebrała karteczki, uprzednio z atencją smarując sutek ukochanej wazeliną. Nic nie zakłócało rozpisanego na minuty planu.

Truda

Po tym jak Ilda wyjechała z Dziewczej Góry, w domu zrobiło się cicho. W małżeństwie Trudy i Jana zapanował dziwny czas. Ona miała pretensje, od których nie umiała się uwolnić, on miał kłopoty, których nie potrafił rozwiązać. Rudy Jan dużo czasu spędzał w komisariacie w Kartuzach, a Truda coraz więcej przesiadywała w Gdyni. Spotykali się już właściwie tylko w sypialni.

Truda lubiła miasto, lubiła biuro. Po kilku latach dojeżdżania tu do pracy oswoiła się z wielką Gdynią. Ulice położone najbliżej dworca kolejowego znała już doskonale i na pamięć. Nie gubiła się wśród nich. Wiedziała, którędy nad morze, a którędy do centrum, do sklepów. Miała satysfakcję, gdy udawało jej się znaleźć nową, ładniejszą drogę prowadzącą na dworzec kolejowy. Pierwsze lata przepracowała w Urzędzie Morskim. Biuro, które początkowo wydawało się Trudzie olbrzymie i przestronne, z biegiem lat jakby się skurczyło. Rozkład dwudziestu pokoi znała na pamięć, wszędzie trafiłaby z zamkniętymi oczami. Te wszystkie urządzenia, których obsługę musiała opanować, po latach wydawały jej się proste i nudne. Ebonitowe telefony, elektryczne maszyny liczące, do których codziennie rano wkładało się wielkie karty grubego kartonu, by zachowała się kopia wszystkich obliczeń, teleksy. Opatrzył jej się nawet stojący za szybą telegraf dalekomorski, który pozwalał podobno na nawiązanie kontaktu ze statkami, nigdy przez nikogo w Urzędzie Morskim nie użyty. W tamtym czasie przeniesiono ją do nowego biura Polskich Linii Oceanicznych. To było coś! Tworzone właśnie przedsiębiorstwo, ulokowane w samym centrum Gdyni, w ogromnie nowoczesnym, choć podobno przedwojennym budynku. Fasada była zaokrąglona, pełna ciągnących się przez całe piętra okien, wejście szerokie, przestronne, parterowe. Tak wyglądały właśnie zagraniczne lotniska na zdjęciach objazdowej kroniki filmowej. Truda lubiła stukot swoich obcasów na czarnym granicie posadzek na parterze i biały piaskowiec, którym wyłożono wyższe kondygnacje. Uwielbiała przeglądać się w szybach sklepów, zajmujących cały parter. Jej biuro – nowe, świeżo wyremontowane – mieściło się w głębi, trzeba było przejść przez podwórze. Mijała dwie recepcje, w obu jej się kłaniano. Windą wjeżdżała na piąte piętro. I siadała do liczb. Elektryczne maszyny, które partia przydzieliła nowo stworzonej instytucji, przyjechały aż z Wiednia. Truda lubiła dotykać niebieskich plastikowych klawiszy. Lubiła cichy chrobot, jaki wydawały maszyny. Potem brała jednak zwykły ołówek kopiowy, papier i dla pewności liczyła jeszcze raz. Obciążenia i wydatki urzędu, przelewy z i do Centrali Handlu Zagranicznego, pensje pracowników, pozycje na utrzymanie instytucji. Przychody i rozchody. Była w swoim świecie.

Gerta

Gertę pochłaniało rysowanie wzorów i przenoszenie ich na płótno. Uwielbiała świadomość, że właśnie powstaje coś, czego bez niej by nie było, i potrafiła przesiedzieć tak całe godziny.

Lecz praca była to mnisia. Cienkie płótno, nici, igły w trzech rozmiarach, naparstek, koperta z żyletkami. A wcześniej – dopieszczanie wzoru na bibule, przerysowywanie w nieskończoność, tak aby pomiędzy płatkami i liśćmi zachować idealną symetrię. A jeszcze wcześniej – zdobywanie materiałów. Ile pomysłowości i sprytu wymagało zdobycie tkaniny! Gdy siostrzeniec był u niej, zabierała gubiącego się wciąż, niesfornego Fajerjanka do fabryki, gdzie szyli obrusy na eksport. Przekonywała żonę pana dyrektora, że trochę materiału pomoże kilku kobietom, mającym niezaradnych mężów. I dostawała bele tkaniny, które w sklepach były nie do zdobycia. Część płótna rozdawała w Kartuzach innym haftującym kobietom, trochę zatrzymywała dla siebie. Podobnie zorganizować trzeba było nici, żyletki, krochmal – i czas.

Serwety Gerty podobały się nie tylko w Kartuzach. Gdy jeździła do Gdańska, zawsze wracała z pustą walizką, wszystko udawało się sprzedać. Najlepiej szły serwety brązowe, haftowane białą nicią. Gdy Fajerjanek zachlapał belę materiału krwią, Gerta, początkowo zrozpaczona, w końcu wpadła na pomysł, by ufarbować tkaninę na ciemny brąz. Za parę miesięcy miało się okazać, że nic się ludziom bardziej nie podoba.

Ilda

Rzeźby Tadeusza Gelberta szczególnie podobały się matkom, które marzyły o artystycznej karierze dla synów. Wciąż jakaś pukała do drzwi na piętrze w Sopocie, pytając o Pana Rzeźbiarza. Niektóre były skromne, przestraszone, inne od progu opowiadały o synowskich talentach Ildzie, która musiała czekać, aż skończą, nim je pokierowała na dół, przez podwórze, do pracowni. Z całej Polski przyjeżdżały, nawet z Podkarpacia. Z kurczakami, połówkami świniaka, aby tylko pan Gelbert wziął syna na ucznia.

Zwykle Tadeusz miał ich po kilku naraz. Poprzebierani w kraciaste czapki, cylindry z piórkami albo angielskie meloniki, w kuse spodnie, których szelki swobodnie opadały na boki, w koszule z kontrafałdą, by wystarczająco jak na artystów się wyróżniać – zgarniali kurz z podłogi, froterowali schody i przepychali na drewnianych palach kamienie z podwórza do pracowni, licząc, że Mistrz wreszcie pozwoli im wziąć dłuto do ręki. A nade wszystko – wielbili Gelberta, który naprawdę potrafił opowiadać.

Do Ildy uczniowie z warsztatu odnosili się z mieszaniną złości i zachwytu. Broniła dostępu do Mistrza, była stale najbliżej niego. Od kiedy się pojawiła, Tadeusz nie schodził już do nich, do pracowni, w soboty. W te dnie miał czas dla Ildy – tylko dla niej, jak mówił. A więc: obowiązkowo wyścigi konne, wizyta w ogrodzie w Oliwie, potem obiad. Po szesnastej drzemka. Po drzemce godzina czułości. Lubiła Ilda tę ich miłość, choć wszystko w niej było jak w teatrze. Scenerie, które na jego życzenie miała sobie wyobrażać, wymyślne gesty, dziwnie długie monologi, jakie wygłaszał, nim ją po prostu i bez ceregieli przewrócił na jeden lub drugi bok.

W niedzielę Tadeusz odbywał z kolei półgodzinną wizytę w Kartuzach, u swojej, jak się okazało, ciągle jeszcze żony. Gdy zapytała go, czemu skłamał, mówiąc o rozwodzie, oburzył się i wszystkiego wyparł. Nie umiała mu się przeciwstawić, trzasnąć drzwiami. Nie miała dokąd pójść. Własnego życia nie miała. Wyjąwszy jeden przyjazd matki, nie miała nawet własnych gości. Od kiedy dowiedziała się, że Tadeusz nie jest wolnego stanu, bała się sama otwierać drzwi. Bo jak miałaby się zachować, widząc w tych drzwiach żonę? Bała się niepotrzebnie, to nigdy się nie zdarzyło.

Gdy pewnej soboty, ponad rok po sprowadzce do Sopotu, Ilda usłyszała dwie osoby idące schodami, pomyślała właśnie o żonie Tadeusza. Ważąc, kto może iść, zgadując, w jakim jest nastroju, siedziała w fotelu z szybciej bijącym sercem. Rozległo się pukanie do drzwi, otworzyła je. Fajerjanek z Gertą! Od tak wielu miesięcy nie widziała małego! Wyrósł. Włosy mu pojaśniały. Rzucił się Ildzie na szyję.

Tadeusz nie był zadowolony z odwiedzin. Nadąsał się, posyłał Ildzie ostre, nieprzyjemne spojrzenia. Postanowiła tym razem go zignorować. Zaprosiła siostrę, wzięła Fajerjanka na kolana, i siedzieli tam szczęśliwi, wpatrzeni w siebie i oboje zdziwieni, że drugie aż tak się zmieniło. Potem mały wyciągnął starą puszkę po konserwie pełną monet i dumny, że przywozi jej pieniądze, oświadczył, że je dla niej uzbierał. Opowiadał jej, jak to wsypał babce tabletek do herbaty, kiedy ją zamknęła. Ilda, głaszcząc go, tuląc, przymilając się do niego, oddawała mu tę czułość, jak umiała. Tadeusz chodził wokół nich, pomrukiwał, trzaskał przedmiotami, z ostentacją szurał meblami po podłodze, jakby zamierzał coś zrobić, ale niczego nie robił. Był to piękny dzień, po którym została Ildzie pamiątka – fotografia. Stoją razem: Ilda w pięknym kapeluszu, obok Gerta, koścista i wysoka, widać na tym zdjęciu, jak doskonałe ma nogi, a pomiędzy nimi mały, skrzywiony Fajerjanek, bo wiatr porwał mu balonik. Gdy pożegnała gości, Tadeusz zaczął ganić Ildę za niewdzięczność.

Pół roku później raz jeszcze miała gościa. Planowała zaraz po śniadaniu pójść na pocztę, gdy usłyszała pukanie. Najpierw subtelne i nieśmiałe, ale zaraz potem – łomot z całej siły. Truda! Stała tam jej siostra. W sukience nieodprasowanej i zapiętej krzywo, z nałożonym byle jak makijażem i zapuchniętymi oczami.

Truda

Aresztowali Jana. I to wszystko jej, Trudy, wina. Gdyby dała spokój, jak prosił! Gdyby nie pytała! Nie użyła wszystkich swoich uroków i wpływów! Ale ona po prostu, zwyczajnie, chciała wiedzieć, kim jest ta druga kobieta.

Przed miesiącem – opowiadała Truda – Jan przywiózł do domu dziecko. Znalazł je podobno w sierocińcu, lecz zabronił pytać o więcej. Truda zarzucała mu kłamstwa, chodziła z kartką i ołówkiem po kuchni, obliczając, czy data porodu nie pokrywa się aby z datą ich spotkania. Z dokumentów, których nie było wiele, wynikało, że chłopak urodził się w ostatnie dni wojny gdzieś pod Hrubieszowem i nazywał się Józef Król.

Musiał być o ponad dwa lata starszy od Fajerjanka. Chudziutki i drobny, wyglądał na młodszego. Wściekła, zraniona Truda groziła Janowi, że jeśli nie dowie się prawdy, to wygoni go z domu razem z chłopakiem. Jan milczał. W końcu Rozela powiedziała ostatnie słowo: dopóki dom należy do niej, nikt stąd żadnego dzieciaka nie wyrzuci, prędzej ona wystawi za drzwi ich, dorosłych.

Byłaby się Truda pogodziła z obecnością Józka, zwłaszcza że mały okazał się pomocny i grzeczny. Zabiegał o Trudy uznanie i uwagę. Ochoczo włączał się w różne domowe prace. Truda, która nigdy podobnych względów nie miała od własnego syna, miękła jak masło. Jedyne, co ją zatruwało, to niezaspokojona ciekawość. Jan nic nie chciał powiedzieć. Dowie się więc sama. Poprosiła miastowe koleżanki, by popytały swoich mężów, którzy podobno niejedno mogli na Kaszubach. Opowiedziała każdej wszystko, co wiedziała na temat chłopca, z prośbą o pomoc. Poprosiła też jednego młodego archiwistę z Urzędu Wojewódzkiego, któremu dawno wpadła w oko, żeby się czegoś dowiedział. Nazwiska matki chłopca nigdy nie poznała. Za to nazwisko Jana okazało się fałszywe!

Jan nazywał się naprawdę Marian Król. Truda dowiedziała się o tym od wojskowych, którzy przyszli po niego. Usłyszała, że urodził się pod Hrubieszowem, gdzie do końca wojny ukrywał się w lasach, walcząc z władzą ludową. Potem przyjechał na Pomorze i podał zmyślone personalia. Uwierzono mu, wielu ludzi po wojnie żyło bez dokumentów. W swojej bezczelności podjął pracę w milicji. I może uniknąłby odpowiedzialności za wrogą działalność wobec państwa, gdyby raz jeszcze nie przyjechał pod Hrubieszów. Ludzie go rozpoznali. Ktoś powiedział mu, że ma syna. Chłopak jest w domu dziecka, bo myślano, że oboje rodzice nie żyją. Żeby móc zabrać dziecko, podał prawdziwe personalia. I może nie wydałoby się, ale przed paroma tygodniami do Hrubieszowa przyszło zapytanie z Gdańska. Odpowiedzieli, że żaden Kotejuk. Król. Resztę łatwo było sprawdzić. Kto pytał o Kotejuka? Tajemnica państwowa.

Przyjechali po Jana rankiem, w ośmiu, w trzy samochody, jak to po mundurowego. Sami też w mundurach, ale szarozielonych, z pałkami i pistoletami. Odczytali listę zarzutów: że pod nie swoim nazwiskiem, że w lesie, w bandach, że wróg państwa, który podstępem wniknął w struktury Milicji Obywatelskiej. Nie pozwolili mu nawet pożegnać się z synami.

Płaczem wymusiła Truda, by powiedzieli chociaż, dokąd go zabierają, i pierwszym autobusem z Kartuz pojechała za nimi. Wyskoczyła na przy-

stanku pod gdańskim aresztem, przy ulicy Kurko-
wej, lecz jej nie wpuścili do środka. Stanęła więc
przed ścianą okien pozasłanianych dyktą, gotowa
to całe więzienie w pył i proch rozetrzeć, ale ono
trwało dalej. Przyjeżdża tutaj, do Sopotu, prosząc,
by jej siostra pomogła. I pan Tadeusz, o którym
mówią na Kaszubach, że bardzo wiele może. Bo
podobno do tej sprawy trzeba znajomości u samego Bieruta.

Nie pytając nawet, co w domu, co u matki, Ilda
podsunęła siostrze fotel i utuliła ją jak dziecko.
Zwyczajnie na kolana wzięła. Potem poszła po
Tadeusza. Oganiał się. Był niezadowolony. To zupełnie nie tak – mówił. Omijając wzrokiem Trudę, z przyganą popatrywał na jej siostrę. Ma teraz
bardzo ważną pracę, więc mógłby pani Trudzie
zamówić taksówkę.

Ale Truda została na noc. Siostry zasnęły razem na ciasnej kanapie, przytulone, nie zważając, że Tadeusz to łazi po sypialni, to wierci się
na trzeszczącym łóżku. Truda trochę wypytywa-
ła o nowe życie Ildy, nie dowierzając siostrzanym
opowieściom o szczęściu. Rankiem obie wsiadły
na motocykl i zaczęły objazd wedle trasy, którą rozpisał im rzeźbiarz na karteczce. W aresz-
cie śledczym nie znalazły nikogo, kto chciałby
im pomóc. W komendzie milicji wszyscy spra-
wiali wrażenie, że uciekają przed nimi jak przed

zadżumionymi. Prokuratora nie zastały, sędzia odesłał je do prokuratury.

Gerta

Gerta, która na wieść o aresztowaniu Jana przyjechała zaraz na Dziewczą Górę, tak tylko rzuciła, by dać upust złości, że jeśli trzeba, sama pojedzie do Bieruta. Nie sądziła, że to miałoby się wydarzyć naprawdę. Ale matka wstała od stołu i jak zadziorny kogut skakać zaczęła wokół Gerty: tak, do Bieruta, do Bieruta! Zaraz spakuje to, co trzeba na drogę! Przytaszczyła ze strychu ogromną walizę i zaczęła układać w niej słoiki z jedzeniem. Gerta wyjmowała je: za ciężkie, za dużo. Ale słowo padło. Trochę przestraszona, trochę zachęcona entuzjazmem matki i zapłakanej Trudy, zaczęła robić plany: wytłumaczy po prostu temu Bierutowi, ile dobrego zrobił dla nich Jan. Po drodze zajedzie do rodziny. Na ulicy Krasińskiego miały kuzynostwo, widziane raz, na pogrzebie Abrama w 1931 roku. Rodzina przecież będzie musiała jej pomóc. Truda znosiła swoje najlepsze ubrania i kolczyki, za które Gerta dziękowała: nie czuje się miejską kobietą. Sama spakowała dwie sukienki wełniane, dwie pary majtek i rajstopy, trzy butelki spirytusu i serwety, których już dawno temu przywiozła na Dziewczą Górę czterdzieści sztuk, same najładniejsze: haft richelieu w palmety i dzwonki, tulipany i róże, liście warzywne na krzyżykowym spodzie. Były wśród nich także te najnowsze, w kolorze brązowym.

Gerta nie tyle dla Trudy czy Jana jechała do Warszawy, ile dla siebie. Trudzie brakowało prostej zaradności, by wychować dzieci. Jak z tymi serwetami: achy i ochy, że doskonały haft, a potem całymi tygodniami zapominała wziąć, nie mogła znaleźć, nie dowiozła do biura, choć przecież wśród kobiet zaraz by się sprzedały, a Gerta miałaby zarobek. Co było wstydliwego w ciężkiej pracy? Truda pozbawiona była tych talentów. I tak w końcu wszystko spadłoby na Gertę.

Na dworzec zawiozła siostrę Ilda. Cztery godziny nocnej jazdy pociągiem z otwartym wagonem i drewnianymi, ciasnymi ławkami upłynęły w ciszy, a Gerta nie lubiła ciszy. Potem, gdy słońce wstało, był już tylko hałas. Mieszczący się z trudem ludzie, ich rozmowy, kłótnie, zwierzenia i śpiewy mieszały się w męczący harmider. Warszawski Dworzec Główny – zapyziały, odrapany budynek – okazał się równie tłoczny jak wagony. Aż przejść było trudno. Zeszła po niewielkich schodkach i wreszcie zobaczyła stolicę.

Mimo upływu siedmiu lat od wojny miasto wciąż wyglądało, jakby bomby przestały spadać wczoraj. Zapytała ludzi, którędy do Bieruta. Patrzyli jak na szaloną, ale wskazywali drogę. Szła przez Warszawę z wielką walizą, minęła plac Zawiszy, gdzie stała tylko jedna, piętrowa kamienica, o fasadzie podziurawionej kulami jak sito. Wspięła się na przejazd kolejowy i poszła w lewo, Alejami Jerozolimskimi. Te niebawem stały się eleganstsze i szersze, lecz i tu wiele było domów spalonych i częściowo rozebranych. Nagle pierzeja kamienic się urwała, a Gerta weszła na wielki, pusty plac. Tutaj brukowa kostka, ciągnąca się od dworca, zamieniała się w asfalt. Zrobiło się ciszej. Dudniące na kamieniach trolejbusy teraz jedynie przy przystankach ryczały silnikami, tylko jadące środkiem tramwaje dzwoniły ostro na przebiegających pieszych.

Ktoś poradził jej, aby wsiadła do autobusu. Tak pokonała część drogi, strofowana przez innych jadących, że w ciasnym, przepełnionym wnętrzu tyle miejsca zajmuje walizą. Autobus szarpał, a ona, przestraszona, ogłupiona miastem, trzymała się poręczy tak kurczowo, że naciągnęła mięśnie aż po barki. I waliza była taka ciężka. Do Belwederu, gdzie urzędował prezydent, Gerta dotarła półżywa.

Nie wpuszczono jej. Człowiek w wojskowym mundurze, który pilnował bramy, nie pozwolił jej podejść nawet do drzwi. Długo stała przy tej bramie, bezradna, głodna, zmęczona, patrząc, jak z budynku wybiegają różni ludzie, wśród których nie było Bieruta. W końcu zaczęła pytać o ulicę Krasińskiego. Ktoś życzliwie poradził jej, jak dojść do autobusu. Na miejscu okazało się, że nikt nie pamięta jej rodziny, a sam adres nie istnieje. Dom, owszem, stał, lecz po wojnie odbudowano go bez dawnej części. Śpieszący się ludzie nie zwracali na Gertę uwagi. Łzy zakręciły jej się w oczach. Gorąco było, choć wieczór prawie. Drzewa w Warszawie zdawały się Gercie dziwnie małe, ale budynki – ogromne. Dawały więcej cienia. Weszła na jakieś podwórze. Otworzyła walizę, w której było trochę spakowanego przez matkę chleba z wędliną. Ależ serwety przesiąkły zapachem wędzonki! Gdy wyjęła pierwszą, podeszły dwie kobiety. Zaczęły oglądać, kiwać głowami z uznaniem i zapytały o cenę.

Zerwał się wiatr i widać było, że zaraz lunie, więc jedna z tych kobiet zaproponowała, by dokończyć targu u niej w domu. Mieszkanie okazało się duże i bardzo wysokie. Okna wychodziły na ulicę, pod nimi były wielkie żeliwne kaloryfery, jakich Gerta nigdy dotąd nie widziała. Stół w pokoju mógł pomieścić chyba ze dwanaście osób. Na nim gospodyni zaczęła rozkładać serwety, a dzwonek w drzwiach brzęczał raz za razem. Wieść o sprzedaży poszła widać szybko. Kobiety, plotkując, przeglądały wzory, zabierały po serwecie, za bardzo się nie targując. Aż jedna zapytała, z czym właściwie Gerta przyjeżdża do Warszawy. I Gerta zaczęła opowiadać: o dziecku, które odnalazło się w siedem lat po wojnie, o Trudzie, która nie poszła za Niemca, a teraz została sama, o Janie, który żył z nie swoim nazwiskiem. Mówiła – widząc, jak cichną kobiety, jak zaczynają rozglądać się wokół z niepokojem, i nagle zrobiło się w mieszkaniu pusto. Zostały same z gospodynią.

Czując, że już gościnności nadużyła, Gerta zaczęła się pakować. Wówczas gospodyni zapytała, czy Gerta ma gdzie spać. Był wieczór, a ona nie mogłaby wypuścić samotnej kobiety, nieznającej miasta, na ulicę.

Nie mówiły już więcej o Janie. Położywszy Gertę do spania w stołowym pokoju, gospodyni powiedziała, że z Bierutem znają się jeszcze sprzed wojny. Nazywała go wujkiem. Razem z jej rodziną zakładał spółdzielnię po drugiej stronie ulicy, gdzie budowali dla robotników jasne i tanie mieszkania, ale szybko go z tej spółdzielni wyrzucono. Czas potwierdził – mówiła – że można się po nim spodziewać wszystkiego najgorszego. Pytała, czy w ogóle należy prosić o cokolwiek kogoś, kto ma krew na rękach i serce zepsute. Ale Gerta nie wątpiła w to ani trochę.

Noc przespała snem kamiennym i mocnym, majacząc coś o długich korytarzach. Rankiem dostała instrukcje, które gospodyni powtarzała jak zaklęcia, przytłumionym głosem, wystukując palcem rytm na pięknym stole: Gerta raz jeszcze pojedzie do Belwederu. Zamiast pod główne wejście podejdzie pod boczną bramę, od placyku przy zbiegu Alej Ujazdowskich i ulicy Bagatela. Tam zapyta o kobietę, której nazwisko podała jej gospodyni, i wręczy dobrze zaklejony list. Z wdzięczności Gerta zostawiła w mieszkaniu wszystkie niesprzedane serwety, razem z ciężką walizą po ojcu.

Zarobione pieniądze oddała wraz z listem tamtej kobiecie. Ta, przeczytawszy, co napisała gospodyni Gerty z Żoliborza, palec kładąc na ustach, wyraźnie przestraszona, zabrała Gertę do środka. Po pięciu, może sześciu godzinach, które Gerta musiała przesiedzieć w schowku na szczotki, pani z Belwederu, zażądawszy przysięgi milczenia, dołączyła ją do wycieczki kół gospodyń ze Śląska i kazała dalej radzić sobie samej.

Prezydent Bierut uśmiechnął się szeroko na widok wchodzących, jak do fotografii. Na Gertę nawet nie spojrzał. Zrozumiała szybko, że uwaga, którą ma dla niej, zaraz się wyczerpie, więc zaczęła mówić: o wsi, o wojnie – o tym, co się działo, gdy ona siedziała w piwnicy, o gwałconych kobietach. O Janie. Gadała, choć prezydent nie słuchał, nie dawała sobie przerwać, mimo że kolejni asystenci przywoływali ją do porządku. Dopiero gdy zaczęła mówić o chłopcach, z których jeden przyjechał z domu dziecka, i nie zdążył nawet dobrze poznać ojca, Bierut wreszcie spojrzał prosto na nią. Uniósł obie ręce, jakby się poddawał. Kazał sporządzić pismo. Na tłoczonym kartonowym papierze napisano: „Nakazuje się, by informować osobiście towarzysza Pierwszego Sekretarza Bolesława Bieruta o postępach śledztwa i procesu". Gerta nie była pewna, czy to dobrze, czy źle, że wspomniano o procesie.

Droga powrotna wydawała się o wiele dłuższa i bardziej męcząca. Z pociągu Gerta pojechała prosto na Dziewczą Górę. Gdy dotarła do domu, padła na matczyne łóżko, jak stała, w ubraniu i butach. Przez kolejne dwa dni nie można było jej dobudzić.

Rozela

Rozela od razu to wiedziała: najstarsza córka jest w ciąży. Gdy przydarzyło się to Trudzie, długo dawała się zwodzić, bo teatralna z natury, histeryczna Truda i wcześniej zachowywała się dziwnie. Jednak Gercie – ułożonej i trzeźwej, rozsądnej i nierozchwianej – nie zdarzały się dziwne zachowania. Gdy więc nagle zaczęła zapominać, po co szła do kuchni, sypać do zupy cukier zamiast soli, gdy zrobiła się senna i rozkojarzona, Rozela była zaambarasowana. Pewności nabrała, gdy dotknęła Gerty brzucha. Był twardy, twardszy niż kiedykolwiek. Poprosiła córkę, by rozpięła bluzkę, i zobaczyła biegnącą przez środek, przecinającą pępek ciemną pręgę. Wszystkie kobiety w jej rodzinie, chodząc w ciąży, miały takie brzuchy. Powiedziała to córce. Gerta wydawała się zdziwiona, ale i ucieszona.

Rozela bardzo chciała czuć radość. Była ją dłużna i córce, i dziecku, które się miało urodzić. A jednak poczuła niepokój. To życie jest nie do udźwignięcia – pomyślała. – Wciąż jakieś zmiany. Nie sposób uporać się z jedną, a już goni następna. Przestraszyła się, że aż tyle nie wytrzyma.

Ilda

Od aresztowania Jana minęło kilka miesięcy, a Ilda z Trudą ciągle jeździły w jego sprawach. Kolędowały od urzędu do urzędu, od mieszkania do mieszkania. Bywały w nowych, niskich blokach i w starych kamienicach, a czasem w willach z bardzo wysokimi płotami, i wręczały po pierścionku. Złoto i kamienie. Tadeusz dał Ildzie pełen woreczek wyrobów jubilerskich i kazał rozdawać je komu trzeba, by rozwiązać języki. Skutkowało o tyle, że przynajmniej było wiadomo, co się dzieje z Janem.

Jednak potem Ilda, która brała na siebie te rozmowy, bała się powtórzyć ich treść Trudzie. Wieści, jakie dochodziły z więzienia, były straszne. Męczono Jana. Strażnik więzienny zaciągnął go do celi rano. Głodzili go. Prawa noga podeszła ropą. Wczoraj sikał krwią. Wymiotował żółcią. Ilda opowiadała o tym siostrze najoględniej jak mogła, a potem sadzała przygnębioną Trudę na fotelu pasażera i jeździły tak długo po nadmorskich lasach, aż Truda się wypłakała.

Od powrotu Gerty z Warszawy siostry woziły też od urzędu do urzędu pismo od Bieruta. Na widok listu naczelnicy, dyrektorzy i prokurator prowadzący sprawę milkli i przełykali ślinę. Czasem któryś chwytał Trudę albo Ildę za łokieć i zniżał głos, mówiąc: „Idzie o zdradę wagi państwowej". Częściej drapano się w brody i obiecywano dać znać. Czas mijał.

Jeździły teraz samochodem Tadeusza. To była piękna syrena, prototyp tych, które miały zostać niebawem wdrożone do masowej produkcji. Rzeźbiarz sądził, że opanuje trudną sztukę prowadzenia auta, daremnie. Omal nie rozwaliwszy syreny na szklanych drzwiach pracowni, oddał kluczyki Ildzie, a ona, obyta z motocyklem, w mig złapała, o co chodzi. Tadeusz uznał, że auto stokroć bardziej przystoi kobiecie niż motocykl, podobnie jak spódnica lepiej licuje z kobiecością niż spodnie, i wymusił na niej zamianę: może jeździć syreną, ale pod warunkiem, że już więcej nie dotknie sokoła. Motocykl stanął w szopie, w której trzymano kamienie, a Ilda obiecała, że podjeżdżając pod urzędy w sprawie Rudego Jana, będzie parkowała odpowiednio daleko. Ostrożność nie zawadzi.

Tadeusz wciąż dostarczał pierścionki, pudry, kawę. A potem, kiedy kłócili się z Ildą o to, że znika z domu, wyliczał, ile co kosztowało. Najbardziej wściekał się o gdyńskie nadbrzeże, gdzie jeździły z Trudą handlować serwetami. Średnia siostra z konieczności, lecz i z powodu własnego obrzydzenia odeszła z Polskich Linii Oceanicznych. Dyrektorom w państwowej instytucji wydawała się teraz podejrzana, a i sama nie chciała mieć z nimi do czynienia. Musiała utrzymać dwoje dzieci. Stawały więc siostry pod statkiem, z którego schodzili zagraniczni marynarze, a Ilda się targowała. Sprzedawały wszystko, co się dało. Futro Trudy, to, które dostała od Jana po urodzeniu Fajerjanka, kupił od nich czarny jak węgiel Brazylijczyk. Tanio wziął.

Truda

Pewnego dnia Truda znów niespodziewanie stanęła w drzwiach Ildy. Nie chodziło o Jana. Długo nie mogła się uspokoić. Wypłakując ostatnie łzy, mówiła głosem ściszonym, słabym. Powiedziała: – Jan w więzieniu, a teraz jeszcze szaleństwo matki!

Wieczorem Rozela rozebrała się i uciekła do ogrodu. Drobna była i mała, więc z Gertą dały radę ją złapać, ale potem musiały siłą ciągnąć matkę przez podwórze, by naga nie biegała po wsi. Zamknęły ją na klucz w pokoju, którego okna wychodzą na jezioro. Noc przesiedziały pod drzwiami, zza których dochodziły krzyki. Płakały z bezradności, bojąc się wejść do niej. Rano nie było lepiej. Należało zawieźć matkę do szpitala.

Droga z Gdyni do Kartuz jest wąska. Wzdłuż niej rosną drzewa, trzeba uważać. Ilda strofowała samą siebie, że nie jadą po to na ratunek, żeby się zabiły, ale jednak z nerwów cisnęła gaz mocniej niż zwykle. Góra Łapalicka, która wyrasta tuż przed Dziewczą, ma dwa spore zakręty. Ledwie trzymała Ilda auto w ryzach, rozpędzając się ponad zdrowy rozsądek i objeżdżając od lewej jezioro. Gdy dotarły na Dziewczą Górę, żeby zabrać matkę do szpitala, ta wyglądała zupełnie dobrze. Siedziała z miską malin zebranych nad jeziorem i trochę podjadając, wybierała najsłodsze do słoika. Ucieszyła się na widok córek i powiedziała, że maliny są na sok dla Gerty. Gerta siedziała obok, korna jak koza.

Ilda wzięła się do robienia obiadu. Rozstawiała garnki, cięła por i marchewkę, gdy do kuchni wszedł listonosz, młody mężczyzna, spocony nieco, bo jechał na rowerze aż z Kartuz. Szeroko się uśmiechał, mówiąc, że ma telegram z Sopotu. W radiu śpiewał właśnie Chór Aleksandrowa – męskie głosy, pieśni ni to liryczne, ni marszowe.

Światło padało z niezamkniętych drzwi wprost na miskę z malinami, gdy matka zbladła i zaczęła się trząść. Wyglądała, jakby miała krzyknąć, ale nie – zamiast głosu był chlust wymiocin. Maliny czerwone, jeszcze nie strawione, uwalały jej uda. Zobaczyła tę czerwień. Radio wciąż grało rosyjską piosenkę, gdy matka zaczęła tak strasznie krzyczeć!

Truda rzuciła się, aby ją uspokoić. Gerta stała bezradna, trzymając się za ciężarny brzuch. Listonosz chciał biec po pomoc, lecz Ilda powstrzymała go. – Załatwimy to same – powiedziała – a pan nam pomoże. Prześcieradłem owinęły matkę, trzymaną teraz mocno przez młodego chłopaka. Rozela nie miała już siły krzyczeć, otwierała tylko usta bezdźwięcznie, jak ryba. – Dobrze już, teraz dobrze będzie – powtarzała Truda, jak zaklęcie. Będzie wstyd, myślała, lepiej, by nikt takiej matki nie widział.

W tym prześcieradle, w tych malinach, nieumytą, pospiesznie zabrały ją do syreny Tadeusza i pojechały do szpitala. – Tam? – zapytała Ilda. – Tam – potaknęły siostry z tyłu, nie chcąc wymówić nazwy tego miejsca. Matka siedziała pomiędzy nimi, ciasno związana prześcieradłem.

Były już pod samą bramą, gdy matka wywinęła się z tej matni. Truda aż powietrza nabrała. Matka tylko drżącą ręką ścisnęła ją za kolano.

Nie przestając wbijać palców w nogę Trudy, wtuliła twarz we włosy przerażonej Gerty i zapłakała cicho jak niemowlę.

Chwilę później pielęgniarze siłą zabrali ją z samochodu.

Gerta

Kiedy zabrano matkę, Gerta dostała skurczów. Ledwo sześć miesięcy miała ta jej ciąża, a wydawało się, że dziecko zaraz się urodzi. I siostry, i mąż bardzo się oburzali na Gertę. Z brzuchem, o który troszczyć się powinna, wsiada do autobusów PKS, by dotrzeć aż pod Gdańsk, do szpitala. Jechała jednak. Dwa razy w tygodniu. Zbierała się o świcie, wracała przed wieczorem.

Szpital w Kocborowie, w którym matkę trzymano, był okropny. Czerwony ceglany budynek z okratowanymi oknami otaczał rozległy i ponury park. Korytarze niby jasne, lecz dziwnie monumentalne, pełne zagubionych, bezradnych pacjentów, ubranych byle jak. Szła jednak Gerta, za każdym razem wyprostowana jednakowo, środkiem korytarza, niosąc brzuch przed sobą.

Dzień przesiadywała w sali zbiorowej i jak pies stróżujący pilnowała, by matka w odpowiednim czasie wzięła leki. Prowadził Rozelę młody lekarz, przez starszych wiekiem doktorów nie traktowany dobrze. Oni chcieli zwiększać dawki leków, on powtarzał, że Rozeli Groniowskiej nie kolejne środki chemiczne są potrzebne, lecz dojście do ładu z tym, co się wydarzyło. W pogodzeniu się z przeszłością nie pomogą leki. Wypraszał Gertę z sali, ale i tak słyszała, jak tłumaczy matce: „To nie była pani wina". Słyszała, jak pyta Rozelę, czy naprawdę sądzi, że tylu mężczyzn zatrzymałoby coś tak mikrego jak haczyk? Czy gdyby go zamknęła, to wszystko by się nie stało? Widział, z jakim lękiem patrzy na pielęgniarzy, zakazał im więc oporządzania tej pacjentki. Rozela godzinami przesiadywała w jego gabinecie, gdzie prowadzili rozmowy, nazywane przez niego terapią. Młody lekarz miał na matkę dobry wpływ. Po trwającym kilka tygodni stanie szoku i odrętwienia wracała do żywych. Coraz zborniej odpowiadała na pytania. W końcu sama zaczęła pytać: co też jej córka Gerta robi w tym szpitalu? Czy z takim brzuchem nie powinna jednak być w domu? Odzyskała też poczucie humoru. Mówiła doktorowi, niby żartem, że to nie jest konieczne – odganiać od niej młodych mężczyzn, bo iluż niby w życiu się nią opiekowało? Młody lekarz wiedział jednak, że pod tą maską humoru kryją się bolesne rany.

Gerta chciała wierzyć, że to matka ma rację. Że wszystko jest już tak, jak zawsze było. Nawet nie chciała słyszeć, że to nie matka będzie odbierała jej poród. Młody doktor nie umiał jej przekonać, że matce trzeba oszczędzać wstrząsów, a w szpitalach położniczych nie pracują rzeźnicy. Gerta obstawała przy swoim. Jeśli ma rodzić, to tylko pod opieką matki. Głęboko wierzyła, że jeśli Rozela zdąży wrócić do zdrowia, wszystko inne też pójdzie dobrze.

Ilda

Może nie powinna była pozwolić, by ciężarna siostra wzięła na siebie cały trud doglądania matki w szpitalu. Na pewno mogła być bardziej pomocna, częściej obecna w Kocborowie. Ale Tadeusz nie rozumiał, że mogą być w jej życiu ważniejsze sprawy od niego. A Ilda czuła, że ostatnimi miesiącami, poświęcając tyle czasu sprawom Trudy i Jana, już do granic napięła wytrzymałość Tadeusza.

Telegram przyniesiony przez młodego listonosza, który tak przeraził matkę, brzmiał: „Wracaj natychmiast, stop, wieczorem kolacja u ambasadora". Ilda przeczytała go dopiero późnym wieczorem, w Sopocie, w samochodzie, nim weszła do domu na górę. Wróciła przybita i śmiertelnie zmęczona. I przestraszona, że tym razem Tadeusz jej nie daruje, bo nie udało się całkiem oczyścić tapicerki syreny. Spodziewała się jego pretensji, a zastała go płaczącego. Siedział na wprost wejścia, na sofie. Aż się poderwał na jej widok – wyglądał jak zasmarkane, udręczone dziecko. Ilda nigdy nie widziała tak płaczącego mężczyzny, nigdy też nie widziała tak złamanego Tadeusza. Myślał, że odeszła – powiedział. I dodał, że nie może mu zrobić czegoś takiego.

Nie miała pojęcia, jak powinna się zachować. Weszła niepewnie, czekając, jak on zareaguje. Pociągnął ją za ręce, więc usiadła obok. Długo tak siedzieli – ona pełna poczucia winy, on łkający. W końcu, chcąc go jakoś pocieszyć, wzięła go za rękę i położyła jego dłoń na swoim sercu. Kazała mu słuchać: czy czuje, jak jej serce bije? A potem tę rękę przełożyła na jego własne serce. Niech poczuje, że ono też jest bardzo mocne.

Przez kilka kolejnych tygodni nie było ani karteczek, ani zadań. On chodził za nią jak pies, wciąż pytając, czy go na pewno nie zostawi, ona starała się jakoś zająć ich oboje. Czytała mu, śpiewała, woziła do muzeów, kościołów, obcych miast, które i jemu powinny wydać się ciekawe. Wspólnie chodzili na targ, po kwiaty i owoce do domu. Pewnego dnia znaleźli na tym targu szczeniaki na sprzedaż, spaniele. Ilda wzięła na ręce małą suczkę, zachwycając się, że taka miękka i przyjazna. Pomyślała, że wierny pies miałby dobry wpływ na Tadeusza. Ten, widząc jej zachwyt i uśmiech, zaraz zapłacił za spaniela. Zawiązał mu na szyi czerwoną kokardę i podarował go Ildzie.

I suczka ją wybrała na panią. Chodziła za Ildą krok w krok, sypiała obok, gniotąc jej stopy. Dostała na imię Peggy. Ilda co wieczór wyczesywała psie futro, sama wybierała kawałki mięsa i gotowała w niesolonej wodzie. Mimo wyraźnych żali ze strony Tadeusza, który znów poczuł się poszkodowany, Ildzie było tak dobrze z wiernym psem!

Pomału jednak wszystko wróciło na dawny tor. Zadania do wykonania, rauty, na których Ilda zdaniem Tadeusza zawsze odzywała się za mało, albo przeciwnie, za dużo. Sukienki, które on zamawiał, ogromnie zadowolony, i rachunki, które jej za nie wystawiał, gdy się poróżnili. Zirytowany, że nie słucha jego historii, myślami jest gdzie indziej, że kiedy on prosi o kąpiel, ona właśnie musi jechać w swoich sprawach. Nie powiedziała mu, że matka jest w szpitalu. Jakoś – mówiła sobie – sposobności brak. Wieczorami zawsze dawała mu pierś, jak chciał.

Truda

Może nie powinna była tak łatwo się zgodzić, żeby to Gerta jeździła do matki do szpitala. Ale przecież została sama z chłopcami. Na jej głowie były wyprzedaż majątku po Janie, utrzymanie domu i zwierząt, produkcja spirytusu, wyjątkowo pewnej i skutecznej waluty.

Starszy z synów Jana kończył właśnie lat dziewięć. Okazał się zaradnym chłopakiem. Jak tato. Czarował młodszego brata i całą rodzinę magicznymi sztuczkami, które sam wymyślał, z użyciem podkradzionych sąsiadom gołębi. Taki domowy dostarczyciel rozrywki. Ale też obrońca domu. Raz ktoś z innej wsi zakradł się do kurnika, a wtedy Józek pognał za złodziejem z jamnikiem i skutecznie wyegzekwował zwrot kury. Fizycznie był podobny do Jana. Inaczej niż Fajerjanek, który dostał w genach arystokratyczne, cienkie kości i przeguby dziadka Groniowskiego, Józek był mały, ale mocny. Rósł szybko, jakby nadrabiał czas, i z każdym dniem bardziej przypominał ojca.

Ujmował Trudę swoim zachowaniem. Ujął też babkę, która jemu pierwszemu podawała talerz przy obiedzie. Bracia lubili się. Trzymali wspólny front, a Fajerjanek wiedział, że starszy brat zawsze stanie w jego obronie. Wspólnie wpadali na pomysły rodem z piekła, malując świnie farbą, wypuszczając psy na pole, strasząc matkę albo babkę.

Truda była bardziej wyrozumiała dla Józinka niż dla własnego syna. Gdy jednak zastała ich, jak we dwóch ciągną papierosy – z tych, które przesyłał Jakob, by mogła je korzystnie sprzedać – nie odpuściła nawet jemu. Zapędziła obu pod świnią kuchnię, dała im po paczce i kazała wypalić wszystko, jeden papieros po drugim. Palili, zielenieli, wymiotowali, znów palili. Fajerjanek leżał jeszcze dwa dni, wymiotując do miski. Tłumaczyła sobie, że to sprawiedliwie – z pewnością on namówił starszego brata na palenie. To dla ich dobra. Więcej papierosów nie tkną. Truda zawsze była surowa dla własnego syna – nawet wówczas, gdy coś złego mu się przytrafiło. Czasem zaszła zobaczyć, czy chłopcy już usnęli, nigdy jednak nie zdobyła się na czułość wobec Małego Jana. Nawet kiedy spał.

Gerta

Po trzech miesiącach i trzech dniach młody doktor uznał, że Rozelę można wypisać ze szpitala. Gerta i tym razem uparła się, by pojechać po matkę z siostrami. Wczesnym rankiem spakowała nawet kanapki na drogę. Ilda przyjechała po nią samochodem. Wtedy się zaczęło. Najpierw lekkie skurcze, potem, zaskakująco szybko, te silniejsze, które zwiastują poród. Ilda chciała zaraz wieźć siostrę do szpitala, ale Gerta w ogóle nie brała tego pod uwagę. Wyłożyła tylne siedzenie syreny papierem, wsiadła i trzymając się za brzuch, ogłosiła: – Najpierw Kocborowo. Choć ból odbierał jej oddech, obstawała, że to nic takiego. Ilda zadecydowała za nią. Pojechała do Kartuz i skręciła na szpital.

Gerta była zła. Nie tego chciała. Lecz gdy już weszła przez szerokie szklane drzwi, nie śmiała się sprzeciwić pielęgniarkom i lekarzom. Przebrała się w wiązane na plecach ubranko, jakie widywała wcześniej w szpitalu w Kocborowie, położyła się, jak jej kazano, na metalowym łóżku, dała się przewieźć do kolejnej sali. Nie zaprotestowała, gdy skórzanymi pasami przypięli jej kolana i stopy do metalowych strzemion. Poród był w trakcie, a rozwarcie duże. Gerta leżała wśród białych kafli i jasno świecących lamp w bezruchu, a dziecko jakby się rozmyśliło. Pierwszego dnia pośród krzyków i wycia Gerta przepraszała położne, że taka jest niewytrzymała. Drugiego dnia z tym samym wstydem przepraszała za tę rzekę wód, którymi zmoczyła cały fartuch lekarski. Gdy ustępował ból, prosiła, by jej choć na chwilę odpięto nogi, by otwarto okna, bo brzuch przyciskał ją, aż się dusiła. Lekarz klął, że matka hamuje im poród.

Wreszcie nadeszły fale największego bólu. Gerta, nie starając się już dobrze zachowywać, zaczęła wierzgać, kopać, próbowała wyswobodzić kolana i stopy, lecz pasy dobrze je trzymały. Krzyczała, ale nie rodziła. Aż wreszcie zacisnęła pięści, zacisnęła zęby, zaparła się brodą o własną klatkę piersiową i wypchnęła dziecko. Zdążyła jedynie rzucić pobieżne spojrzenie – małe było, drobne, pomarszczone. Położne zabrały je zaraz, nawet o płci jej nie mówiąc. Wyciągnęła za nimi ręce. Bardzo chciała, żeby dali jej dziecko, lecz położne twierdziły, że nie wolno. W końcu wpadła w głęboki i pusty sen, z którego ją wytrąciła pielęgniarka, podkładając dziecko do karmienia.

Dziewczynka! Tak powiedziała położna, a Gerta, trzymając na przedramieniu małe, lekkie ciałko, nie śmiała się upewnić, nie zajrzała pod pieluszkę. Uśmiechnęła się: Lilia. Takie imię znalazła dla córki przed laty, w atlasie roślin. Mała nie wiedziała, jak uchwycić sutek, a Gerta nie miała pojęcia, jak go dziecku podać, choć mleko już płynęło. Nim się dziecko najadło, przyszły pielęgniarki. Czas się skończył. Trzeba oddać córkę.

Około południa, gdy pospała jeszcze trochę, znów dostała dziecko do karmienia i znowu zabrano je za wcześnie. Samotna, opuszczona jak nigdy, czując w piersiach wzbierające mleko, nie mogąc wziąć dziecka, chodziła od okna do drzwi i z powrotem, by nie siedzieć. Zobaczyła ze zdziwieniem, że pod oknami stoi Edward i macha bukietem. Przyprowadził ze sobą dwóch sąsiadów i razem zadzierali głowy. Zapytał, czy to syn. Odkrzyczała, żeby się nie martwił.

Następnego ranka też tam był. Przyniósł jedzenie – zawołał. Zrobił tak, jak umiał. Zeszła do niego, bo już było wolno, w tej kusej szpitalnej koszulce, zawiązanej na plecach na troki, starając się stawać tak, by nie świecić gołą pupą. Edward wręczył jej kwiaty, już nieco podeschłe. Pogłaskał ją po głowie. Nie wspominając o dziecku, zapytał, jak się czuje. Zaraz zaczął też opowiadać, że już załatwił samochód, którym odwiezie je do domu lub na Dziewczą Górę, gdyby teraz wolała być z siostrami. Chciała na Dziewczą Górę. – Córka czy nie córka – dodał w końcu – ale czy mógłby choć przez okno zobaczyć dziecko? Poczekał jeszcze dwie, może trzy godziny, zanim dostała córkę i wreszcie mogła ją pokazać, wystawiając za okno sztywny becik.

Trzy dni po porodzie Edward mógł zabrać żonę do domu. Pojechały z Lilą jedną z dwóch taksówek, jakie były w miasteczku. W drodze Edward denerwował się, że za ciepło, a zaraz potem, że przeciąg i dziecku przewieje uszy – a kierowca starał się nie denerwować zanadto rozemocjonowanego pasażera. Gdy wreszcie dojechali, obie siostry już czekały na schodach. Wydzierając sobie dziecko z rąk, narobiły pisku. W ostatnim pokoju, przygotowanym dla Gerty, pełno było kwiatów, lilii i nenufarów, których narwała Truda, grzęznąc w glonach w jeziorze. Były też gerbery – na dobre zdrowie, róże – na piękną cerę, margerytki – na skromność, piwonie – na olśniewającą urodę – wyliczała podekscytowana Truda, zapuszczając wzrok do becika, gdzie leżało dziecko. Gerta coraz niecierpliwiej rozglądała się za matką. Nie było jej. – Gdzie jest? – zapytała w końcu Trudę. Siostra nabrała powietrza, ale nic nie powiedziała.

Ilda

Ilda, która wiedziała, że należy się spodziewać siostry w Dziewczej Górze, nagotowała jedzenia, bo o karmiącą trzeba dbać. Gdy wykładała talerze, na jej serdecznym palcu błysnął pierścionek. Gerta, gdy już opowiedziała o porodzie, dała każdej z sióstr potrzymać dziecko i odprawiła Edwarda do domu, zapytała, czy Tadeusz się oświadczył. Zasmuciła tym Ildę. Dziecko Gerty przypomniało jej, że nie ma i może nie będzie mieć własnych. Jeszcze przed porodem siostry, kiedy Gerta była naprawdę gruba, Ilda zapytała Tadeusza, czy nie chce mieć z nią dziecka. Strasznie się zdenerwował. Powiedział: żadnej kobiecie tego nie życzy. To jest koszmarny biologiczny atawizm i nie będzie narażał Ildy na jego konsekwencje. Czy chociaż ślub kiedyś wezmą? Dziwnie na nią popatrzył, a po kilku dniach przyszedł z pierścionkiem. Sześć niewielkich brylantów oprawionych w złoto – zamiast dziecka. Sześć – mówił – bo to liczba miłości. Czy już złożył pozew rozwodowy? – zapytała. Przytaknął. Pomyślała, że kłamie. A zaraz potem, że jest niesprawiedliwa.

Rozela

Nie przyjęła swojej wnuczki na świat. Podobno Gerta chodziła po podwórzu i śpiewała, kucając pod jabłonką i masując się po krzyżu, żeby opóźnić rozwiązanie. Tak na nią czekała. Minęły się o godziny. Gerta pojechała do szpitala. Pełna poczucia winy, że nie wróciła na czas, zajęła się Rozela obejściem. Doktor ze szpitala zabronił jej się obwiniać. Żeby nie myśleć za wiele, posprzątała w chlewie, tymiankiem i lebiodą przeleczyła indyki, które miały wyraźne objawy choroby zwanej czarną główką. Nagotowała zupy na zapas. Wyplewiła ziemię po ogórkach. Po dziesięciu latach – pomyślała – był czas najwyższy, by coś zrobić z psią budą, którą miał się zająć Rudy Jan, ale nie zdołał. Pod blachą zwierzęta dostawały udaru od gorąca. Rozela postanowiła zająć się tym sama. Przytaszczyła zza domu deski, które kiedyś służyły do stawiania szalunku w łazience. Wyniosła na dwór dwa krzesła, oparła deski i zaczęła je piłować. Cały dzień składała, waliła młotkiem, uszczelniała. Śpieszyła się, bo przecież Gerta miała wrócić ze szpitala. Po dwóch dniach ciężkiej pracy była zadowolona: drewniana skrzynia, całkiem foremna, nakryta była dachem, który należało jedynie zabezpieczyć papą. Do środka potrzebowała trochę słomy, którą przynieść miała Truda od sąsiadów.

Pech, bo uciekły jej psy, gdy wyciągnęła łańcuch z ziemi, żeby zamocować kołek obok nowej budy. Pognały ile sił, jak to psy zerwane z łańcucha, a ona ruszyła za nimi. Psy pobiegły w las grzybowy, potem dalej, na łąkę. Rozela szła ich śladami, nasłuchując ujadania. Był wyjątkowo ładny dzień. W powietrzu pachniało trawą i ziołami. Dużo przyjemności miałaby z tej wędrówki, gdyby nie psy. Na moment zatrzymała się po drodze, aby powąchać rozsypaną dookoła lebiodę. Nic nie dawało nerwom takiego ukojenia. Jak to się stało, że gdzieś na zboczu Dziewczej Góry, ponad gęsto rosnącą lebiodą, uciekło jej z głowy, że czeka na córkę?

– Dziewczynka – powiedziała Gerta, gdy bardzo późnym wieczorem zobaczyła matkę w drzwiach. Ale nie chciała dać dziecka. Rozela wolała nie napierać. Może nazajutrz? Może gdy miną pierwsze tygodnie? Choć wszystko leciało jej z rąk, co rano szykowała jedzenie, układając na talerzu świeży chleb i najkształtniejsze warzywa, ale Gerta tylko brała talerz i znikała z dzieckiem za drzwiami. Uszyła wyprawkę. Poszwy na pierzyny z koronką plecioną na kołkach zamieniły się więc w beciki, kaftaniki, czapeczki. Córka, siedząca w pokoju od drogi, nawet nie pozwoliła jej przekonać się, czy pasują. Chciała Rozela wiedzieć, czy bardzo Gertę boli, czy się dobrze goi. Znała przecież sposoby, jak przyspieszyć leczenie. Nie. Córka niczego nie będzie pokazywać. Dziewczynka skończyła miesiąc, drugi, a Gerta wciąż dawała odczuć matce, że nie jest jej potrzebna. Pewnego dnia, z pokoju z kolorowymi szybkami dobiegł Rozelę płacz wnuczki. Zwykle słyszała wówczas i głos swojej córki, ale tym razem – nic. Mała płakała, a Gerty jakby nie było. Niepokoił Rozelę ten niecichnący płacz. Zapukała, nikt nie odpowiedział. Zajrzała do pokoju. Gerta spała, siedząc w koszuli na podłodze, a córkę miała na rękach, przy piersi. Dziecko mogło przecież wypaść! Rozela wzięła je najdelikatniej, jak umiała, nie budząc córki. Tuliła płaczącą Lilę, huśtała tak długo, aż ucichła. Nim ją odłożyła do kołyski, jeszcze chwilę nosiła na rękach, patrząc na jej twarzyczkę: oczy wielkie, jak to u dzieci, rzęsy długie, nos zadarty, rumiany, po którym znać było zdrowe chłopskie pochodzenie. Piękne dziecko. Gdy odkładała wnuczkę, Gerta się ocknęła. Uśmiechnęła się. Nic nie mówiąc, wdrapała się na łóżko, gdzie natychmiast znów zasnęła.

Od tego czasu dawała matce córkę coraz częściej, a mała lubiła ramiona swojej babki. Rozela, która od starszych chłopców oganiała się jak mogła, nieraz przez nich płacząc, z tą dziewczynką rozumiała się bez słów. Nim jeszcze dziecko zdążyło zapłakać, już wiedziała, że mała jest głodna albo mokra. Małomówna i przez całe życie chłodna wobec córek, Rozela dla tej dziewczynki miała pokłady czułości. Nosiła ją, nic się nie przejmując, że przyzwyczai dziecko, śpiewała jej, wreszcie opowiadała. Jak wyglądała ich stara chałupa w Dziewczej Górze, jak nazywali się nieżyjący już kuzyni i jakie były pomiędzy nimi związki krwi. Która rodzina we wsi czym się światu zasłużyła, a która co miała za uszami. A wnuczka patrzyła uważnie i słuchała. Rozela przekonana była, że to dziecko, choć jeszcze takie małe, rozumie więcej, niż ktokolwiek podejrzewa, i będzie ją pamiętać.

Choć Gerta chciała już wracać do domu, do męża, Rozela wszelkimi sposobami starała się skłonić córkę, by zostały, przynajmniej dopóki trwa lato. Przekonując, że w taką piękną pogodę dziecku należy się świeże wiejskie powietrze, wystawiała małą w wózku pod jabłonkę, a sama siadała obok, wprost na ziemi. Łuskała bób, szypułkowała truskawki, cerowała serwety. Spędzały tak całe dnie. Dla Edwarda, który przyjeżdżał w piątki, wprost z zakładu, przygotowywała miejsce do spania w pokoju od drogi. Mając ich z dzieckiem przy sobie, była spokojna i szczęśliwa.

Truda

Umarł Stalin. Radio nadawało tylko muzykę pogrzebową, sklepy zamknięto, na urzędach wywieszono flagi z kirem. Ludzie o niczym więcej nie mówili, jak tylko o tym. Głośno, że ojciec narodu, cicho, że morderca i szubrawiec i że może wreszcie będzie trochę wolności. Truda, siostry, matka nabrały nadziei, że Jana uda się wydobyć z więzienia. Nadzieja była płonna.

Rok po jego zniknięciu, prawie sześć miesięcy po śmierci Stalina, 31 sierpnia 1953 roku w poniedziałek, przyszedł na Dziewczą Górę milicjant i powiedział, że był sąd i zapadł wyrok. Za wrogie wniknięcie w struktury Milicji Obywatelskiej Jana skazano na karę śmierci, decyzją Rady Państwa, w akcie łaski, zmienioną na dożywocie. Truda rzuciła się na milicjanta z paznokciami. Nadbiegła Gerta z dzieckiem na rękach i zaczęła krzyczeć na siostrę, że i ją zamkną. Truda dałaby się zamknąć. Wrzeszczała, że choćby jeszcze raz trzeba było jechać do Warszawy, nie pozwoli na takie bestialstwo. Weźmie dzieci. Niech partia sama powie, że im ojca zabiera. Gerta ciągnęła ją za ręce, błagając, by nic więcej nie mówiła.

Dożywocie oznaczało, że cały świat trzeba odtąd poukładać bez Jana. Na myśl, że do późnej starości ma już nie zobaczyć męża, Truda zaczęła tęsknić jeszcze mocniej. I co? Położy się do grobu? Żona uwiązana do cienia już zawsze co wieczór kłaść się będzie w pustym łóżku? Całkiem sama ma mu synów wychować, choć dla jednego nie była nawet matką, a dla drugiego być matką nie umiała? Już do końca życia pod jednym dachem, przy jednym stole z własną matką, której nigdy nie będzie potrafiła wybaczyć, że tamtej zimy wyrzuciła Jakoba, przekreślając jej życie?

Na resztę dnia i na noc Truda zamknęła się w pokoju. Myślała niewiele, a jeśli już, to co powiedzieć dzieciom. Spać poszła, ale zasnąć nie mogła. Zmęczona płaczem, zziębnięta, bo pokój, nie wiadomo dlaczego, nagle zrobił się dla Trudy zimny jak grobowa krypta, poszła przytulić się do Gerty – lecz nie było już miejsca w łóżku, spało tam dziecko. Zdumiewające, pomyślała Truda, że dziecko nawet nie poznało jej Jana. Rozpaliła w kuchennym piecu, wzięła koc, usiadła na krześle z widokiem na jezioro i przesiedziała tak do rana, patrząc, jak świta. W końcu na chwilę zasnęła.

Gdy się obudziła, od razu napisała do Jakoba.

Gerta

Znów trzeba było zająć się Trudą, która na wieść o wyroku sądowym odmówiła jedzenia. Jakby to ona była najważniejsza na świecie! Karmiły ją więc z matką na przemian, piekąc i dogadzając, a Truda odbierała talerze i zamykała się w ciemnym pokoju, z którego wyrzuciła chłopców, za nic mając ich rozhuśtane wieściami z sądu uczucia. Józinek i Fajerjanek zrobili sobie pokój na strychu, urządzając się tam całkiem znośnie, a Gerta, by ich jakoś pocieszyć, spędzała z nimi tyle czasu, ile zdołała. Co im mogła powiedzieć? Mówiła, żeby mieli cierpliwość. W końcu będzie kiedyś amnestia.

Do Trudy Gerta nie miała cierpliwości. Siostra, jeśli wychodziła z ciemnego pokoju, to tylko po to, żeby pojechać na pocztę. Przemykała wówczas przez wieś, nie patrząc na boki, nie mówiąc „dzień dobry", wracała i znów zamykała się na klucz. Gerta tłumaczyła matce, że Jana trzeba żałować, a nie Trudy, lecz Rozela nie słuchała. Jeszcze niedawno całym jej światem była wnuczka, córka Gerty, a teraz dzieliła uwagę pomiędzy dziecko a Trudę. Już nie starczało jej dla wnuków.

Przyjechał na rowerze Edward. Dowiedziawszy się o wyroku na Jana od jakiegoś klienta, zamknął zakład i zaraz był na miejscu; po Kartuzach nic nie szło tak szybko jak plotka. Był zmartwiony. Chyba najbardziej Gertą. Nad talerzem z zupą, który postawiła przed nim, powiedział, bardziej do siebie niż do niej, że teraz już w ogóle nie będzie widywał jej w domu, skoro wzięła na własne barki całą Dziewczą Górę.

Pretensje męża jeszcze rozjuszyły złą na siostrę Gertę. Któregoś dnia skończyło się drewno pod kuchnię. Gerta wzięłaby się do rąbania sama, jednak tym razem postanowiła zapędzić do pracy Trudę. Wręczyła jej siekierę i wskazała szczapy. Po godzinie zobaczyła siostrę z rozbitą głową. Siekiera odskoczyła – powiedziała Truda. Centymetr dzielił krwawy ślad od skroni. Co zrobić. Oddawszy dziecko siostrze, Gerta sama porąbała dwa solidne konary, a potem z mężowskich pieniędzy opłaciła chłopaka z sąsiedztwa, by się tym zajął na przyszłość. I znów była zła, widząc, jak Truda ożywia się przy młodym sąsiedzie, robiąc do niego maślane oczy.

Ilda

Ilda bardzo lubiła szwagra i bardzo żałowała Trudy. Tym bardziej zabolała ją gadanina Tadeusza, że Rudy i tak powinien być zadowolony, bo czapę miał jak w banku, a wyjdzie najdalej za lat dziesięć. Czy kiedykolwiek kogoś pożałował? – zapytała. Ilda nie ma pojęcia, ilu ludzi cierpi, aby ona mogła żyć z nim – odpowiedział.

Za chwilę znów był kochający i oddany. Przymilał się, komplementował. A po południu poprosił, aby odpaliła samochód. Pojechali na ulicę Grunwaldzką, do biura notariusza. Powiedział jej po drodze, że są tam umówieni. Gdy czekali w zielonych fotelach, Ilda dowiedziała się, że Tadeusz Gelbert przepisuje na nią prawo do każdej swojej rzeźby, jaka nie zostanie sprzedana. Gdy wyszli, zapytała: – Co to znaczy „nie zostanie sprzedana"? Obraził się, że niczego nie potrafi docenić.

W nocy przyśnił jej się Rudy Jan. Znów karmiła piersią jego syna, a on znów, jak kiedyś, patrzył na nią rozanielonym wzrokiem. Dobrze jej było w tym śnie. Lubiła wzrok szwagra, pełen uwielbienia i oddania, płynące z piersi mleko uspokajało ją i trochę podniecało. Obudziła się zawstydzona. Z poczuciem, że wszystko, co ważne, zgubiła. Była głupia. Nim odebrała karteczki, otworzyła szafę i długo mierzyła suknie – niech choć się sobie podoba. Na śniadanie zeszła spóźniona, ubrana jak na raut u ambasadora. Ani razu nie spojrzała znad talerzy na Tadeusza. A wieczorem pojechała na Dziewczą zobaczyć, jak się ma Truda.

Gerta

O śmierci Stalina zapomniano, ludzie mówili teraz o Gomułce. Partyjny, nie partyjny, ale niech coś się zmieni. Gerta też miała swoje nadzieje: pierwszy raz od lat w ich kamienicy w Kartuzach miały się zwolnić przestronne, jasne dwa pokoje. Gerta bardzo liczyła na ten przydział. Od miesięcy odwiedzała w tej sprawie urzędy. Wciąż jej odmawiano, wreszcie jedna kobieta z biura podań życzliwie wyznała jej, że chodzi o Rudego Jana. Gdy już zapłaciła komu trzeba łapówkę, dodając do pieniędzy ze sprzedaży serwet załatwiony cudem w Gdańsku sedes, miała czekać, aż mieszkanie się zwolni. To się stało niebawem po narodzinach córki. Edward miał tylko złożyć podanie. A on poszedł z dokumentem nie do tego urzędnika, co trzeba. Pismo poszło nieumówionym trybem, wmieszał się ktoś, kto pamiętał, czyją jest Gerta szwagierką, planowaną zamianę diabli wzięli. Mąż uważał, że nic nie zawinił. Poza tym – mówił – to poniżej godności, polować na urzędników jak na kuropatwy.

Gdy mała skończyła pół roku, Gerta na dobre wróciła z dzieckiem do mieszkania w Kartuzach. Wystawiając wózek na kamienne podwórko, wiele razy myślała o tym, dlaczego to nie ona zamieszkała na którymś z tych jasnych pięter, w trzech, nawet czterech pokojach z balkonami. I zawsze widziała jeden powód: to była kara. Może za tę babkę, która szła do ołtarza w ciąży, a może za jeszcze wcześniejsze, nieznane Gercie winy? No cóż. Karę wziąć należało na siebie, by nie zostawić tego spadku córce.

Pierwszy rok minął prędko. Dziecko rosło. Dalej uprawiali z Edwardem swoje gry, aż Gerta zorientowała się, że znów jest w ciąży. Mąż zdawał się zachwycony. Matka ofiarowała się z pomocą przy porodzie – lecz tym razem sama Gerta odmówiła. Mimo że wciąż myślała o kartuskim szpitalu, co najgorsze, wolała go niż poród pod opieką Rozeli. Nie chodziło nawet o to, że nie ufa matce. Raczej, pomna ostatnich doświadczeń, bała się o nią. Kiedyś traktowała ją jak filar świata, kobietę, która wszystko może i wszystko zniesie – teraz widziała jej kruchość i słabość. Drugie dziecko też urodziło się więc w kartuskim szpitalu. Znów córka, czym Edward, który liczył na chłopaka, był wyraźnie zawiedziony. Przy dwójce tak małych dzieci Gerta nie miała jednak głowy do jego żalów.

Druga dziewczynka dostała na imię Róża. To imię Gerta też wyszukała przed laty w atlasie roślin, wertując go w poszukiwaniu wzorów do haftu richelieu. Trafiała tam na różne piękne okazy: lilia, róża, hortensja, konwalia, lobelia. Najbardziej do gustu przypadło jej ostatnie. Uznała jednak, że nie wypada ot tak, dać córce dziwnego imienia, i zdała się na los – Lobelia miała być trzecia, gdyby urodziły się trzy córki.

Róża okazała się przeciwieństwem Lilii. Starsza zdawała się dzieckiem idealnym, cicha, konkretna, płakała tylko w razie wyższej konieczności, dużo się uśmiechała. Druga urodziła się wrażliwa i żarłoczna. Przeszkadzało jej światło, byle dźwięk wytrącał ją ze snu – nieraz na całą noc. A jeść chciała na okrągło. Nie dałaby Gerta rady wykarmić dwóch córek. Szczęśliwie Edward przynajmniej tym razem sprostał sytuacji. Coś tam komuś naprawił, coś komu innemu obiecał – i w domu stanęły dwadzieścia dwa kartony z mlekiem w proszku, a w każdym czterdzieści osiem mniejszych opakowań.

Gerta znów przesiedziała lato z dziećmi w Dziewczej Górze, do miasta wróciła na jesień. Doglądała córek, zabawiała je, opierała, wieczorami usypiała ze zmęczenia nad wanną z pieluchami. Płakała z kolczastą jak jej imię Różą na jednym ręku, drugą próbując karmić Lilię. Zawiedziona Edwardem, który po eksplozji radości na wieść o drugim dziecku jeszcze więcej czasu spędzał, jeżdżąc po okolicy na rowerze, walczyła, by przypadkiem nie dać mu na ręce żadnej z córek. Bo nie umiał! Bo pieluch nie wypierze dobrze i nie rozwiesi jak należy, mleka nie rozrobi do odpowiedniej konsystencji. Bo któż to widział, żeby mężczyzna dobrze zajmował się dzieckiem?

A gdy już naprawdę nie miała siły, modliła się, żeby Matka Boska natchnęła którąś z jej sióstr i przysłała na pomoc. Czasem wymodliła. Wtedy szła sama nad Jezioro Karczemne, aż pod Górkę Asesorską, z której widać było Kartuzy odbite w tafli, by tam zamartwiać się, że krzywdzi porzucone dzieci. Wracała ile sił w nogach. By znów cierpieć, że sama została ze wszystkim.

Ilda

W mieszkaniu nad pracownią założono telefon. Tadeusz przez trzy kolejne dni chodził wokół szarego ebonitowego aparatu, podniecony jak dziecko. Maszyna kiedyś musiała zadzwonić. Porzuciwszy chwilowo pracownię, usadzał Ildę w fotelu i mówił, barwnie i krwawo – jak to on potrafił – pomiędzy te historie wplatając spekulacje, kto zadzwoni pierwszy. Wierzył, że będzie to przyjaciel ambasador, który powinien się domyślić, co należy zrobić, po tym jak Tadeusz wykonał kurtuazyjne połączenie, ogłaszając wspaniałą nowinę. Względnie mógł to być ktoś z partii, bo partia zamawiała teraz wiele nowoczesnych pomników. Może jakiś wielbiciel mistrza Tadeusza?

Tymczasem, o zgrozo, pierwsza zadzwoniła Gerta. Z poczty w Kartuzach, podekscytowana, bo właśnie dowiedziała się o podłączeniu telefonu (gratuluje!). Jest dobre pianino na sprzedaż w Kościerzynie. Koniecznie potrzebuje Ildy, aby z nią pojechała. Tadeusz był urażony i już porzucony.

W Kartuzach okazało się, że jedzie z nimi Edward. Poprosiwszy do dzieci sąsiadkę, rozsiadł się na przednim siedzeniu i powiedział, że też ma sprawę do załatwienia w Kościerzynie. Uparł się, żeby jechać. Na miejscu wciąż rozglądał się nerwowo na boki, jakby kogoś szukał. Okazało się też, że zna miasto – choć z Kartuz było czterdzieści kilometrów w jedną stronę. Wiele razy przyjeżdżał do Kościerzyny na rowerze.

Gdy dotarli pod adres z ogłoszenia, Edward zapytał szwagierkę, tak by żona nie słyszała, czy wciąż ma zdjęcie, które jej dał przed laty. W dniu, w którym poznała Tadeusza Gelberta, miała przecież w Kościerzynie rozpytać o mężczyznę z fotografii. Niestety, dawno ją zgubiła. Edward był zły. Liczył, że pokaże zdjęcie kobiecie z ogłoszenia.

Drzwi otworzyła pani podobna do Gerty, tyle że pełniejsza, jasnowłosa, a Edward, nagle w lepszym humorze, dziwnie długo wodził za nią oczami. Gdy usiadła, by zaprezentować możliwości instrumentu, ku zdumieniu sióstr Edward szybko zadeklarował kupno. Będzie musiał sprzedać nowo sprowadzony z Warszawy aparat fotograficzny Dollina. Chyba że państwo wolą się wymienić. Zażartował też, że mógłby odzyskać aparat przy brydżu. Właścicielka instrumentu zapaliła się do pomysłu. Ależ tak! Wciąż im brakuje pary do brydża. Jeśli pan Edward mówi poważnie, na pewno się dogadają. Edward, nagle rozmowny, pochwalił się, grać w karty uczył się u mistrzów, dużo ćwiczył w obozie jenieckim. Zakupione za aparat Dollina pianino miało przyjechać nazajutrz.

Wieczorem Ilda nie zastała Tadeusza. Od Kazi usłyszała, że jest u żony i synów, tych, których Ilda nigdy nie poznała. Jeździł do nich, lecz przez te lata nigdy, ani razu, nie przywiózł żadnego z nich do pracowni. Ilda nauczyła się z czasem, by o nich nie pytać. Ani o żonę, ani o synów, ani o matkę Gelberta. Bardzo się zdenerwował, gdy kiedyś napomknęła o rocznicy śmierci. Zaofiarowała się, że posprząta grób. Ma już osobę, która się tym zajmuje – odparł.

Truda

Od kiedy zabrakło powodu, by tyle jeździć po urzędach, Truda coraz częściej pisała do Jakoba. Najrzadziej raz na dwa tygodnie. Wszystko, o czym wspominała w listach do męża, przepisywała potem w korespondencji do dawnego narzeczonego. Listy słane do więzienia wracały zwykle nieczytane, ostemplowane jednakowo: „Brak zgody Prokuratury Wojskowej". Cenzura graniczna okazała się łaskawsza dla uczuć Trudy, bo Jakob odpisywał zawsze bardzo szybko.

Świat z listów Trudy nieco odstawał od tego realnego. Skoro mąż był bohaterski, to ona była wierna nawet w myśli, synowie byli mądrzy nad wiek, matka po latach rozumiała swój błąd, jakim było przepędzenie Jakoba, a Gerta była prawdziwą kaszubską stolemką, olbrzymką, każdy zazdrościć mógł jej siły. Truda pisała po niemiecku, ale czasem jakąś trudną wyjątkowo myśl zapisywała, jak zaklęcie, po polsku. Na przykład: „miłość od pierwszego niewidzenia" brzmiała dużo lepiej niż: *Liebe auf den ersten Überblick verlieren.*

Świat z listów Jakoba był zdawkowy. Pacjenci w klinice chirurgicznej, nowy trawnik, nowe auto. Z czasem przesyłki od Jakoba spuchły o romanse

w różowych okładkach, pisane niemieckim goty-
kiem na słabym, gazetowym papierze, z ilustra-
cjami, które Truda uwielbiała. Były na nich zawsze
jakieś całujące się pary, oddane bardzo realistycz-
nie. Truda połykała te broszury wieczorami, całe
frazy przepisując potem do niemieckich listów.

Czekając na nową dostawę, śledziła reklamy na
ostatnich stronach, fotografie pań, które schudły
po kilkadziesiąt kilogramów, przed i po. Szybko
wyśledziła, że obrazki nie zawsze się zgadzają. Na
jednego grubasa na różnych okładkach przypadało kilka chudych pań. Gdy już wszystkie romanse były przeczytane, a nowych Jakob jeszcze nie
nadesłał, godzinami jak detektyw porównywała
zdjęcia, zawsze dumna, gdy wytropiła oszustwo.
Szczegółowo opisywała Jakobowi, co i gdzie nie
zgadza się na okładkach, zdumiona, że są chętni
na takie preparaty jak w reklamie. Pytała w listach
do Jakoba, czy w Berlinie ludzie aż tak dużo jedzą.

Sama o jedzenie nie dbała. Zaczęła też popa-
lać papierosy, które Jakob przysyłał na sprzedaż.
Ciągle, choć już bez dawnej wiary, pisała do urzędów w sprawie zwolnienia Jana. Na te listy też nie
odpowiadano.

Gerta

Pianino stanęło w pokoju. Żarty na temat brydża,
jak się okazało, zostały przez Edwarda potrakto-

wane poważnie. Płacąc aparatem Dollina za instrument, uparł się przy kolejnym spotkaniu – na brydża. Szczęśliwie dla majątku Gerty sprzedająca nie dała się przekonać do gry o wysokie stawki, zgodziła się jedynie usiąść do partii o równowartość butelki mleka. Na imię miała Jadwiga. Edward zaraz zaczął szukać ładnych spieszczeń imienia, doprowadzając tym Gertę do furii. Koniec końców, co drugi piątek o dziewiętnastej Jadwiga przyjeżdżała z mężem na brydża. Gerta nie grała dobrze w karty, Edward, jak się okazało – przeciwnie. Ku zaskoczeniu Gerty okazał się też wielbicielem gry na pianinie. Przed brydżem, na jego życzenie, Jadwiga dawała zawsze mały koncert. Choć córki płakały, zagłuszając muzykę, Edward przymykał oczy, był zadowolony. Gerta Jadwigi nie lubiła, chyba z wzajemnością. Podziwiała ją jednak za obycie, talię, krągłości, umiejętność gry. Bez wzajemności.

Córki rosły, więc zdaniem Gerty trzeba było kupić kolejne pianino. Tym bardziej że znów otwierały się widoki na większe mieszkanie. W Kartuzach, tuż za szkołą Jedynką, sprzedawano brązowego neugebauera. Gerta dała zaliczkę, żeby ubiec miejscowego adwokata – parę kolczyków z biurka w zakładzie, które i tak leżały od lat nieużywane. Tym razem jednak Edward naprawdę się oburzył. Gerta nie ustępowała, więc zagroził, że się wyprowadzi. Ale Gerta nie należała do kobiet, które dałyby się zastraszyć. Pianino było z drewna różanego, z klawiszami z autentycznej kości, jakby robione dla Róży. Szczęśliwie i Jadwiga orzekła, że instrument jest wyjątkowy. To rzadkość – mówiła Edwardowi – i nie można pozwolić, aby przepadł. Jeśli pozwolą jej usiąść przed partią brydża, pokaże im dopiero, czym są niskie tony. Drugie pianino stanęło więc pod ścianą tuż obok pierwszego, trzeba było jedynie przesunąć łóżko oraz zmniejszyć stół.

Dwa łóżeczka i dwa pianina tylko nasiliły kłótnie o mieszkanie. Jak Edward może pozwalać, aby jego rodzina tak się gnieździła!? Miejsca jest dość, za dużo jest pianin! Na co Gerta obrażała się, oświadczała, że to wiano ich córek. Symbol. Wróżba. I coraz częściej myślała, że brak miejsca dla pianin to nie jest żadna kara za winy prababek, lecz zwyczajna nieudolność jej męża.

Kłótnie nie przeszkadzały im jednak w pożyciu. Tuż po tym, jak drugie pianino stanęło w do szczętu zapchanym pokoju, Gerta znów była w ciąży. I znów nie wyszło z mieszkaniem. Gerta z widocznym już brzuchem rozpłakała się paniom w urzędzie. Bez skutku. Zwolnione cztery pokoje były potrzebne dla kuzynki przewodniczącego partii. Zachowując serwety, panie obiecały, że pomogą przy pierwszej okazji. Inni nawet telefony

już mają w domach, a im kolejne lokale przepadają
ot tak – złościła się Gerta.

Rozela

Trzecia wnuczka Rozeli, Lobelia, urodziła się 28
sierpnia 1958 roku, w czwartek. Data ta miała być
pamiętana także z innego powodu.

Gdy Gerta poczuła pierwsze bóle, była w Dziewczej Górze – z dużym już bardzo brzuchem, zmęczona, opuchnięta, potrzebowała pomocy przy
dwóch starszych córkach. Tamtego ranka młodsza,
Róża, wyjątkowo marudna, zaczęła dzień, jeszcze
nim ptaki wstały. Rozela chciała się nią zająć, ale
Gerta swoje – że sama najlepiej przekona dziecko, by jeszcze trochę pospało. Wzięła małą na ręce
i zaniosła do łóżeczka, po czym sama wlazła tam
za córką. Mając matkę przy boku, mała łatwiej
zasypiała. Zasnęły obie. Niewiele później Gerta
obudziła się w mokrej pościeli. Odchodziły wody.
Truda zaraz pobiegła sprowadzić jakieś auto, by zawieźć Gertę do szpitala, Rozela próbowała zabrać
dzieci, które czepiły się Gerty spódnicy i nie pusz-
czały matki. Harmider, bałagan, nerwy – trochę
to trwało. Żadna z kobiet nie zwróciła uwagi na
człowieka, który wszedł do kuchni. Żadna nie spytała go, z czym przychodzi. Kazały mu poczekać.
Dostał herbatę i siedział, nie mówiąc ani słowa.
Truda, rzuciwszy mu ledwo pobieżne spojrzenie,

popędzała siostrę, bo samochód już czekał, Rozela próbowała zabawić krzyczące na cały głos dzieci.

Mężczyzna zapytał, czy może w czymś pomóc. Poznały go po głosie, choć był to głos matowy i zszarzały. Rozela kazała się przywitać wnuczkom, dokładnie tak, jak kiedyś kazała córkom witać się z Abramem. Truda opadła, jak stała, na krzesło. Zdało się Rozeli, że Rudy Jan wygląda teraz na starszego od niej. Po amnestii skrócili mu karę – powiedział – i jest.

Rozela widziała, jak Truda patrzy na niego z przerażeniem. Na szczęście nie było czasu na długie powitania. Trzeba było jechać z Gertą do szpitala. Truda wybiegła z kuchni, trzaskając za sobą drzwiami. Jan chyba dostrzegł jej strach, bo nawet na nią nie patrzył, raczej zerkał. Zapytał o synów. W szkole, w Gdańsku – usłyszał od teściowej.

Truda

Pierwszym, co przyszło Trudzie na myśl, gdy wreszcie dotarło do niej, kto siedzi przy kuchennym stole, było, że to jakiś spisek. Ktoś się pod Jana podszywa. Jej mąż był barczysty, a teraz siedział przed nią wychudzony człowiek o dziecięcych ramionach. Spróbował zażartować jakoś na początek. Nie wyszło. Miał wybite zęby, od razu spostrzegła.

Wracając wieczorem pekaesem z Kartuz, ze szpitala, jechała jak nie do siebie. Nie dowierzając temu, co rano zobaczyła, wolno przeszła drogę do domu i co rusz wysypywała piach z butów. Wreszcie dotarła na Dziewczą Górę i pchnęła drzwi do sieni. Usiedli po przeciwnych stronach stołu, opierając każde po jednym łokciu o blat, tyłem do jeziora, a przodem do kuchni, żeby nie patrzeć na siebie. Zapytał, czy mogłaby mu wyprać ubrania, w których przyszedł. – Raczej trzeba je będzie spalić – powiedziała. – Ale w szafie są czyste rzeczy. Wyciągnęła koszulę, spodnie i złożone w niewielką kostkę białe majtki. Wszystko odprasowane. Wtedy Jan, nie dziękując, poprosił o zimowe kalesony. Było lato, późne, ale ciepłe. Przez następne miesiące nie mogło wydarzyć się nic bardziej żałosnego. Do domu wrócił nie ten mężczyzna, który kiedyś wieczór w wieczór, usadziwszy ją okrakiem na swoim twardym fallusie, obnosił Trudę dokoła pokoju. Ten nawet nie próbował. Chwiał się, wciąż coś strącał, gubiąc się w przestrzeni. Żeby jakoś zająć ciągnące się wieczory, Truda robiła mu kąpiele z lawendą, z miodem, z szałwią, pokrzywami, przypominając mimochodem, że tę łazienkę sam zbudował. Na widok własnego, zmęczonego, poznaczonego bliznami ciała, któremu woda w wannie przydawała jeszcze zielonkawego koloru, Jan zaczynał płakać. Pomiędzy nogami wisiał mu teraz smętny, pusty worek, który w Trudzie budził smutek i strach.

Gotowała mu. Co zjadł, to zwymiotował wprost pod nogi. Co mocniej przyklęknął, to zaraz się przewracał, więc Truda wciąż po nim sprzątała. Jan, za którym tęskniła, który kiedyś drwa rąbał, chłopaków na mieście rozstawiał, wszędzie umiał wejść i wszystko załatwić, teraz, usadzony na krześle przy kominie, chłeptał zupę jak pies. Po brodzie mu ciekło. W Trudzie tężała krew.

Nawet nie spali razem. Od pierwszego dnia zamykał się na noce w piwniczce, z pistoletem. Zdobył go nie wiadomo gdzie i czyścił godzinami. Spał pod starym kocem, tym samym, pod którym kiedyś spali Francuzi. Bez pościeli, jedynie na sienniku. Gdy mu Truda zniosła pierzynę świeżo obleczoną, prześcieradło i miękką poduszkę, wyrzucił je, krzycząc. Chciał jedynie, by mu Truda uszyła z jakiejś starej torebki kaburę na pistolet. Usiadła i uszyła z tej berlińskiej, najlepszej.

Nie było Jana sześć lat. Wystarczająco długo, by synowie zdążyli przywyknąć, że go nie ma. Fajerjanek obchodził Jana bokiem, zawsze zachowując dystans, patrzył sceptycznie i badawczo, jakby nie godził się na to, że ojciec z jego dzieciństwa i ten smutny stary człowiek są jedną i tą samą osobą. Józinek nawet nie zdążył poznać prawdziwego ojca. Teraz chłopcy traktowali go bardziej jak mebel niż osobę. Jan chyba to dostrzegał. Nie walczył. Usuwał się w cień.

Mimo to w soboty i niedziele, gdy chłopcy przyjeżdżali z Gdańska, z internatu, w domu robiło się znośniej. Młodzi wnosili do domu trochę życia, chcieli jeść, więc było dla kogo gotować, zwozili rzeczy do prania i trzeba się było tym zająć, hałasowali, więc głowa Trudy, spuchnięta od dźwięków, nie nadawała się już do myślenia. W pozostałe dni Jan i Truda przesiadywali przy stole i milczeli, może ze strachu, że już tak zostanie do końca jego dni. Mijały miesiące, potem lata. Skończyły się romanse Trudy po szpitalach i urzędach. Żadnej z nich przyjemności, gdy wracać trzeba do domu i kłamać, patrząc w twarz mężowi. Może była puszczalska, ale nie była podła.

Gerta

Nie tego się spodziewała po swojej siostrze Trudzie Gerta! Ta ofiarna żona, która męża doglądała bez skarżenia się, gdy ją zostawiono samą z trzema małymi dziewczynkami – okazała się potworem bez sumienia! Dzieci miały na rączkach ślady kabla! Widząc, jak przestraszone są jej córki, odwiezione przez Trudę do Kartuz pekaesem, Gerta chciała siostrze te gęste włosy powyrywać! Gdyby wówczas Truda spojrzała Gercie w oczy, już byłoby po niej. Koniec. Lecz Truda, oddawszy matce dziewczynki, stała w progu i patrzyła w podłogę, nic nie mówiąc. A gdy się siostra odezwała pierwsza, ostrym tonem, jeszcze niżej pochyliła plecy. Wówczas Gerta szerzej otworzyła drzwi, dała dłonią sygnał Trudzie, aby poszła do kuchni, a sama zajęła się dziećmi. Wypytawszy je, co się stało, za co je ciotka biła, usłyszała, że poszło o babkę. Chciały wiedzieć, kto ją przypalał żelazkiem i dlaczego. Ciotka, zła jak nigdy, kazała im klęczeć w kuchni. Ukarała je za to, że weszły bez pozwolenia do łazienki i zdenerwowały babcię, gdy ją ciotka myła. Dostały kilka razów i musiały klęknąć przy piecu, a ciotka cały czas wrzeszczała. Wstały dopiero, kiedy wszedł wuj Jan. Posiniał na twarzy. A wówczas przestraszona ciotka zaczęła bardzo płakać.

– Z matką już całkiem źle – powiedziała Gercie Truda już wieczorem, w pustej kuchni. – Nawet się umyć nie pozwala. Albo krzyczy i wierzga, albo wpada w stupor i wtedy jest jak sztywna lalka szmaciana, bez kontaktu.

Usłyszała Gerta, że próby umycia Rozeli zwykle były bezowocne: matka szarpała się, wywijała, rozlewała wodę. Tego dnia udało się jednak namówić ją na kąpiel. Truda rozebrała już matkę, usadziła w łazience na krześle i wówczas weszły małe. Były namolne, pytały, zaglądały tak, że Rozela znów zaczęła krzyczeć.

Gdyby tylko o matkę chodziło, ale jest jeszcze Jan. Od jego powrotu minęły trzy lata, a wciąż jest inwalidą. Truda już nie daje rady.

– Ten ślad po żelazku jest straszny – powiedziała na koniec. Gdyby to Gerta sama zobaczyła! Po prawej stronie matki brzucha skóra jest ściemniała i cienka jak pergamin. Widać bardzo wyraźnie, że czubek blizny idzie od pępka, a płaska strona jest w miejscu, gdzie się matce zawsze rolują rajstopy. Aż strach, że się tę skórę rozerwie paznokciem przy myciu. Opowiadając to, siedziała Truda z głową nisko opuszczoną, zgaszona, smutna i tak biedna, że aż się Gercie zrobiło żal siostry. Przelękła się, że Truda naprawdę dłużej nie da rady. Ucałowała siostrę i kazała jej zostać na noc.

Była środa. Gerta położyła się spać wraz z córkami, Edwardowi pościeliła w kuchni, oddawszy siostrze łóżko. Czując ciepłe, spokojne dziecięce oddechy, sama zasnąć nie mogła. Skóra cienka jak pergamin. Blizna w kształcie żelazka. Truda, która w końcu może zwariować jak matka.

Ilda

W piątek, tuż po ósmej, gdy tylko otwarto pocztę kartuską, znów zadzwoniła Gerta. Zaczęła bez wstępów, nawet nie dając Ildzie dojść do słowa. To nie do pomyślenia. Mama siedzi tam sama w Dziewczej Górze i mało kto ją odwiedza. Przy niej jest jedynie Truda, która już nie daje rady. Czy matka ma tylko jedną córkę do opieki? Czy wszystko musi robić Truda, która niańczy teraz jeszcze Jana?! Ona, Gerta, nie godzi się, żeby to tak wyglądało! Ilda też musi zająć się mamą! Od zaraz!

Choć od powrotu Rudego Jana mijały już trzy lata, Ilda w Dziewczej Górze była zaledwie kilka razy. Zajęta własnym życiem, czy też raczej życiem Tadeusza, jeździła po lekarzach, szpitalach, byłych dyrektorach filharmonii, wpływowych urzędnikach na emeryturze. Oddana, zawsze pod ręką, wszędzie tam, gdzie Tadeusz chciał i potrzebował, była. Ocierając łzy, schodziła mu z drogi, gdy się awanturował, towarzyszyła, gdy chciał, by mu opowiedzieć którąś z tych literackich historii. Gdy zdiagnozowano u niego chorobę, nim ostatecznie potwierdziło się, że jest to mniej groźna odmiana białaczki, mieli trzy miesiące lekarskiego maratonu. Ilda woziła Tadeusza do kolejnych profesorów, którzy kiwali głowami nad wynikami badań. Im lepsze były ich diagnozy, tym bardziej Tadeusz nie chciał w nie wierzyć. Wieczorami, w domu, sadzał Ildę w fotelu i zaczynało się: wszyscy, z nią na czele, oszukują go, zatajają przed nim prawdę. Za plecami śmieją się z naiwnego, który nie wie, że umiera. Czasem wręcz ciskał w Ildę przedmiotami albo zrzucał ze stołu przygotowane przez Kazię jedzenie i krzyczał: – Zdycham! Wiem o tym! I zdechnę pomiędzy kłamcami, którzy cieszą się, że będą tańczyć na moim grobie!

W dniu, gdy zadzwoniła Gerta, Tadeusz znów był nieznośny. Ilda, napięta jak struna, z gardłem ściśniętym ze złości, starała się, jak mogła, go uspokoić. Gdy usłyszała krzyk i pretensje siostry, z trudem budowana tama pękła. Na koniec to Ilda zaczęła krzyczeć. Całe to Gerty współczucie jest na pokaz, skoro siostra chce załatwiać problemy cudzymi rękami. Łatwo się mówi, ale co komu po słowach! Dając upust od dawna ukrywanym emocjom akurat Gertę wybrała na ofiarę. Bo kogo innego mogła?

Potem, jeżdżąc kolejny dzień po mieście w sprawach Tadeusza, pomyślała cieplej o siostrach i matce. Może naprawdę trzeba Trudzie ulżyć? Zabrać od niej Rozelę, choć na jakiś czas? Do domu, do Sopotu, nie miała odwagi jej przywieźć. Może nawet znalazłaby sojuszniczkę w Kazi, ale gdzie miałaby matkę położyć? Na tej sofie, wokół której leżały porozkładane książki Tadeusza? Przy stoliku, na którym kreślił swoje szkice?

Wymyśliła, że mogłaby gdzieś matkę zabrać samochodem. Truda miałaby chociaż dzień wytchnienia. Może do którejś ze świętych? Rozela dałaby się namówić na wizytę w kościele, a do świętych miała szczególnie czuły stosunek. Mogła

to być Dorota – ta, co się dała żywcem zamuro-
wać w Kwidzynie. Byli tam kiedyś z Tadeuszem.
Piękna katedra, a w niej nawa, w której podobno święta przesiedziała ostatnią część życia. Ilda
nadała do siostry telegram, że będzie w najbliższy
czwartek i żeby mamę przygotować na wyprawę.

Bała się powiedzieć Tadeuszowi, że jedzie. Bała
się o jego zdrowie. Co tydzień, we wtorki, woziła
go do szpitala na transfuzje krwi. Gdy wracali,
Tadeusz był słaby i zmęczony. Wtedy Ilda starała
się szczególne, żeby nic go nie denerwowało, nie
psuło mu humoru. Zmęczony i chory Tadeusz nie
zaniedbywał wypisywania porannych karteczek.
Tamtej środy, gdy już swym idealnie prostym,
nienagannym charakterem napisał dla Kazi: „dwa
kurczaki nietłuste, wybrać osobiście, na lepsze pa-
rametry krwi", Ilda zebrała się na odwagę i spytała, czy może zabrać samochód. Nawet nie skrzywił
się, że go zostawia. Współczującym tonem pod-
sumował: zbyt wiele czasu spędza z nim ostatnio.
Nie tego się spodziewała. Z wdzięczności rzuciła
mu się na szyję.

Truda

Ilda, dawno nie widziana w Dziewczej Górze, zwróciła uwagę Trudy, że Jan wygląda lepiej. Zmęż-
niał. – Rzeczywiście – potwierdziła Truda. Miesiące machania siekierą w drewutni – czym zajmował

się teraz całe dnie, przegoniwszy chłopaka od sąsiadów – przywróciły mu dawną, wyprostowaną
posturę. Drewutnię z dobrym widokiem na wodę
zrobił sobie zaraz za świnią kuchnią nad jeziorem.
Przez furtkę, która prowadziła na brzeg, ściągał
drewno z lasu i rąbał. Zaczynał, nim jeszcze wstał
świt, kończył, z przerwami, o zmierzchu. Początkowo słaby, słaniający się, dziś pracował siekierą
z energią i siłą, o jaką nikt by go już nie posądzał.

Teraz drewutnia była pełna, stos porąbanych
drew sięgał dachu, kłody i szczapy leżały w dwóch
rzędach przy kuchennej ścianie. Drewna na następne dziesięć zim – mówił Trudzie Jan, szacując zapasy. I rąbał dalej. Z czasem Truda zaczęła
sprzedawać drewno sąsiadom. Za zarobione pieniądze kupiła trochę rzeczy do domu. Jan, kiedyś
tak obrotny, teraz unikał ludzi i do nich nie wychodził. Chował się w drewutni, do której nawet
synom nie wolno było zaglądać.

Nie chciał jeździć do lekarzy. Najgorliwiej od-
mawiał dentystom. Truda ciągnęła go do Kartuz,
bez powodzenia. W końcu sprowadziła do niego
lekarkę. Wynajętą taksówką przywiozła ją wraz
z urządzeniami stomatologicznymi: dużą lampą
i drewnianym kołem, które rozpędzone za pomocą
nóg, wprawiało w obroty wiertło. Lecz już nie było
w czym wiercić. Posadziły Jana na kuchennym
krześle, zrobiły odlew szczęki, a w dwa tygodnie

później proteza była gotowa. Twarz Jana zupełnie się zmieniła.

W owym czasie Truda znów wyciągała z pudełka w kobaltowym kolorze wahadło z perłą. Może bezczynność tak na nią podziałała, może wieloletnie oddalenie od miasta. Uznała, że sama mogłaby wyleczyć Jana z powięziennej zapaści. Sadzała go na krześle, brała perłę i odczyniała nad nim dziwne czary, wierząc, że rozhuśtane wahadło oczyszcza go z chorób. Siedział cierpliwie, a guzik na sznurku mocno się huśtał. Nie protestował, patrzył pobłażliwie. Kończyli dopiero, gdy ręka drętwiała Trudzie, wtedy tę rękę Jan całował.

Z czasem zaczął zaglądać do dawnej sypialni. Kładł się we wspólnym łóżku, prosząc, by go nie dotykać. Truda próbowała jednak go głaskać, żeby nie czuć się jak z obcym. Odwracał się tyłem, przestraszony. Pod jej palcami spinał się i tężał. Głaskała go dalej. Po twarzy, uszach, szyi, karku, ramionach, nigdy nie schodząc w dół.

Rozela

Rozela zaczęła myśleć o tym, czy dobrze będzie jej w grobie obok Abrama Groniowskiego, męża, którego lata nie widziała i z którym przeżyła, uczciwie rzecz biorąc, epizod w życiu. Czy razem będzie im wygodnie? A jemu? W końcu, myślała, zostawił młodą, a dostanie do trumny staruszkę. Czy nie będzie robić jej przykrości? Wypominać wieku? Czy nie zepchnie jej gdzieś w sam róg grobu? A może, myślała, Bóg litościwie odbierze jej lat? Jak wówczas rozpozna swoje dzieci, kiedy i one umrą?

Teraz myślała też o tym, że trzeba zatroszczyć się za życia, by trumna była wygodna. Ilda, dawno niewidziana, chyba chciała zrobić jej przyjemność. Przyjechała któregoś dnia samochodem, żeby zabrać ją na wycieczkę do świętej Doroty, która po śmierci pachniała różami. Starała się Rozela, by córka nie widziała, jak podróż ją męczy. Tych pięć godzin, które spędzić musiała w aucie, to była istna tortura. Wróciła wycieńczona. Liczyła, że zaśnie jak kamień, lecz wśród przekleństw wieku była i bezsenność. W dzień trochę drzemała przy kominie, w nocy przewracała się z boku na bok w pustym łóżku. A po przejażdżce do świętej Doroty boki były takie obolałe!

Rozela kończyła się. A to zasnęła przy krojeniu marchwi, a to zapomniała zakręcić wodę, nie zauważając wcale, że pompa buczy od kilku godzin i zużywa prąd. Poszła zanieść świniom żarcie, ale pełne wiadro zostawiła w progu. Pełła w ogrodzie. Położyła grabie na ziemi i zapomniała. Potem te grabie trafiły ją w sam środek czoła. Cichła. Kurczyła się, siedząc przy piecu, milcząca i zamyślona, by nagle poderwać się i coś wykrzykiwać o Ruskich i żelazku. – A jacy Ruscy? – pytała czasem któraś z wnuczek. Truda nie mogła tego znieść i krzyczała na matkę: – Wszystko to twoja wina, przestań straszyć dzieci!

Z cichości i odrętwienia wyrwać ją można było na dwa sposoby. Pytając o Ruskich – co dobrze wiedziało kolejne pokolenie dzieci – lub pytając o Matkę Boską. W tym drugim wypadku oczy Rozeli się szkliły, roztkliwiała się, miękła i sama stawała się jak dziecko. Czasem można ją było na chwilę przywrócić do życia, prosząc, by zaśpiewała. Rozśpiewała się Rozela na starość, ku zdziwieniu córek, które nie pamiętały, by wcześniej matka kiedykolwiek używała głosu. Teraz, gdy zaczęła, nie umiała skończyć. Od *Sto lat* płynnie przechodziła na pieśni maryjne, a z nich na różne sprośne wiejskie piosenki o rozkraczonych nogach i wskakujących żabach, po *Rotę*, jedyne, co umiała po polsku. Gdy śpiewała, znowu czuła się młoda.

Z rzadka czuła przypływ sił. Wracała na chwilę do siebie. Wtedy znów wszystkim rozdzielała zadania. Marchew musiała być pokrojona według wzoru; zgodność ze wzorem sprawdzała Rozela osobiście, garnki miały stać na kuchni w ustalonej kolejności. Miała Rozela listę spraw do załatwienia przed śmiercią. A na owej liście, na pierwszym miejscu, było kupno ubrania do trumny. W takim właśnie dniu przypływu sił tonem kategorycznym oznajmiła Trudzie, że chce białą bluzkę, czarną spódnicę i czarne buty – natychmiast. Zmartwiła córkę: skąd miała to wziąć? Sklepy były puste, na zakupy szło się jak na polowanie. Na wieść, że coś rzucili do któregoś sklepu, ustawiały się długie kolejki, brało się, co było, a i tak nigdy nie wystarczało dla wszystkich. Matka kazała powiadomić Ildę. Tak też Truda zrobiła, nie bez wstrętu wsiadając na rower, by podjechać na pocztę kartuską i zadzwonić do Sopotu. Dwa dni później znów miały Ildę w Dziewczej Górze. Najmłodsza siostra chciała zawieźć matkę do krawcowej. Nie będzie się przed nikim rozbierać – ostro zaprotestowała Rozela. W końcu Gerta powiedziała, że trzeba zrobić objazd przez Kartuzy i Kościerzynę po Gdańsk, może gdzieś coś się uda kupić. Nie ucieszyła Rozeli taka perspektywa. Pojechały jednak. Sprawa ubrania do trumny była przecież ważniejsza. W Kartuzach niczego nie dostały. W Kościerzynie były bluzki niegniotące się, lecz takiej Rozela nie chciała: jeszcze gorsze nieszczęście niż polimeria, plastik, z którego były kwiaty na pogrzeb Abrama. Dopiero w Gdańsku znalazły bluzkę i spódnicę, w komisie, gdzie marynarze zostawiali do sprzedaży rzeczy zwiezione z Zachodu. Najgorzej było z butami. Państwo ludowe przewidziało do trumien obuwie kartonowe, na które Rozela się nie godziła. Skórzane czarne pantofle znalazły dopiero w gdyńskiej dzielnicy portowej. Choć zmęczona śmiertelnie, obolała po kolejnej wielogodzinnej wyprawie samochodem, Rozela była zadowolona.

Odtąd co piątek zaczynała dzień od odprasowania ubrań na śmierć i spryskania ich wodą pokrzywową na mole. Córki Gerty, coraz większe, ale jeszcze po dziecięcemu głupiutkie, wyciągały czasem w czwartkowe wieczory babcine ubranie z szafy i chowały w ogrodzie lub na strychu, uradowane strasznie, gdy otworzywszy szafę, babka wpadała w popłoch, krzyczała i bezradna biegała po całym domu, płacząc, że nie ma w czym umrzeć. Rozela nie pamiętała już, że bluzkę ze spódnicą zawsze chowają jej wnuczki, dla zabawy.

Gerta

Gerta karciła córki, zarządzała kary, próbowała tłumaczyć dzieciom po dobroci. Sama. Nikt, łącznie z Trudą i Janem, nie stawał po jej stronie. Wszyscy byli przekonani, że chowanie ubrań to taka świetna zabawa. Dzieci!

Gerta kochała córki na zabój, kochała siostry, Edwarda, matkę, a jednak czuła się samotna. Z siostrami nigdy wcześniej nie miały tylu pretensji do siebie, nigdy nie były sobie dalsze niż teraz. Każda miała własne życie, własne sprawy. A mama się kończyła. Tylko jedna Gerta to widziała, bo siostry zajęte były mężczyznami! Gerta nie mogła tego znieść!

Z Edwardem się mijali. Ona przestała mówić o swoich pretensjach o ciasnotę, on zbywał milczeniem dwa pianina stojące w pokoju, a cała złość, jaką mieli do siebie, ujawniała się w detalach. Szli ciasnym korytarzem – niby przypadkiem popchnął ją ramieniem. Składając życzenia urodzinowe, całując w policzek, uderzył ją własnym policzkiem tak, że zabolało. Ona odpłacała mu drobniejszymi gestami: talerz stawiała przed nim z brzękiem, podawała widelec, jakby chciała go wbić w jego rękę.

Nie był jej obojętny. Od kiedy w co drugi piątek przychodziła Jadwiga z mężem na brydża, Gerta obserwowała ze złością, jak Edward przypatruje się tamtej kobiecie. Jaki jest przejęty, kiedy jej o czymś opowiada. Potem, wieczorami, z jeszcze głośniejszym brzękiem Gerta wstawiała talerze do szaf.

Przed piętnastą rocznicą ślubu zapytała, czy nie namalowałby jej portretu. Teraz kiedy jeszcze nie całkiem się zestarzała. Powiedział, że już nie dotyka farb.

Ilda

Podczas poszukiwania trumiennej wyprawki dla mamy Ilda znalazła w Gdańsku niewielki zakład gorseciarski. Przy tak wielkim biuście dobranie stanika zawsze było kłopotem. Tych, które sprzedawano w sklepach, nie szyto na kobiety o jej figurze – piersi wylewały się z nich, a paski wrzynały się w ciało. Przez lata zajmowania się Tadeuszem nie miała głowy do takich spraw jak biustonosz, i dwa ostatnie, uszyte w zlikwidowanym już sopockim zakładzie, były wytarte, porozciągane i wyblakle.

Parę dni później wróciła pod ten adres. Mały lokalik z półkami, na których leżały tkaniny, piętrzące się aż po wysoki sufit, miał nie więcej niż kilka metrów kwadratowych. Na dole stała maszyna do szycia, cała obwieszona centymetrami, lamówkami, na górze, pod sufitem, brzęczała ostra świetlówka. W kąt wciśnięty był parawan, ledwo zasłaniający lustro. Było ciasno.

Dziewczyna wydawała się raczej młoda, fach – mówiła – miała po swojej matce, a sprowadziła się nad morze ze Śląska, bo lekarze kazali, dla zdrowia syna. Tak ucieszyła się z nowej klientki, że Ilda nie potrafiła jej odmówić. Rozebrała się, pozwoliła zmierzyć, starając się nie patrzeć w lustro, na swoją siną od jarzeniowego światła skórę. Poprosiła o coś ładnego, kobiecego. Jakieś groszki albo kolorowe kwiaty. Gorseciarka spytała, czy dla męża, i obie się uśmiechnęły – a dziewczyna chyba nie spostrzegła, że uśmiech Ildy nie był szczery. Ilda zamówiła na początek jeden biustonosz wedle starej szkoły – na fiszbinach, z jedwabną aplą, zapinany z tyłu.

Po odbiór miała pojechać w piątek, ale nie zdążyła. Pojechała w sobotę, jeszcze przed śniadaniem. Tadeusz spał, wyjątkowo długo jak na niego. Pomyślała, że zdąży wrócić, zanim on się obudzi. Praca była gotowa, lecz coś jeszcze należało poprawić, podszyć. Rozmawiały z kobietą, opowiadały sobie różne rodzinne historie, czas im szybko minął. Ilda zjawiła się w domu po kilku godzinach. Zastała płaczącą Kazię i wściekłego Tadeusza – wrzucał do pieca wszystkie jej ubrania. Krzyczał, że Ilda się łajdaczy, nie czekając nawet, aż on ostygnie! Te cacka, szyte specjalnie dla niej sukienki, bluzki i halki, z trudem zdobywane pończochy, pożerał teraz ogień. Wokół latały płonące skrawki jedwabiu.

To była niewielka lazurowa torebka, wyszywana nićmi w błękitnych kolorach. Ilda przez lata chowała w niej drobiazgi. Bilety, na które z Fajerjankiem wchodzili do kina, zasuszone czterolistne koniczyny, które kiedyś, dawno, nim jeszcze uciekła do Tadeusza, całymi dziesiątkami znajdowała na zboczu Dziewczej Góry. Zamaszystym gestem wrzucił torebkę do ognia, kątem oka widząc błagalne spojrzenie Ildy. Wyszła z domu, jak stała.

Minąwszy auto, poszła prosto do swojego sokoła. Cud, że od pierwszego kopnięcia odpalił. Wsiadła na motocykl i pojechała w stronę Gdańska. Nie wiedziała, że pół miasta zamknięto dla rajdu motocykli. Na linię startu dotarła przypadkiem. Jakiś człowiek, zobaczywszy kolejną nadjeżdżającą osobę, podbiegł, by zawiesić jej na piersi numer startowy. Stanęła pośród samych mężczyzn. Gdy dano sygnał, ruszyła, z całą złością, jaką w sobie miała, cisnąc gaz. Choć wcale nie znała ciasnych sopockich uliczek, choć nie myślała, dokąd ani po co jedzie, wymijając kolejnych mężczyzn, pierwsza dotarła na metę.

To, co się stało potem, opisał „Wieczór Wybrzeża", dając na pierwszej stronie zdjęcia pani Ildy Groniowskiej z bujnym biustem, tym większym, że wyeksponowanym za sprawą dobrego biustonosza ukrytego pod szytą na miarę sukienką z numerem startowym. Stała uśmiechnięta, zadowolona, dumna, choć opuchnięta od płaczu. Obok zdjęć redaktorzy umieścili krótki tekst specjalnie pochyloną czcionką: *Urodzona w Dziewczej Górze, jeżdżąca od dziecka, motocykl potrafi rozłożyć na części pierwsze. Ostatnich dziesięć lat z okładem motor przeleżał w szopie. Nigdy nie czuła się tak wolna jak w dniu startu – powiedziała reporterowi zwyciężczyni.*

Trudno było potem powiedzieć, kto czuł się bardziej urażony. Ilda nie mogła odżałować rzeczy wrzuconych do pieca, nie mogła wybaczyć Gelbertowi słów, które wtedy padły, a jego żżerała złość z powodu artykułu, zdjęcia na podium i tego, że zaczęto Ildę rozpoznawać w Sopocie, że to jej się teraz kłaniali ludzie na ulicy. Gerta sadzała siostrę przy kuchennym stole, brała gazetę i stukając palcem w sam środek fotografii, mówiła: „Wolność, wolność, wolność!". Jednak sokół znów trafił do szopy. Wybaczył Tadeusz Ildzie, a ona wybaczyła jemu.

Truda

Kiedy trzy siostry usiadły w niedzielę przy stole nad gazetą, w której opisywano Ildę – a było to wydarzenie o skali nieznanej w Dziewczej Górze – matka, ostatnio znów harda i przytomna, stanęła nad nimi i rzekła: – Chcę mieć w domu kryształowe gody. Obie córki, które poszły za mąż piętnaście lat wcześniej, chcę znów zobaczyć w sukniach ślubnych i z mężami u boku. Życzę też sobie, żeby wreszcie usiadł z nami przy stole ten trzeci pan, bo po tylu latach wspólnego życia z moją córką to się zwyczajnie należy naszej rodzinie.

Zrobili matce te kryształowe gody. Jan zbił z długich desek stół. W dniu uroczystości przy nim nie siedział, bo wciąż jeszcze stronił od ludzi, ale przyszedł się przywitać i wzniósł toast. Truda z Gertą nagotowały jedzenia, Edward pożyczył krzesła od sąsiadów. Przyjechał także Tadeusz. Nigdy dotąd nie był w Dziewczej Górze.

Ze zdziwieniem oglądał murowany dom. Podziwiał meble, książki, framugi okienne, na których od zewnątrz wyklejono drewniane ornamenty, i mosiężne klamki, wstawione jeszcze przez Jana w miejsce ukradzionych przez Rosjan. Był uprzejmy, ujmujący – uśmiechał się do Rozeli, zabawiał wszystkich rozmową i widząc tak miłego człowieka, nikt nie uwierzyłby Ildzie, że Tadeusz klnie i krzyczy co rano.

Siedziało więc dwóch mężów niemężów przy stole, grali w karty z innymi mężczyznami z Dziewczej Góry, śmiejąc się z kolejnych opowieści Tadeusza, i pilnowali najmłodszej wnuczki w rodzinie, przekazując ją sobie kolejno, na kolana. Zaglądał do nich Jan, który na parę chwil zapomniał o swoich lękach. Truda wraz z matką i siostrami, z sąsiadkami ze wsi i znajomymi kobietami zamknęły się w kuchni i opowiadały sobie rodzinne historie.

Gdy już się goście rozeszli, Jan stanął obok małżeńskiego łóżka, rozpiął spodnie i powiedział: – No popatrz. Trochę zawstydzony, pokazał Trudzie wzwód. Powoli, powoli, ostrożnymi ruchami, by nie spłoszyć, nie przestraszyć, Truda dotknęła najpierw twarzy Jana, potem karku, ramion, torsu, brzucha. Wreszcie ostrożnie i czule chwyciła wyciągnięty w jej stronę penis. Bardzo dobrze pamiętała to uczucie.

Wstali rano. Dziwne – spodziewała się Truda, że się świat zatrzęsie, a było jak zwykle. Drewutnia, śniadanie, zwierzęta. Wieczorem Jan znów położył się w piwnicy, pod kocem. Przynajmniej Trudzie wróciła nadzieja.

Rozela

W dwa dni po godach zapukali dwaj panowie w kraciastych, szaro-beżowych marynarkach. Nie zastali nikogo prócz Rozeli. Truda była w Kartuzach, u Gerty. Jan zaszył się w lesie, skąd ściągał drewno, chłopcy byli w Gdańsku, gdzie teraz obaj pracowali w stoczni. Obcy powiedzieli, że są z Warszawy i będą przeprowadzać wywiady w sprawie świń. Potrzebują osoby, która mieszka w domu najdłużej. Niech przyjdą, kiedy zięć będzie! – wymawiała się Rozela. Trudno im – tłumaczyli. Z tak daleka przyjechali.

Zaprosiła do środka. Zanim Truda wróciła, Rozela zdążyła opowiedzieć, jak sama dom budowała, szczegółowo, ile wyniosło odszkodowanie po mężu i gdzie trzyma ubranie na śmierć. Zaczęła pytać panów, czy znają może Bieruta, bo jej córka Gerta zna, gdy weszła Truda. Wystawiła na stół, co zostało po godach, i wyczekująco spojrzała na gości. Są z Warszawy. U nich, na Wydziale Zwierzęcym Szkoły Wyższej Rolnej, postawiono hipotezę, że na Kaszubach hoduje się prastarą polską rasę świni czarnopodniebiennej. Szczególnie wytrzymałej na trudne warunki bytowe, obdarzonej znaczną inteligencją i dużym temperamentem rozrodczym. Młodszy, gdy mówił, wydawał się podekscytowany. Używał eleganckich wyrażeń: „to czyniłoby", „nadzieja polskiego tucznictwa", „odpowiedź na kryzys mięsny", „odejście od konieczności angażowania w tego typu kryzysy sądownictwa". Mówili tak i mówili, a Truda i Rozela patrzyły na nich coraz szerzej otwartymi oczami. W końcu, sądząc, że staruszka nic nie rozumie, a druga kobieta pewnie jest nieobeznana, starszy ujął to całkiem prosto: świnie, co mnożą się jak króliki gdzie popadnie, jedzą, co się im da, i nie mają humorów. Czyż nie? Rozela potwierdziła.

Młodszy, podekscytowany, tłumaczył, że aby tutejsze, dziewczogórskie świnie uznać za pozostałość starej rasy, trzeba wykazać jej oryginalność i brak domieszek. Po to niezbędny jest szczegółowy wywiad. Podstawowym argumentem, którym nieżyczliwi starali się storpedować istnienie prastarej rasy czarnopodniebiennej, miała być krzyżówka z dzikiem. Tak więc najstarsza osoba mieszkająca w gospodarstwie domowym musiałaby potwierdzić, że pamięta świnie z grzywkami z wczesnej młodości, a może nawet z dzieciństwa, że domieszek nie było oraz że świnie z grzywkami przechowały się przez całą wojnę.

– Co ludzie we wsi powiedzieli? – zapytała Rozela. Otóż z wywiadów już przeprowadzonych wynikało, że świnie były tutejsze od zawsze, nigdy niemieszane. No jakże mogłaby Rozela zrobić tym panom taką przykrość? Jak miałaby te wielkomiejskie uszy urazić opowieścią o Gercie i kiju? Oczywiście. Jeszcze jej matka Otylia hodowała prosiaki z grzywkami za chałupą. Świnie były od zawsze, podniebienia zawsze miały czarne, jak i u samych Kaszubów. Gdzie przetrwały wojnę? O tu, w piwnicy pod kuchenną podłogą. Inteligentne bestie, zawsze wiedziały, kiedy Niemcy idą. Cichutko tam sobie wraz z jej córką Gertą siedziały, kiedy przyszli Ruscy.

Jak te świnie znosiła do piwnicy? Odrzekła im Rozela, patrząc prosto w oczy: – Zwyczajnie, same schodziły po drabinie. Tu obaj panowie spojrzeli na nią trochę dziwnie, a stary szepnął młodemu, żeby nie notować. Poza tym jednym detalem uznali, że wywiad wstępny wypadł rokująco i zaczęli dopytywać o szczegóły. Co te świnie jedzą? Ile trwa ciąża u maciory? Jak czarnogrzywe zachowują się w rui? Następnie poszli świnie mierzyć i fotografować. Zdziwili się, że zamiast na podłogę robią do rynsztoka. Zanotowali: „Od świni zwisłouchej różni czarnogrzywą zamiłowanie do czystości, co potwierdza hipotezę, że...". I pojechali.

Po kilku miesiącach nadszedł list z Warszawy: certyfikat rejestrowanej hodowli rasy zagrożonej wyginięciem – świni polskiej pomorskiej czarnopodniebiennej. Wraz z zaleceniami spisanymi na dwunastu stronach i zgodą na mnożenie bez ograniczeń.

JESIEŃ

Truda

Zmarł Jan. Był 28 października 1966 roku, piątek. Pięć lat i trzy miesiące po kryształowych godach. Pięć lat po tym, jak odzyskali swoje dobre życie. Te lata były chyba najlepsze w ich małżeństwie. Tuż przed śmiercią Jana Truda była na niego obrażona. Odgrażała się, że jeśli Jan ma szukać tamtej kobiety, to odejdzie. Tyle w nich jeszcze było uczuć.

Jan miał z Józinkiem, już dorosłym, dwudziesto-dwuletnim mężczyzną, pojechać do rodzinnej wsi syna. Nie pojechał. Rankiem, w dniu kiedy mieli wyruszać, stawił się Jan w kartuskim komisariacie, tym samym, w którym kiedyś był komendantem. Zgodnie z warunkami amnestii każde planowane opuszczenie miejsca pobytu był zobowiązany zgłosić i wyjaśnić. Długo go trzymali. Za jego plecami szczękała wciąż krata z kluczem. Gdy wreszcie przyszła jego kolej, nie żył.

Truda przywiozła go do domu taksówką. Nie pozwoliła inaczej. Wbrew matce, która chciała postąpić według zwyczaju: zapalić świece, zasłonić okna, Truda poprosiła kierowcę, by pomógł ułożyć Jana na ich małżeńskim łóżku. Nagotowała wody, zamknęła drzwi i nikomu nie pozwoliła wejść.

Zasłoniła okna, zapaliła lampę. Nim zaczęła myć Jana, najpierw łokciem sprawdziła, czy woda nie jest za gorąca. W misce, tej ładnej, porcelanowej, która zwykle służyła do mieszania ciasta, maczała miękką flanelę i obmywała ciało Jana delikatnie, jakby jeszcze żył. Zdziwiła się, że nie jest ani zimny, ani ciepły. Zwyczajny. Zdumiała się, że jest taki przyjemny w dotyku. Odkąd wrócił z więzienia, skóra jego wydawała jej się szorstka i twarda. Teraz, patrząc na rozebranego, po raz pierwszy dostrzegła, że zupełnie posiwiały mu włosy na piersi. To ją roztkliwiło. Myła pierś Jana najdelikatniej, dziwiąc się, że serce pod tym siwym futrem już nie bije. Znów zobaczyła, jaki jest masywny. Ludzka góra. Zwaliste, żylaste zwierzę. Jak to było możliwe, że ktoś o piersi tak potężnej, o tak zwartym ciele kiedyś wydawał jej się drobny i cherlawy? Myła uważnie. Trąc flanelą, badała, co jest pod skórą. Przez myśl przeszło jej, że od tego dotyku powinien nabrać ochoty na nią, przetoczywszy się na bok, złapać ją za pierś, ciepły oddech wtłoczyć w miękką skórę na szyi. Nic się takiego nie stało.

Na chwilę tkliwość przeszła w złość. Myjąc przyrodzenie, na którym kiedyś obnosił ją po całym pokoju, ten zwiędły teraz penis, zaczęła mu wymyślać. Coraz grubsze przekleństwa, które mu rzucała prosto w twarz – skoro ją zostawił – cichły, aż przeszły w płacz. Jak będzie żyć bez niego? Kto ją będzie tak kochał? Nie bacząc na odgłosy za drzwiami, rozebrała się i naga jak on położyła się obok. Nakryła kołdrą oboje. Ostatni wspólny sen trwałby może do rana, może spłakaną Trudę pochłonąłby bez reszty, ale zmarzła. Wybudzona, nie mogła uwierzyć, że Jan naprawdę nie żyje.

Ubrała się, a gdy ubrała i jego, podnosząc kolejno obie ciężkie, sztywne już ręce i cierpliwie, powoli wsuwając tkaninę koszuli pod masywne plecy, obcięła mu jeszcze paznokcie – bo miała wrażenie, że urosły, odkąd razem zasnęli. Przystrzygła wąsy. Gdy skończyła – a było już całkiem ciemno – wyszła do matki i powiedziała: – Teraz możecie już palić swoje świece. Zeszli się sąsiedzi, którzy wiedzieli już, że Jan zmarł, i przyszli odprawić pustą noc. Bez słów, bez śpiewów, w ciszy czasem przerywanej czyimś płaczem przesiedzieli tak aż do szarego świtu.

Przez kolejne dwa dni, które zostały do pogrzebu, Truda ćwiczyła mowę. Pełna żaru i zapału przemawiała do lustra, które odsłoniła mimo protestów matki. W przemowie chwaliła Jana, opowiadała, ile przeszedł w życiu i ile znaczył dla niej, żony. W dwa kolejne wieczory schodzili się ludzie, by posiedzieć nad zwłokami, i pocieszali Trudę, milczącą, spłakaną, siedzącą kamieniem przy trumnie. W dniu pogrzebu Truda włożyła naszykowaną przez siostry czarną suknię, pozwoliła, by Ilda nałożyła jej na głowę i przypięła czarny kapelusz, i poszła krokiem pewnym, długim i zdecydowanym. Nad dziurą w ziemi skurczyła się, zmalała. Tuląc torebkę do piersi, jakby to było dziecko, zawisała to na jednym synu Janowym, to na drugim. Nie wygłosiła mowy.

W tydzień po pogrzebie kazała zamieścić nekrolog w miejscowej gazecie, którego kilka kopii zachowało się przez lata – przekazywano je sobie bowiem w miasteczku jako niezłe dziwo. Nekrolog ów miał tytuł: „Podziękowanie dla wszystkich za udział w uroczystości żałobnej". Był długi, wierszowany i Trudzie wydawał się bardzo wzruszający, a porównanie jej do Penelopy uważała za wcale nie tak przesadzone. Jeden egzemplarz trafił do koperty i wysłany został do Berlina, bez listu czy komentarza.

Ilda

Widząc Trudę w czerni, pomiędzy grobami, nad niezasypaną jeszcze dziurą w ziemi, Ilda płakała nie tylko nad Janem. A więc to tylko kwestia czasu? I ona stanie nad taką dziurą w ziemi? W trumnie będzie matka? Czy Tadeusz? Może to być także trumna z jedną z sióstr? Ona sama stanie po stronie żywych – albo nie. To dopiero pierwsza trumna, pomyślała Ilda, żegnając szwagra Jana.

Jeszcze gdy szła w kondukcie, ocierała łzy dyskretnie, lewą ręką, prawą podtrzymując Trudę. Widząc oczyma wyobraźni kolejne pogrzeby, poczuła, że słabnie.

Po Trudzie płakałaby najbardziej. Choć siostra teraz ledwo żywa, wciąż więcej życia w sobie miała niż oni wszyscy razem wzięci. Wciąż stać ją było na czułość. Żadna wojna ani żadna miłość tej zdolności jej nie zabrała. Nawet teraz, stojąc w pozie nieco teatralnej, wszystko w sobie miała: żal, rozpacz, miłość. I niechby się śmiali z jej cudownej Trudy ci, co sami byli podobni do trupów. A Gerta? Byłaż na tym świecie kobieta odważniejsza? Taka, która czarne czarnym nazwie, białe białym? I rozpłakała się Ilda, ponieważ zrozumiała, że kiedyś straci je obie. Albo one będą ją chowały. Płakała tak, aż łzy kapały jej na buty. Aż się ludzie dziwili jej żalowi za szwagrem.

Dopiero kiedy wypłakała pierwsze łzy, pomyślała o Tadeuszu Gelbercie. Przez długi czas myślała, że ten, który kiedyś wydawał jej się panem życia, naprawdę boi się śmierci. Stojąc nad trumną Jana, zrozumiała jednak, że Tadeusz nie z lękiem przed śmiercią się zmaga, lecz z czymś dużo gorszym. Gelbert bardziej niż śmierci bał się życia. Te wszystkie codzienne rytuały, te żółte karteczki, księgarnie, wycieczki, miały utrzymać życie w ryzach. Ale życia nie dało się osiodłać i ułożyć.

Policzyła w myślach: siedem, może osiem lat upłynęło, od kiedy po raz ostatni okazał jej zwykłą, prostą czułość. Był to zdawkowy gest, mignięcie ledwie. Włosy jej chwyciwszy, owinął je wokół palców, po skroni ją połaskotał, śmiali się z tego razem. Im bardziej czułości chciała, tym bardziej on uciekał – bo uciekał od życia. Odsuwała się od niego, wracał zatrwożony, że ją straci.

Gerta

Było to bardzo dziwne. Spośród wszystkich osób zebranych nad trumną Jana to Ilda płakała najwięcej i najgłośniej. Aż mogli pomyśleć głupi ludzie, że ją coś z Janem łączyło. Tyle w tym dobrego, że zapłakana Ilda nie zwróciła uwagi na coś, co całe miasteczko widziało. Jak Tadeusz Gelbert na widok swojej prawowitej żony odłączył się od żałobników, by przystanąć obok tamtej kobiety.

Znano ją w Kartuzach, bo udzielała dzieciom lekcji gry na pianinie. Mówiła irytująco, bo z niemiecka zawieszając się na „r". Imię też miała niemieckie: Herta, nazwisko po mężu: Gelbert. Do Kartuz przyjechała z Monachium, z miłości, podobno za nim. I została mimo przegranej wojny. I mimo jego odejścia. Co wielu było skłonnych mu wybaczyć, bo przecież „była Niemką". Ildzie ludzie nie wybaczyli.

Skąd wzięła się ta kobieta na drodze Janowego konduktu? Czekała? Jakby wiedziała, kogo ujrzy, jakby go wyglądała. Uśmiechnęła się, gdy Tadeusz ją mijał, pomachała, ale nie zanadto, jakby nigdy nic złego nie zaszło między nimi. Całe miasto zobaczyło więc, jak mężczyzna, który od lat piętnastu żył z Ildą, odszedł z konduktu żałobnego do tej Niemki. Choć szurano po kartuskim bruku obcasami, to ponad ten stukot i szum jeszcze długo wybijało się jej wysokie, niemieckie „rrr".

Spostrzegła to matka. Gerta widziała, jak matka pochyla się jeszcze bardziej niż Truda, zmartwiona wstydem i ludzkimi reakcjami. A przecież mówił doktor ze szpitala w Kocborowie: matkę chronić. Chronić! Gerta przywołała córki. Nakazała im, żeby wzięły babcię za ręce i mocno trzymały. Lobcia, dla której rąk nie wystarczyło, uczepiła się nogi. I stały tak, i nie chciały puścić, omal babki nie wywracając do grobu.

Potem było już tylko dobrze: ksiądz miał nad trumną kazanie, w którym wyliczył wszystkie zasługi Jana. Może ludzie są głupi, pomyślała Gerta, może i jej siostry nie są najmądrzejsze, może Jan umarł nie jak należy, lecz z pewnością był mężczyzną, którego nie mogły się powstydzić.

Rozela

Rozela od lat czekała na swój pogrzeb. Była pewna, że pierwsza w rodzinie zejdzie z tego świata. Chciała odpocząć. Już się w życiu nabudowała domów, nastawiała ogrodzeń, nahodowała zwierząt i naprzyjmowała dzieci. Świat, bez żadnych względów dla jej steranych kości i zmęczonego serca, gnał dalej do przodu, w coraz bardziej obłąkańczym tempie. Nie był już jej światem. Nawet ogród nie był jej. Córki od dawna zasiewały go, jak chciały. Nawet wnuki żartowały z babci, a ona nie umiała już prowadzić ich ręką tak twardą, jak prowadziła córki. Niczego więcej nie chciała już od świata oprócz odpoczynku. Wiekuistego.

Pożegnawszy się prawie z życiem, zajęła się scenariuszem odchodzenia z tego świata. Czym ją umyją, kto ją może rozbierać? Truda. Ona z córek ma najlepszy dotyk. Do mycia – napar z szałwii, żeby zapach został, gdy już ciało będzie się rozkładać. Do ubrania – zestaw z szafy. Wisi odprasowany, odpowiednio przesypany naftaliną. Nic więcej nie trzeba z nim robić. Na ręce koniecznie różaniec. Pod poduszkę zdjęcia i niech każda córka na odwrocie napisze swoje imię. Kwiatów do trumny nie wkładać, bo się zalęgną robaki. W wieńcu niech nie będzie chryzantem, nawet gdyby umarła jesienią. Wiosną lub latem chciałaby mieć lilie. Każdy powinien mieć na grobie lilie. A trumnę prosiła przed pogrzebem ustawić nie na tym obrusie z haftem richelieu, przy czym pewnie będzie się upierać Gerta – lecz na tym prostym po babce, haftowanym w krzyżyk, w piwonie, z niebieską mereżką. Swojsko będzie na tym leżeć. Trumnę córki muszą przed pogrzebem koniecznie wypróbować. Sprawdzić, czy za bardzo nie oszczędzono na wyściółce i czy w środku nie jest twardo.

Leżenie w trumnie wyobrażała sobie coraz częściej. Liczyła, że sprawdzi się sen, który przyśnił jej się tylko raz, przed wielu laty, gdy była jeszcze bardzo młodą dziewczyną. Śniło jej się, że leży na powierzchni wody, która ma kolor tak głęboko błękitny, jakiego nigdy wcześniej i nigdy później nie widziała. Leżała, kołysana, na czystej tafli jak na łóżku, morze było pod nią, niebo nad nią, a wszędzie po horyzont – ona. Jej ciało nie miało granic i woda nie miała granic, i świat nie miał granic.

Nie mogła się z tego snu wybudzić. Matka szarpała ją, polewała wodą. Gdy w końcu Rozela otworzyła oczy, usłyszała, żeby nie ważyła się więcej odwracać na tamtą stronę. Matka wzięła kabel, kazała jej się odwrócić i kilkakrotnie ją uderzyła. Bolało. W kolejnych dniach, plewiąc perz spomiędzy margerytek, bo matka kazała, zdzierając do krwi skórę palców, żałowała, że w ogóle pozwoliła sobie śnić o tym morzu. Żałowała tym bardziej, że tęskniła za nim.

Czymkolwiek było morze w tamtym śnie, błękitnym płaszczem Matki Boskiej czy sztuczką diabelską, uznała, że będąc tak blisko tamtej strony, już troszkę, troszenieńkę może znów myśleć o leżeniu na morzu. Opłacając się uczciwie i długo odmawianym różańcem, ustaliła z Matką Boską, że w tym powrocie do snu nie ma nic strasznego – bo gdyby było, Matka Boska dałaby wyraźny znak. Zrobiwszy rachunek sumienia i uznawszy, że co w życiu miała do roboty, zrobiła, już tylko cierpliwie czekała.

Zawahała się dopiero, widząc, jak córki płaczą. Nagle straciła rezon. Tęsknota za morzem, które wyobrażała sobie ostatnio coraz śmielej, wydała jej się taka samolubna.

Szczęśliwie znów życie dopomogło. Gdy urządziwszy porządną stypę po pogrzebie Jana, pożegnawszy gości, wróciły na Dziewczą Górę, zastały podwórze całe w pawich piórach. A samce, które niedoglądane w pogrzebowej zawierusze, nagle zrzuciły ogony, siedziały w stodole na najwyższej belce, zawstydzone, smutne i żaden nie chciał wyjść. Wiele dni, wiele wieczorów przesiedziała Rozela pomiędzy pawiami, na pachnącym sianie, by przekonać bezogonie ptaki do wyjścia ze stodoły.

Truda

Po śmierci Jana Truda przeżywała, jak film, kolejne epizody ich wspólnego życia. Wracała do czułości, przypominała sobie, jak Jan stał na jej progu z młodymi pawiami w kartonie. Znów czuła podziw, wspominając, jak postarzały, wyczerpany fizycznie latami więzienia Jan mimo wszystko brał siekierę i szedł rąbać drewno, bo upierał się, że nie zostawi tak ciężkiej pracy kobietom. Była bezradna i zła, że ją tak samolubnie opuścił. Szukała winnych wśród tych, co donieśli na Jana, i snuła plany zemsty. I znów miłość i podziw, i uwielbienie. I znów czułość. I złość. Po roku cykl się zamknął. Pierwszą rocznicę Truda przepłakała zamknięta na klucz w ich wspólnym pokoju.

W drugą rocznicę śmierci pojechała na cmentarz, oczyściła i ubrała grób w świeże kwiaty. Jechała do Jana prosto z Gdyni, po pracy. Trzy razy w tygodniu znów przeliczała kolumny cyfr. Teraz na podrzędnym stanowisku. Widziała, jak kiedyś, pomyłki w wyliczeniach tam, gdzie wcześniej nikt ich nie znajdował. Uciekała w świat cyfr, by nie rozpamiętywać. Za to dla liczb umysł jeszcze się wyostrzył. Zawistne koleżanki z biura mówiły o niej: czarownica, znajdująca błędy tam, gdzie wcześniej ich nie było.

Truda liczyła i Truda leczyła. Wróciła do Gdyni przekonana, że opiekując się Janem, posiadła moc wyprowadzania z ciała chorób. Przywoziła do biura guzik po babce, a panie czekały w kolejce, wierząc, że rozpędzona na sznurku perła im pomoże. Podawały Trudzie zdjęcia chorych bliskich, a ona ich również leczyła, machając guzikiem nad fotografiami. Pod warunkiem, że była w dobrym nastroju. A jeśli nie miała humoru – guzik pozostawał pod bluzką, na szyi.

Do kariery Truda nie miała już głowy ani serca. Dawne marzenia szyte były z myślą o Jakobie, który miał się zjawić i zostać nią oczarowany. Z latami Jakob, do którego Truda wciąż pisała, stracił na znaczeniu. Jak buty, które wciąż przysyłał i które nie były już tej co dawniej jakości. Z otrzymanej zaraz po pogrzebie pary musiała Truda wyrwać wewnętrzne wkładki, bo skóra, źle wklejona, marszczyła się i uwierała. Gdy w tych butach pojechała do Warszawy, a miejscowa elegantka koniecznie chciała je odkupić, Truda rozstała się z nimi bez żalu, by wrócić na Dziewczą Górę w tym, co dostała na wymianę, i zaraz napisać do Jakoba, że potrzebuje nowych, lecz tym razem z dobrze zrobioną wyściółką.

Do stolicy udała się wraz z Gertą, by zostać certyfikowanym przez państwo hodowcą świń rasy polska pomorska czarnopodniebienna. Matka weszła w siedemdziesiąty rok życia i zaczęto przesyłać jej przekazem państwową emeryturę. Poproszono jednak, żeby na głównego hodowcę wyznaczyć kogoś młodszego z rodziny, i tak padło na Trudę. Od tego czasu mogła ze świniami robić, co chciała. Prócz krzyżowania ich z innymi rasami.

Przez lata hodowli do perfekcji wyuczyła się porannego odparowywania ziemniaków, karmienia, ćwiczenia w czystości, rozbierania świń na kuchennym stole za pomocą idealnie ułożonych nożyków i tasaków. Nauczyła się nawet przecinać tętnicę, choć za nic nie chciałaby, aby ktoś o tym wiedział. Co wycięła, peklowała potem w roztworze saletry w piwniczce, tak jak kiedyś robiła to matka, testując kolejne zioła wedle własnego smaku i pomysłu. Mięso trzymała w garnkach, ustawionych rzędem pod łacińskim napisem: „Duch tchnie, kędy chce".

Gospodarstwem zajmowała się sama, bo obaj synowie się wyprowadzili. Obu, Fajerjanka i Józinka, po równo obdzielała tym mianem. Starszy wyjechał tuż po śmierci Jana do Bydgoszczy, gdzie znalazł pracę w zakładach elektronicznych. Wkrótce ściągnął do siebie Fajerjanka i zameldował go w hotelu robotniczym. Rzadko odzywali się do Trudy. Ostatni list był od Józinka – życzenia świąteczne z dopiskiem, że chyba wyjadą na Śląsk. Potem w Dziewczej Górze i Kartuzach nie mówiło się o niczym innym, tylko o Grudniu '70, o tym, że w Gdańsku władza strzelała do robotników. Miasto było zamknięte, listy, które przecież musiały iść przez Gdańsk, utykały, i Truda zupełnie straciła kontakt z chłopcami. Od różnych ludzi dowiadywała się jedynie, że żyją, ale nie wracają na Pomorze.

W piątą rocznicę śmierci Jana Truda postanowiła wszystko zostawić. Wypaliwszy całe narąbane drewno, którego zapas zrobił Jan, postanowiła wyjechać. W Urzędzie Miasta wystarała się o skierowanie na trzytygodniowy turnus zwany rehabilitacyjnym, w Nałęczowie. Wyjazd wypadł dokładnie w rocznicę śmierci Jana. Truda odczytała to jako znak i przyzwolenie.

Pakowała właśnie walizkę, gdy przyjechała Gerta z prośbą o pomoc. Zamknęła się z Trudą w pokoju, zakazując cokolwiek mówić matce, i opowiedziała historię zgoła kryminalną. Był komornik, zarekwirował pianino. Koniecznie trzeba przegrzebać się przez papiery i musi to zrobić Truda. Truda odpowiedziała, że nie może, bo wyjeżdża. Nie zamierza rezygnować.

Gerta

Bała się, że tego wstydu już nie przeżyje. Nie przypuszczała, że to dopiero początek lawiny. Przyszedł do nich komornik – młody, lekko rumiany, bardzo smukły chłopak, który wydał się Gercie niewiele starszy od jej córek. Zażądał, by go wpuszczono do mieszkania i warsztatu. Pozabierał, co mu wpadło w ręce. Z zegarów – gustava beckera z certyfikatem królowej angielskiej, ze sprzętów – pianino z drewna różanego, wraz z portretem Szopena, pocętkowanym na rudo. Patrząc na Gertę wzrokiem spłoszonym, dziecięcym, zupełnie nie jak komornik, dodał, że trzeba uregulować przynajmniej niektóre długi, wykazać dobrą wolę, w innym razie będzie zmuszony zająć kolejne sprzęty. Zostawił dom pooklejany banderolami z pieczęcią. Na szafach, stole, telewizorze, na pierwszym pianinie, wszędzie były białe karteczki z odciśniętym na czerwono orłem.

Gerta nie miałaby za złe Edwardowi, gdyby przyłożył temu chłopakowi, ale on tylko patrzył. Na koniec powiedział, że Jadwiga się zmartwi, gdy w piątek nie zobaczy różanego pianina. I stali tak we dwoje w wąskim korytarzu. – Ani jednego słowa – powiedziała do córek, zamykając za nimi drzwi pokoju. Wyczekująco spojrzała na Edwarda. Próbował obrócić w żart odwiedziny komornika, a zrozumiawszy, że żartów nie będzie, wziął płaszcz i wyszedł.

Z początku pomyślała, że to przez karty. Gdyby to były karty, sprawa byłaby prosta. Zamiast dwudziestej piątej rocznicy ślubu – rozwód. Nie widziała powodów, by żyć z hazardzistą. Najwyraźniej jednak nie były to karty. Potwierdził to komornik, do którego Gerta ruszyła zaraz po wyjściu Edwarda. Mimo okoliczności, a może zwłaszcza zważywszy na nie, pomyślała, że trzeba się porządnie ubrać. Wyciągnęła lepszą bluzkę, naszyjnik ze sztucznych pereł, dla córek wzięła płaszcze z angielskiej wełny, szare w niebieską kratę, które sama uszyła, ubrały się i poszły.

Ludzie, którzy siedzieli przed biurem komornika, brali je w tych płaszczach za wierzycielki. Znosiły to z godnością Gerta i jej trzy córki, Lila, Róża i Lobelia, już wyrośnięte panny. Czekały, aż wezwie je komornicza sekretarka: „Pani, której rano zwindykowano pianino". Nie było żadnej komorniczej sekretarki. Najmłodsza, Lobelia, spostrzegła, jak w końcu korytarza, zaciemnionym, ledwie widocznym z poczekalni, jakiś mężczyzna szarpie za klapy marynarki komornika. Pokazała go palcem matce. Gerta wstała, za nią poszły Lila, Róża i Lobelia. Mężczyzna trzymał chłopaka za gardło, kolanem przygniatał mu plecy. – Matko Boska! Zaraz go udusi! – Gerta zaczęła krzyczeć, a wraz z nią wszystkie córki. Gdy i to nie pomogło, a młody komornik, przygnieciony dużym cielskiem tamtego, posiniał, Gerta kopnęła z całej siły. Dobrze trafiła, bo w kostkę. Widocznie ostry ból ostudził napastnika, bo szarpnąwszy raz jeszcze za koszulę chłopaka, dał spokój. Wciąż wzburzony, otrzepał ubranie. Wychodząc, krzyknął, że jeszcze wróci.

– Czy panu nie wstyd? – zapytała Gerta przestraszonego komornika, nie mając pojęcia, co powiedzieć. – Taka praca – wyjaśnił, czerwieniąc się. Zapytała Gerta, czy jego matka wie o tej pracy i czy się na nią zgadza. Lekko się zawstydził. Sądziła, że po takim incydencie biuro zostanie zamknięte. Nic takiego się nie stało. Komornik, poluzowawszy krawat, ogarnął trochę zmiętą koszulę i zaczął przyjmować czekających w kolejce. Przyszła kolej Gerty. Wyjął papiery i zaczął tłumaczyć współczującym tonem, że kiedy ktoś prowadzi zakład rzemieślniczy, odwiedzają go co jakiś czas kontrole, by ocenić, ilu też klientów przewija się z naprawami. I jeśli uznają, że rzemieślnik zaniża liczbę klientów – a mogą uznać, co im się podoba – to nakładają dodatkowy podatek. I tych domiarów obywatel Edward Strzelczyk od dwóch lat nie płacił. Co więcej, nie próbował nawet odwoływać się od decyzji o domiarach, choć zawsze coś tam można było wskórać. Zebrała się duża suma. – To dureń! – wymknęło się Gercie, a komornik jakby lekko się uśmiechnął.

Nie był to koniec złych wieści. Edward – co wyjaśnił komornik, czerwieniąc się i nie podnosząc oczu znad papierów – nie płacił również za ubezpieczenie, którą to opłatę wnosić powinien do kasy co miesiąc. Z tych składek pokrywane są przecież koszty leczenia rodziny. Gerta oświadczyła, że w szpitalu była trzy razy w życiu, a lekarzom, do których woziła dzieci, zawsze płaciła gotówką. To mówiąc, też się zaczerwieniła. I tak siedzieli naprzeciw siebie, czerwoni jak buraki.

Komornik zapytał, ile lat mają dzieci. Lila właśnie skończyła szesnaście, Róża miała prawie piętnaście, a Loba dwanaście. Kazał pójść na piętro i tam, w sądzie rodzinnym, złożyć pismo, żeby nie było kłopotów. Wypisał ołówkiem na odwrocie koperty: „Ona, Gerta Strzelczyk, żona tego a tego, matka tych i tych, z uwagi na dobro trójki małoletnich dzieci, wnosi do Sądu Rejonowego o ustalenie rozdzielności majątkowej i wyznaczenie alimentów, które pozwany będzie zmuszony płacić z osiąganych dochodów". – Alimenty mają pierwszeństwo przed innymi długami – dodał. A gdy dostrzegł Gerty niepewność i konsternację, popatrzył jej prosto w oczy mocnym wzrokiem. Powiedział: – Ktoś musi zadbać o dzieci. W tamtej chwili nie wydawał jej się wcale taki młody. Znów się zaczerwieniła. Późnym wieczorem, gdy zjadła z córkami kolację, zagoniła Lilę do umycia naczyń i rozścieliła łóżka, poszła do męża, do warsztatu. Siedział tam, nie paląc światła. Chciała, by powiedział cokolwiek. Chociaż jedno słowo. Edward milczał.

Ilda

Truda zadzwoniła do Ildy z poczty w Kartuzach, prosząc o pomoc przy świniakach na czas swojego wyjazdu. Jakimś dziwnym szyfrem dodała coś o katastrofie rodzinnej u Gerty. Mówiła naokoło, żeby nikt z czekających na poczcie się nie domyślił, choć ludzie w Kartuzach i tak o niczym innym od wczoraj nie mówili, i jedynie Ilda nic z tego nie mogła zrozumieć.

Może chodzi o mamę, może znów jest w szpitalu? Wróciło całe to piekło? Ignorując listę zadań wypisanych na karteczce, rzuciła Tadeuszowi z progu, że jedzie do Dziewczej Góry. Wydawał się tym nawet ukontentowany. Zajęty ostatnio spisywaniem w pamięci aktów jej rzekomej niewdzięczności, nie dostrzegł nawet, że tym razem to ona mogłaby czegoś od niego potrzebować. W progu przemknęło Ildzie przez głowę pytanie: czy to lepiej, czy gorzej, że on zupełnie nie widzi, że Ilda już go nie potrzebuje?

Z Sopotu pojechała, nadkładając drogi, by ominąć Gdańsk, gdzie po tym, jak władza ludowa strzelała do ludzi na ulicach, wciąż jeszcze roiło się od milicyjnych pałkarzy z ZOMO. Dotarła na miejsce w pół godziny, szczęśliwie nigdzie nie trafiając na patrole. Matkę zastała w zupełnym porządku. W domu była też Gerta – rozgorączkowana, wypominająca Trudzie jej obojętność i egoizm. Słuchając najstarszej siostry, najmłodsza wreszcie zrozumiała, o czym mówiła Truda przez telefon. Edward narobił długów, do domu wszedł komornik i teraz trzeba było ratować co się da, zaczynając od przejrzenia rachunków i napisania odwołań.

Bardzo chciała pomóc. Widziała, że na Trudę tym razem nie można liczyć, widziała też, jak bardzo Gerta jest przestraszona. Powiedziała siostrom, że pomoże. Niech Truda pojedzie do tego Nałęczowa, niech Gerta przyśle do Dziewczej Góry dziewczynki, a sama niech się zajmie doprowadzeniem papierów do porządku. Dziewczynki przydadzą się na wsi. W czasie gdy ona, Ilda, będzie musiała zawieźć Tadeusza do szpitala, zajmą się gospodarstwem i babcią. No i lepiej, żeby nie oglądały, jak komornik rekwiruje meble, gdyby raz jeszcze miało się to powtórzyć. A i ona sama – mówiła – chętnie pomieszka przez chwilę z dala od Sopotu. Sądziła, że mowa o trzech tygodniach, została na dwa miesiące. Był to piękny czas. Rankiem chodziły do zwierząt, wieczorami siedziały pod piecem. Z przerwą na szkołę, pod którą Ilda dowoziła dumne siostrzenice samochodem, bez końca rozmawiały. A Ilda potrafiła opowiadać.

Im więcej mówiła, tym więcej siostrzenice chciały wiedzieć. Opowiadała więc, jak ciotka Truda po narodzinach Lili narwała dla niej nenufarów, brodząc w koszuli w jeziorze. Jak dla Róży szukały po całym Wybrzeżu pianina z drewna różanego, mówiła o dziwnych właściwościach owego materiału, z którego robiono chętnie zarówno instrumenty muzyczne, jak łoża dla nowożeńców. Opowiadała o bogini Lobie, w dalekich krajach zwanej La

Lobitą. Imię bogini znaczyło: dzika kobieta, taka, której nic nie można narzucić i nakazać, która rodzi dzieci, a nie bierze ślubu, widzi więcej niż inni. Pytały, czy ciotka spotkała w życiu prawdziwą La Lobitę. Może? Ale to tajemnica. Ciotka Truda ma wahadło, które odpowiada na pytania. Jest trochę La Lobitą. Nietrudno było wyszperać guzik w pudełku, w rękach Lili i Róży nie huśtał się tak jak trzymany przez Trudę, lecz jedynie powolnie kolebał w przód i w tył. Gdy chwyciła go Loba, nabrał większego rozpędu. Najmłodsza wnuczka Rozeli była bardzo dumna.

Niczego nie tając, opowiedziała Ilda o synach Rudego Jana, z których każdy miał inną matkę. O tym, jak Fajerjanka wykarmiła piersią, bo mleko popłynęło, chociaż nie rodziła. Chciały wiedzieć, dlaczego nie ma własnych dzieci. Odpowiedziała szczerze: nie ma ich, bo takiego wybrała mężczyznę.

Zachęcona ciekawością, wzruszona uwagą siostrzenic, szukała w pamięci kolejnych historii do opowiadania. O Niemcu, narzeczonym ciotki Trudy, który w pewien zimny piątek grudniowy zjawił się u nich z bukietem białych i czerwonych róż. Przed wojną razem z Trudą chodzili do szkoły i nikt nie pomyślałby wtedy o nim: „Niemiec". Opowiedziała o tym, jak ich matka, Gerta, przejechała przez całą wieś na świni, jak kijem przegoniła ogromnego dzika. Jak potem na ślubach sióstr podano świnięta z grzywkami – golone oraz niegolone. Wreszcie jak ona sama została zamknięta przez babkę w piwnicy, i siedziałaby tam do śmierci, bo babka głodem była gotowa ją zamorzyć, gdyby nie Fajerjanek. Opowiadając, aż za boki trzymała się ze śmiechu. Wtedy najmłodsza, Lobcia, spojrzawszy jej prosto w oczy, powiedziała: – Przecież te historie są smutne.

Jak to smutne? Smutne. Wszystkie potwierdziły. A wtedy Loba spytała jeszcze ciotkę, dlaczego Truda nie kocha Fajerjanka? Co miała odpowiedzieć? Kazała głupstw nie mówić. A gdy już zaczynała żałować, że się wdała w całe to snucie opowieści, Lila zapytała, czy Rozelę żelazkiem przypalili żołnierze.

Rozela

Rozela otworzyła drzwi z takim impetem, że aż jęknęła futryna. Po co dzieciom mieszać w głowach?! Jest niedziela, trzeba jechać do kościoła. Do Chmielna chciała. Natychmiast. Zdążą jeszcze na najbliższą mszę. Kazała się córce i wnuczkom ubierać, sama włożyła płaszcz w takim pośpiechu, wsuwając ręce w rękawy tak gwałtownymi ruchami, jakby dwadzieścia lat miała, a nie siedemdziesiąt.

Po wyjściu z domu wszystkie poczuły przenikliwy chłód. To przejmujące, wszędobylskie powietrze, które przyszło wraz z październikowymi mgłami, świdrowało w skroniach, w nosie, właziło w ciało aż po kości. Nim się samochód rozgrzał, jeszcze wypuściły z ust po kilka obłoków pary. Poszła w górę zamiast słów.

Mszę przesiedziały w całkowitym milczeniu, choć zwykle Rozela śpiewała bardzo głośno i choć nie wypadało nie modlić się na głos z innymi. Po mszy, ignorując fakt, że wszystkie na nią czekają, Rozela została dłużej, by porozmawiać z Matką Boską. Kiedy wymieniała Panience kolejno, co też w minionym tygodniu nawrzucała do zupy, jej córka z wnuczkami marzły pomiędzy ławkami, przebierały nogami z zimna i pocierały kolanem o kolano. Gdybyż doskonała Maryja mogła Rozelę zrozumieć: W całym życiu było tak, jak tego dnia jesiennego. Trzy miała córki, kochała je jednakowo, ale nie umiała tak samo ich traktować. Z Ildą było najtrudniej. Im bardziej Rozela chciała ulżyć Ildzie, im bardziej chciała ją chronić, na przykład przed zimnem wszędobylskim, tym bardziej tego nie chciała. Niechby córka przekonała się na własnej skórze, że życie nie jest lekkie, a kark czasem trzeba ugiąć. Niechby nie była wciąż taka wbrew i na przekór.

Gdy wyszły, na dworze świeciło słońce. Tym przenikliwsze wydawało się zimno. Mimo pogody, zamiast prosto do auta Rozela ruszyła jeszcze

w stronę cmentarnej bramy. Ilda wysłała siostrzenice do restauracji przykościelnej, każąc im zamówić sobie ciasto, a sama pokornie podreptała
za Rozelą. Matka zasiadła na ławce, postawionej
przed wielu laty przy grobie Abrama Groniowskiego, a córka przycupnęła obok w milczeniu. Ani jednego słowa. Patrzyły przez ten prosty drewniany
krzyż jak przez szybę, każda w inną stronę.

Co przez te lata mogła z siebie dać Rozela najmłodszej, najbardziej krnąbrnej córce? Nie była
z tych matek pozbawionych rozeznania, co chcą
dać. Samodzielność. Zaradność zaszczepić w niej
chciała – bez tego rozchełstania, na które pozwolić
mogły sobie panny z lepszych domów. Kobietę,
która sobie poradzi – oto, kogo chciała wychować. Taką, która mając za babkę Otylię porzuco-
ną w dniu ślubu, nic sobie z tego nie zrobi, bo na
nikogo nie musi liczyć. Tak jak Rozela. Urodziła
się córka samodzielna, zawsze wiedząca swoje –
ale wciąż w kontrze do matki. Krytyczna zarówno w sprawach ważnych, jak i błahych. Dociekliwa
we wszystkim, co dotyczyło matki, jej intencji
i przekonań. Taka córka, przed którą – trudno
przyznać przed samą sobą – Rozela się wstydziła.
Ni to respekt przed nią czuła, ni jakąś mieszan-
kę lęku i onieśmielenia. Przynosząc matce wstyd,
który rozpisać można by na pokolenia, wchodząc
w związek z żonatym, Ilda uczyniła to z tak nie-

złomnym przekonaniem, że pozbawiła matkę całej odwagi i pewności. Oto, drogie wnuczki, pomyślała Rozela, dlaczego kochając, zamknęła ją w piwnicy. Żeby na nią nie patrzeć, gdy będzie jej zabraniać.

Po stokroć prościej było z Trudą. Wszystkie wady Trudy widoczne były jak na dłoni. I z Gertą prościej. Gerta była nią samą – jej powieleniem, rozmnożeniem. Tym właśnie, co Bóg, dając matkom dzieci, zapewne miał na myśli. Drzewo od pnia odrosłe, krew z krwi. A jednak to na Ildzie Rozeli szczególnie zależało. O tym wszystkim myślała, gdy tak długo siedziały na cmentarzu i żadne słowo nie padło między nimi. Gdy matka wstała, przez ułamek chwili spojrzały na siebie – badawczo i ostrożnie, jak te psy gotowe odskoczyć od siebie.

To Rozela przerwała ciszę. Jednym prostym fuknięciem. Za ciepło! Gdy wróciły, Ilda rozpaliła pod kuchnią, a Rozela ni to do niej, ni to do siebie powiedziała: – Kto widział tyle węgla marnować na raz. A może było warto? Rozleniwione gorącem, spędziły w tej ciepłej kuchni naprawdę miły wieczór. Wnuczki wciąż pytały, Ilda odpowiadała, jak umiała. Ale nie znała wszystkich odpowiedzi.

Skąd wzięła się perła, którą ciotka Truda wieszała na sznurku? Z pudełka. A co było wcześniej?

Tę historię znała tylko Rozela. Opowiedziała wnuczkom, jak w czasie odpustu, pod kościołem w Chmielnie, jeszcze przed pierwszą wojną, pewna wysoko urodzona kobieta zdarła z siebie perły i rozrzuciła wokoło. Jedną z nich złapała babka Otylia – i już nie oddała. Może na swoje nieszczęście? Oprawiła tę perłę, jedyną cenną rzecz, jaką w życiu miała, w kawałek srebra i przyszyła ją do sukni ślubnej. Może przywołując do siebie zarazem i klątwę?

Dlaczego kobieta zdarła naszyjnik przed kościołem? Tego Rozela nie wie. Ale pamięta, co ludzie opowiadali. A mówiło się, że mąż tamtej kobiety tuż po ślubie zabrał ją w rejs statkiem po dalekich morzach. Ślub był wymuszony, kobieta cierpiała, uwięziona z niekochanym mężem na statku. On czuł co innego. On był zakochany. Chciał, żeby na pamiątkę podróży poślubnej poławiacze pereł, młodzi chłopcy w wieku Lili, Róży i Loby, zebrali odpowiednio dużo sztuk na pamiątkowy sznur. Nurkowali więc chłopcy coraz głębiej i głębiej, żeby pereł szukać, ale wciąż nie było ich dość. Kiedy mąż nie widział, kobieta schodziła pod pokład do chłopców i kazała im wracać do wody, choć oni już płuca wypluwali z wysiłku. Aż jeden z nich, wróciwszy z kolejną perłą, buchnął krwią na pokład. Zabiło go to kolejne zejście głęboko pod wodę. Ludzie mówili, że zawsze, wkładając te perły, kobieta myślała o tym, że pójdzie przez nie do piekła.

Gerta

Siedząc nad księgami rachunkowymi zakładu, z coraz większą odrazą patrząc na plecy Edwarda, który postanowił zignorować problemy i jak gdyby nigdy nic zajmował się zegarkami, Gerta pomyślała, że może pochopnie odesłała na wieś swoje córki. Zmuszona była ciągle wracać do komornika i lepiej by było, gdyby nie chodziła tam sama. Jakże niedorzeczna była cała ta historia! Pianino ostemplowane, meble pooklejane, w dodatku ten dzieciak, asesor komorniczy, oświadczył, że się zakochał. Myślała, że chodzi o którąś z córek. Nerwowo tłumaczyła mu, że dziewczęta są za młode na związki. I wówczas ten młokos, za nic mając jej reputację i obrączkę, nie bacząc na dzielącą ich różnicę wieku, oświadczył, że to w niej się durzy!

Chciała się z tego wyplątać, ale była skazana na komornika. Sprawą poważniejszą od amorów były papierzyska, z którymi musiała do niego chodzić. Po każdej wizycie obiecywała sobie, że nigdy go więcej nie zobaczy. Ciągle w dokumentach znajdowała jednak coś nowego i musiała wracać do przeklętego biura.

Powiedział jej, że gdyby nie wstyd, jakiego się najadł, kiedy zobaczyła, jak kuli się pod razami zezłoszczonego petenta, oświadczyłby się zaraz po pierwszym spotkaniu. Gdyby nie ten wstyd. Musiał tydzień czekać. Nie wierzyła mu. Choć czas był dla niej łaskawy, choć mimo dawno przekroczonych czterdziestu lat wciąż była zgrabną, szczupłą kobietą, a włosy, ciemne i mocne, ani trochę jej nie posiwiały, to jednak wszystko mówiło jej, że teraz nadchodził czas jej córek! Jej samej bliżej już było do bawienia wnuków! Nie, nie był dwudziestolatkiem. Gdy poznała go lepiej, zauważyła, że jest starszy, choć o chłopięcej, drobnej sylwetce. Ale dzieliło ich może piętnaście lat! A jednak wciąż ją adorował, za każdym razem zerkając spode łba, jak dzieciak. – Nie tak się uwodzi kobiety – broniła się Gerta. Znów czerwieniał. – To dlatego... – mówił, spłoszony i nieporadny. Choć najpierw przez myśl jej nie przeszło traktować serio jego zalotów, to z każdym spotkaniem rosła w niej ekscytacja. Aż raz komornik stanął naprzeciw niej, bliżej, niż powinien. Poczuła jego oddech koło ucha, siłę, jaką ma w ramionach, i już nie mogła przestać o tym myśleć. Od tego czasu w domu, siedząc nad papierami, gubiła wątek, bo myślała tylko o swoich nogach, od których on nie odrywał wzroku. Zastanawiała się, co też takiego w niej zobaczył. Wciąż chodziła do lustra sprawdzić, jak mogły wyglądać te nogi, kiedy na nie patrzył, tak samo oglądała swoje ręce, włosy, profil. Godzinami stała przed otwartymi drzwiami szafy, przyjmując coraz bardziej niedorzeczne pozy.

Potem, już w kancelarii, siedziała pełna strachu, że interesanci czekający w korytarzu słyszą przez drzwi, jak jej wali serce. Dziwnie tkliwa się zrobiła. Drzwi trzasnęły, podskoczyła do góry. Byle szum, potknęła się, przewracając krzesło. Pilnowała się, ale to nic nie dawało.

A papiery wyglądały źle. Urząd Skarbowy zdążył już wydać opinię, że niezapłacone domiary skutkują cofnięciem pozwolenia na świadczenie usług rzemieślniczych. Zaległości w składkach ubezpieczenia zdrowotnego – wykreśleniem z rejestrów ubezpieczonych i zabezpieczonych. Asesor na kartce wypisywał Gercie treść listów do kolejnych urzędów, a ona przepisywała te listy własnym charakterem. Gdy pisała, on przysuwał krzesło coraz bliżej, tak że w końcu dotykali się udami.

Przy kolejnej wizycie sama go objęła i zaraz odskoczyła, wyciągając ręce, żeby się nie zbliżał. Gdy spytał, czy się dla niego rozwiedzie, poprosiła o herbatę. Wyszedł, by ją przygotować. Miała chwilę na zebranie myśli. A gdy wrócił, próbowała go zagadać, opowiadając o warsztacie zegarmistrzowskim i prawdziwych rubinach, mówiła, że gdy się spieszy zegarek, trzeba wymienić łożysko;

bierze się więc to rubinowe maleństwo i szczyp-
czykami wyskubuje, delikatnie podważając, a potem szlifuje się nowy kamień maleńką wiertarką
z diamentowym końcem. Mówiła o złocie, które
jest wyjątkowo miękkim metalem, podatnym na
urabianie, najpierw jednak trzeba je rozgrzać na
azbestowej płytce. O palnikach do metalu i o tym,
jak używać dmuchawy do zmiękczania złota, by
nie poparzyć ust. O wszystkim – byle nie musieć
odpowiadać.

Edward siedział w domu jak zwykle. W warsztacie. Nie zwracał najmniejszej uwagi, że wróciła. Siedział tak, jak go zostawiła, przy biurku,
przyrośnięty do krzesła i plecami odwrócony do
świata, jakby to świata sprawą było zatroszczyć
się o niego. W tym warsztacie, który czuć dena-
turatem i kurzem, zaraz zasuszy się jak mumia,
pomyślała Gerta. Pewnego ranka, patrząc na jego
plecy pochylone nad biurkiem, postanowiła wyprowadzić się do asesora. Zaraz przestraszyła się
tej myśli i uznała pomysł za szaleństwo.

Musiała się ratować. Po prostu. Po kilku tygodniach ukradkowych spotkań, zostawiwszy aseso-
rowi wszystkie papierzyska, postanowiła, że nim
zrobi coś nieodwracalnego, potrzebuje zobaczyć
się z matką i pobyć trochę z córkami. Pojechała
na Dziewczą Górę jak zwykle na rowerze, niepew-
na, co powiedzieć i czy nikt sam się nie domyśli.

Na miejscu była już Truda. Wróciła z sanatorium. Odmieniona, ze świeżym blondem berlińskim na włosach i wieścią, że wychodzi za mąż.

Truda

Czy mogło jej się w życiu trafić coś lepszego niż młody kochanek? Tak zaczęła Truda, ignorując wytrzeszczone na nią oczy sióstr. Cała w uniesieniu, za nic miała ich rozwarte ze zdziwienia usta. Będzie ślub. Jak tylko narzeczonemu uda się zebrać z urzędów stanu cywilnego wszystkie potrzebne dokumenty.

Kim jest ten mężczyzna? To królik – mówiła siostrom dziwnie głośnym szeptem, machając rękami. No królik dosłownie! Ogon wciąż mu się trzęsie i bez końca może nim wywijać. Gdyby ostatniej niedzieli, którą całą spędzili razem w łóżku, miała pod ręką papier i długopis, zdążyłaby napisać całkiem długi list do Berlina, bo on nigdy nie kończył! Bezwstydna, pomyślały siostry. Ale ona nie widziała ich zniesmaczonych min. Dalej opowiadała ten miłosny serial: czasami, gdy jej króliczek za daleko się posuwał, na przykład pończochę rolując w autobusie pełnym ludzi, dawała mu po łapach. Ale gdy byli sami, hulaj, króliczku! – mówiła rozbawiona. Zachwycona, nie patrzyła wcale, że Gerta coraz bardziej nerwowo skubie mankiety. Brnęła dalej: czegóż jeszcze mogła chcieć dla siebie w życiu? Co lepszego mogło jej się trafić od takiego królika na grube baterie, z ogonkiem lekko zakrzywionym, co jak się dobrze wbił, to fantastycznie łaskotał? Jak to, czy przemyślała sprawę? Drogie siostry, to nie była rzecz do myślenia, to był stan do przeżycia. Stany się czasem zmienia.

Pragnie je uspokoić: wyjąwszy króliczy temperament, o którym nie będzie przecież na prawo i lewo rozpowiadać, kochanek nadaje się do poważnego życia. A więc: inżynier. Tą ręką, zadbaną jak u kobiety, kierować musiała sama, bo początkowo zdawał się dość nieśmiały. Wracając do zalet, ma mieszkanie w Bydgoszczy. Umie prowadzić auto, a przynajmniej się chwalił. Im dłużej mówiła, tym częściej zamiast „ja" pojawiało się „my". „Nasza sukienka będzie w kolorze błękitnym". „Choć jeszcze nie zdecydowaliśmy, bo przecież nigdy nie założyłam białej".

Pan młody miał się zjawić w Dziewczej Górze najdalej za miesiąc, z kompletem dokumentów poświadczających zdolność do zawarcia małżeństwa, dwiema obrączkami i ślubnym garniturem. Już zaczęła namawiać Ildę Truda, by im na ślub pożyczyła Tadeuszową syrenę. Pan młody będzie bardzo szczęśliwy, mogąc ją poprowadzić. No i – ciągnęła – trzeba będzie syreną odebrać go z pekaesu, żeby nie brodził w błocie po kostki, wątpliwości nie nabierając, nie daj Boże. A zaraz po weselu ruszają w podróż poślubną. Truda nie będzie już mieszkała w Dziewczej Górze. Pomieszkają na wsi najwyżej kilka miesięcy, pół roku, a potem wyprowadzą się na stałe do Bydgoszczy.

Ilda spytała Trudę, jak sobie wyobraża tak zostawić dom w Dziewczej Górze. – Mam jedno życie – odparła Truda, zupełnie bez poczucia winy. I dodała, że takie uczucie nie trafia się co dzień. Niech sobie radzą. Ona wyjeżdża, nawet gdyby chałupa miała się zawalić.

Tymczasem zajęła się remontowaniem domu przed wizytą. Sama przytaszczyła drabinę aż ze świniej kuchni. Ubłagała Ildę, by mimo wszystko pojechała z nią do miasteczka samochodem po farby, a potem zaczęła malować. Łazienkę na lazurowy błękit, żeby się dobrze kojarzył z wodą, kuchnię na groszkową zieleń, bo to kolor zaostrzający apetyt, dwa pokoje na biało – byłaby Truda mocniej poszalała z kolorami, lecz w sklepie nie było dużego wyboru. Ostatni pokój, ten od drogi, w którym planowała postawić ich wspólne łóżko, przemalowała na czerwień. Kolor, który później, przez lata, nie dał się już zamalować.

Ilda

Przez dwa miesiące, spędzone w Dziewczej Górze, Ilda widywała Tadeusza tylko raz w tygodniu. We wtorek rankiem wiozła go na transfuzję, po pięciu bądź sześciu godzinach odwoziła go do domu i oddawała pod opiekę Kazi.

Z perspektywy rodzinnego domu jeszcze wyraźniej widziała, jak nieznośne było ostatnich pięć lat. Od kiedy Tadeusz zachorował, uwagi, poświęcenia, nocnych czuwań było bez liku. Nawet jej pierś była bardziej pogryziona, do krwi. A jednak według Tadeusza Ilda była mu dłużna coraz więcej. Im więcej z siebie dawała, tym bardziej w jego niekończących się przemowach to ona była na minusie. Czy jej nie zabierał przez te lata na rauty? Czy domu jej nie dał? A samochód? Czy któraś kobieta na Pomorzu miała prawdziwe perfumy, przywożone z Zachodu? Wziął ją ze wsi, wszystkiego nauczył, wprowadził w świat literatury i sztuki, a teraz ona rozdaje siostrom francuskie perfumy! Czy to, że ją jedyną rzeźbił latami, latami kochał, wspomagał, adorował, nie dawało mu prawa do trochę większej wdzięczności?! Dlaczego tyle biorąc, nic mu nie daje w zamian? Czy nie uważa, że powinna...?! Czy wie... W egoizmie swoim, nieczułości swojej, czy Ilda jest w stanie pojąć, że mówi to wszystko tylko dla jej dobra? Cierpi, zmuszony do tej szczerości, jakby plaster zrywał z rany, która się nie goi?! Cierpi, przez nią!

Długo, zaciskając zęby, tłumacząc sobie gadaninę Tadeusza jego rozżaleniem typowym dla chorego, Ilda próbowała ratować resztki uczucia. Martwiąc się, że zwykłe codzienne kłopoty pogorszą jego stan, chroniła go, przed czym tylko mogła. Z powodu transfuzji zawalał terminy. Brała na siebie klientów z pretensjami. Jak dzieci strofowała: jak mogą, przecież szpital, choroba, taki talent. Względnie płakała, jeśli nie chcieli odstąpić. A gdy i to nie działało, wyprostowana jak struna zagradzała drogę. Tadeusz dziwił się, że taka jest wieczorem rozedrgana i nerwowa. Mogłaby tego oszczędzić choremu.

Czytała mu, starannie wybierając lektury. Tadeusza drażnił jej tembr głosu, miał za złe, że czyta za cicho. Zdobywała bilety do opery. Kiedyś mówił, że lubi, teraz go nudziła. Zdobyła mapę okolicy zamku w Bari, gdzie otruto Bonę. Może tam pojechać? Oderwaliby się? Może wziąłby synów? – Niemożliwe – powiedział. Nie ma teraz zdrowia do podróży. Z czasem dała za wygraną. Przestała się starać, przestała nawet się ubierać – wkładała co bądź. Stare sukienki, niedopasowane spódnice. Tadeusz się ożywił. Może by co zjadła? – pytał troskliwie. Może śmietanki? Niechby zjadła śmietanki. Może chciałaby koc? Będzie jej cieplej na kanapie. Te róże, które kupił, są dla niej. Dla równowagi jednak, patrząc gdzieś ponad nią, dodawał, że kobiety, które nie mają dzieci, na starość robią się gnuśne.

Zobojętniała. Mówił coś? Bez znaczenia. Z rachunków Tadeusza znów wynikało, że nigdy się mu nie wypłaci, jego sprawa. Teraz jednak, kiedy Truda znów wybierała się za mąż, Ilda nie mogła odpędzić myśli, że źle wybrała. Truda miała choć synów. Kochała męża, którego pochowała, teraz będzie następny. A ona? Kuchta i kierowca.

Z tego żalu nad swoim losem zwierzyła się Gercie. A siostra rzekła: – Dzieci szczęścia nie dają. I dodała: – Zabij pierwszą matkę, którą spotkasz.

Gerta

Gerta wiedziała już: nie przysporzy wstydu ani córkom, ani matce. Nie jest tak samolubna jak Truda. Nie zrobi nic przeciw kobietom ze swojej rodziny, nic przeciw mężczyźnie, za którego wyszła.

Nawet jeśli jeszcze marzyła o innym życiu. Gdy Edward siedział w warsztacie, a córki były w szkole, wciąż zdarzało jej się zamknąć pokój na klucz i otworzyć drzwi dwuskrzydłowej szafy. Ściągnąwszy ubranie, przyglądała się sobie w taki sposób, w jaki, gdy była młodsza, nigdy na siebie nie patrzyła. Oglądała się kawałek po kawałku, z uwagą, jakiej nigdy dla siebie nie miała. Odkryła przy okazji trochę niemiłych faktów. Zobaczyła, że skóra na udach zrobiła się już bardzo cienka, złapana palcami i podniesiona, z trudem wracała do poprzedniego położenia. Na przedramionach skóry było jakby za dużo. Jednak zauważała też bardzo dużo piękna. Kształt nóg był wciąż doskonały, brzuch, mimo trójki dzieci, twardy i płaski. Małe piersi zachowały jędrność. Owal twarzy był wciąż regularny, ciemne włosy, wciąż bez śladu siwizny, ładnie układały się za uszami. Ramiona, wyjąwszy skórę, miały piękny kształt. Dłonie były zgrabne i smukłe. Stojąc przed lustrem, Gerta po raz pierwszy w całym swoim życiu dostrzegła, jak bardzo jest kobieca. Wyobraziła sobie młodą, jasną skórę asesora przy własnej i spodobała jej się ta myśl. Jednak decyzja zapadła. Gdy już musiała pójść do asesora, zostawiała drzwi otwarte na oścież. Wciąż próbował ją zdobyć, ale im bardziej się starał, tym bardziej Gerta miała przed oczami swoją siostrę, Trudę. Tym obelżywszych słów używała w myślach wobec niej. Gdy przypominała sobie o jej opowieściach o króliczku, czuła, że ją mdli.

Truda

Remont Dziewczej Góry zajął Trudzie trzy tygodnie. Jeszcze tylko trzeba było posprzątać obejście, wyczesać pawie i posłać pilny list do Berlina z prośbą o materiał na dwie sukienki ślubne. Narzeczony wciąż nie dawał znać. Truda czekała w rosnącym napięciu, pełna niepokoju. Zamiast kochanka nadszedł list. Kochanek zapytywał, czy mogłaby przesłać mu trzy tysiące złotych, na zadatek na meble do ich wspólnego mieszkania. Zrobił remont, zabrakło mu pieniędzy, a z pewnością nie zabierze jej do nieurządzonego. Dużo było pod tą prośbą niewinną – jak uznała ucieszona Truda – dopisków, jak kocha, tęskni i usycha.

Trzeba było sprzedać trzy prosiaki. Były jeszcze za małe, ale Truda oderwała je siłą od maciory, każąc sąsiadom karmić je butelką. W piątek po południu poszedł ostatni prosiak. Rozela aż zamachała rękami, gdy usłyszała, że Truda jedno jedyne młode zostawiła w świniej kuchni, ale córka ogłuchła na wszelkie argumenty. Po jakie licho ma te warchlaki hodować, mówiła, skoro stąd wyjeżdża?

Trzy tysiące złotych miała zanieść na pocztę w poniedziałek, a w sobotę przyszło dwóch smutnych milicjantów. Zapytali, czy rozpoznaje poszukiwanego obywatela, i wyjęli zdjęcie. Wypytywali, czy prosił o pieniądze i czy je wysłała. Po czym zabrali Trudę, z włosami nieułożonymi, tak wprost z domu, do kartuskiego komisariatu. Tam ją przesłuchano w charakterze świadka. Pytano, gdzie i jak go poznała, jak się przedstawił, co o sobie powiedział. Kiedy przyszła prośba o pieniądze i jak była sformułowana. Na koniec milicjanci powiedzieli Trudzie, że miała dużo szczęścia. Bo obywatel, którego poznała w Nałęczowie zwykle robił kobietom zdjęcia, by potem je szantażować. Jest w aktach przypadek kobiety, która skoczyła do rzeki. I przypadek innej, która zabiła dziecko.

Właściwie nie wiadomo, co bardziej rozżaliło Trudę. Czy fakt, że zobaczyła fotografie, jakie mężczyzna, za którego miała wyjść, poukładał datami, na odwrocie zapisując kwoty, z adnotacją, czy i kiedy zostały wpłacone, czy też ironiczne spojrzenia milicjantów. Niestety, znała ich z czasów, gdy komendantem był Jan. Zaświtała w głowie Trudy myśl, że być może to wszystko jest mistyfikacją. Ci, którzy kiedyś zabrali Jana, teraz znaleźli sposób, aby dobrać się do niej. Wbiła to sobie do głowy, i żadna z sióstr nie była w stanie jej przekonać. Siedziała Truda w przemalowanym na czerwono pokoju i płakała: trzymają gdzieś pewnie jej narzeczonego, tylko po to, by raz jeszcze dobrać się do Jana.

Ilda orzekła w końcu, że pojadą do tej Bydgoszczy czy nie Bydgoszczy, gdziekolwiek był adres oszusta. Sprawdzą, rozpytają ludzi i niech się Truda sama przekona. Ruszyły we dwie, kilka dni później, Tadeuszową syreną. Adres okazał się podmiejski. To była właściwie wieś, długa i ponura, rozciągnięta po dwóch stronach drogi, z chałupami chylącymi się ku asfaltowi, który – z niewiadomych przyczyn – położono tylko po jednej stronie. Kiedy zajechał samochód, psy podniosły jazgot. Ilda stanęła blisko sklepu, bo tam zawsze najlepiej wiedzą. Truda oznajmiła, że się wstydzi wyjść. Schowała głowę między ramionami i ocierając mankietem rozmazany tusz, smarkała do chusteczki. Ilda weszła sama.

Ilda

Nie było nikogo z obsługi. Ilda długo kręciła się przy ladzie, pukała w blat, zaglądała za drzwi do magazynu, zmartwiona, że siostra denerwuje się w samochodzie. W końcu z zaplecza wyszła młoda, rumiana kobieta w fartuchu i spojrzała pytająco. Ilda zaczęła najoględniej, jak umiała, z resztkami nadziei, że oszczędzi siostrze rozczarowań: szukają mężczyzny. Trzydzieści pięć lat, szczupły blondyn z małą blizną nad lewym okiem. Nazywa się Mariusz Czereśniowski. Kobieta, patrząc na nią ni to z przyganą, ni współczuciem, powiedziała: znają. Ale z tą rodziną nikt nie chciałby mieć nic wspólnego. Czy remontuje coś? Nie, nie było go we wsi od piętnastu lat. Nie przyjechałby, bo szuka go wciąż milicja. Nikt też nie słyszał, aby Czereśniowski wykształcił się na inżyniera – tu kobieta uśmiechnęła się z przekąsem. – Panie nie są pierwsze, które o niego pytają – dodała. – A jedna to była nawet z dzieckiem.

Siostrom pozostało zająć się płaczącą Trudą. Padło na Ildę, bo Gerta zrobiła się dziwnie złośliwa i bezwzględna i widać było, że unika Trudy. Ilda nie została jednak na długo w Dziewczej Górze, bo przyszedł telegram z Sopotu: „Żywym mnie nie zastaniesz". Truda musiała swój zawód przepłakać sama.

Ilda, nim zajechała do domu, odwiedziła jeszcze szpital, żeby porozmawiać spokojnie z leczącym Tadeusza doktorem. Lekarza znalazła w pokoju pielęgniarskim. Tym razem spojrzał na nią jakoś dziwnie, zapytał: – Ale kim pani właściwie jest dla chorego? Skłamała, że żoną. Wzruszył ramionami i kazał wrócić w towarzystwie pacjenta.

Dzień później przyjechali z Tadeuszem na kolejną transfuzję. Ilda znów wyprawiła go do szpitala najlepiej, jak umiała, pakując idealnie złożoną w kostkę zapasową piżamę, książkę starannie wybraną, aby nie było strasznie ani zbyt smutno czy błaho, wzięła ładny ręcznik, kapcie w celofanowym woreczku, wodę kolońską, szczypczyki do paznokci i ten dziwny zestaw toaletowy z inkrustowaną na perłowo pęsetą do usuwania włosów z nosa, który Tadeusz zawsze chciał mieć ze sobą. Zabrała też dwa wielkie murzynki, upieczone przez Kazię dla pań pielęgniarek, i butelkę rosyjskiego koniaku dla lekarza. Weszli, on na przedzie, ona, niosąca torbę i dwa ciasta, za nim. Natknęli się na doktora. Udając, że Ildy nie dostrzega, powiedział Tadeuszowi, że żona już dziś była, o wszystko wypytała i wszystko jej przekazał. Zdumiona Ilda zapytała: – Jak to? Tadeusz nic nie odpowiedział.

Po jakimś czasie, gdy weszła do szpitalnej sali, w której leżał Tadeusz, spotkała ją. Stała przy łóżku. Choć Ilda nigdy wcześniej nie widziała tej kobiety, nie miała wątpliwości, że to ona. Wzięła oddech. Kobieta też wiedziała doskonale, kim jest Ilda. Lekko ściągnęła usta, jakby chciała się skrzywić, po czym zaraz szeroko się uśmiechnęła. Wyciągnęła rękę do Ildy. Chwytając jej dłoń pomiędzy zimne palce, powiedziała głosem dźwięcznym, ale zdradzającym niemieckie pochodzenie: – Będziemy obie, jak umiemy, dbać o ciebie, Tadeuszu. Prawda, panno Ildo, że nasz Tadeusz nas potrzebuje?

Panna Ilda. Panna Ilda! Panna. Ilda. Tak właśnie powiedziała. Tadeusz wydawał się zadowolony. Kazał usiąść żonie obok siebie na łóżku, wierząc, że – jak na obrazku z kalendarza – Ilda przysiądzie z drugiej strony. Dokładnie tak się stało. Siedziały potem, czekając, która pierwsza wyjdzie. Ilda rozżalona, ledwo przełykając to upokorzenie – jednak nie zamierzała dać tamtej najmniejszej satysfakcji, i ta druga, pewna siebie, słodka do zemdlenia. Byłaby Ilda przetrzymała tę drugą, która mimo upływu lat miała się za pierwszą, gotowa była nawet spać na szpitalnej podłodze, ale doktor przyszedł i powiedział, że obchód będzie i pozostać może tylko najbliższa rodzina. Spojrzały na Tadeusza, a ten poprosił obie, by już sobie poszły. Żona zgodziła się skwapliwie. Drzwi się zamknęły. Żona ściągnęła wargi i odeszła bez słowa.

Truda

Po raz pierwszy myśl, by wyrównać rachunki z narzeczonym, zalęgła się w głowie Trudy w drodze powrotnej z detektywistycznej wyprawy pod Bydgoszcz. Wyobrażała sobie, jak bierze Jana pistolet i strzela. Po raz drugi pomyślała o tym, gdy przyszedł list od Jakoba. Dawny narzeczony zapytywał, który z dwóch przysłanych przez niego materiałów wybrała na ślubną sukienkę, pytał, jak udało się przyjęcie weselne, i kończył list maksymą: „To wielkie szczęście – znaleźć prawdziwą miłość i nie zgubić". On sam tymczasem został wdowcem. Prosi więc, żeby o nim ciepło pomyślała.

Szalę przeważył wycinek z „Dziennika Bałtyckiego". Na zdjęciach ilustrujących tekst o oszuście matrymonialnym Mariuszu Cz. były – jak napisano – „nieszczęsne ofiary, zwykle kobiety samotne, nieatrakcyjne, starsze". Pokazana na zdjęciu i wymieniona z imienia i nazwiska Truda omal trupem nie padła. Przepłakała dwa dni. Chciała jechać do gazety i rozprawić się z redaktorami. W końcu uznała, że skoro raz zrujnowała sobie życie, naprawdę może zrobić to i po raz drugi. Zeszła do piwniczki i wyjęła Janowy pistolet.

Uznała, że skoro udało jej się wyśledzić prawdziwe nazwisko męża, Jana, znajdzie i fałszywego narzeczonego. A gdy już go znajdzie, zabije. Zaczęła szukać w Gdyni dawnych znajomych, mających znajomości w urzędach i partii, gotowa zapłacić każdą cenę, byle dorwać oszusta. Widać świat uznał, że stać się musi, co Truda postanowiła. Zdarzyło się to na schodach przed wielkim, szerokim wejściem do szpitala przy Klinicznej. Już tam wchodziły razem z Ildą, która nie chciała sama pojechać po Tadeusza, gdy Truda go zobaczyła. Broda, płaszcz nazbyt obszerny, okulary w oprawie rogowej i kapelusz, w jakim go nigdy wcześniej nie widziała. I te ręce! Nie miała przy sobie pistoletu w uszytej własnoręcznie skórkowej kaburze, ale miała obcasy! Zdjęła szybko jeden but i prosto w łeb go walnęła, strącając mu kapelusz, i jeszcze raz, i znów! Krew już mu ciekła po twarzy, okulary leżały pod nogami, lecz Truda nie przestawała, zagradzając mu drogę. Krzyczała przy tym ile sił: – Przestępca! Aresztować go! Tłum się zrobił wokół nich szybko, bo też dużo ludzi wychodziło o tej porze ze szpitala, schwytano przestępcę i Trudę, by ją zaraz puścić, bo strasznie się rozwrzeszczała. Gdy przyjechała milicja, dumna z siebie Truda oświadczyła zbiegowisku, że oddaje drania we właściwe ręce. Fałszywy narzeczony został odwieziony do komendy. Ilda, prowadząc Trudę, zamknęła sprawę jednym zdaniem: – Naprawdę, naprawdę nie ma czego żałować. Szczurowaty był.

Znów gazety dały zdjęcie Trudy, tym razem przez nią samą wybrane, wraz z wywiadem, w którym ubarwiła, jak to ona umiała, okoliczności schwytania oszusta i własne życie. Plotła coś o rzekomym darze jasnowidzenia i pomocy z zaświatów, od męża, odmłodziła się o dziesięć lat. Wycinek z gazety wysłała do Berlina. Następnie wzięła pędzle, farbę, taką, jaka była, i postanowiła ostatecznie rozprawić się z czerwienią w pokoju. Wyszedł kolor zgniłych liści, gdzieniegdzie podbarwiony na róż. Kiedyś zrobi z tego kojący błękit, choćby miała tynk paznokciami zeskrobać do cegieł. Niech tylko nabierze sił.

Gerta

Od dawna nie chodziła do kancelarii komorniczej. Dokumenty udało się uporządkować. Skończyło się na utracie beckera, jej pierścionków i pianina. Ktoś podobno wstawił się w ich sprawie w urzędzie, lecz Gerta nie wiedziała kto.

Para przyjaciół, partnerów do brydża, znów przyjeżdżała w piątki, jak kiedyś, i był to jedyny czas, jaki Gerta spędzała w towarzystwie Edwarda. Poza piątkowymi epizodami oboje do perfekcji opanowali sposób mijania się. Gdy ona sprzątała zakład, on jeździł na rowerze, gdy ona kręciła się po domu, on nie wychodził z zakładu. Nie mieli dla siebie czułości. Cóż, myślała, można do tego przywyknąć.

Gdy jednak któregoś piątku zobaczyła, jak palce Edwarda delikatnie, powoli suną po ramieniu Jadwigi, jakby w nią strzelił piorun. Niby nic wielkiego nie było w tym geście: środkowy i serdeczny palec przesunęły się wolno od obojczyka do ramienia. Ale dla Gerty to było za wiele. Z kamienną twarzą, milcząca, skończyła partię brydża, uprzejmie i bez awantur pożegnała gości, nic nie rzekła na widok pleców Edwarda znikających za drzwiami zakładu, bo, jak powiedział, przypomniał sobie o jeszcze jednej sprężynie do zrobienia. Na noc wyniosła się do kuchni, gdzie spały teraz córki, i położyła się z najmłodszą, Lobą. Następnego dnia wszystko zrobiła jak zwykle: śniadanie, sprzątanie mężowskich rzeczy, pranie jego koszul, majtek i skarpetek. Cerowanie. Haft. Wieczorem wyszła z domu, powiedziawszy, że idzie na spacer. Sama nie wiedziała, jak doszła do kancelarii. Budynek sądu był już pusty. Nacisnęła klamkę, przekonana, że nikogo nie zastanie. Zobaczyła go w świetle nocnej lampki. Siedział z nogami na stole, opierając buty na stercie dokumentów. Wyglądał na bardzo zmęczonego. Zdziwił się na jej widok i wstał. Gerta zamknęła drzwi za sobą. Stanęła na ich tle, w słabym świetle lampy. Chciał podejść, lecz zaprotestowała. Miał zostać tam, gdzie był, za biurkiem.

Potem rozpięła bluzkę – zwykłą, perkalową, zmarszczoną przy kołnierzyku. Patrzył zaskoczony to w jej oczy, to na jej gołą skórę, która wyłaniała się spod materiału, na widoczne już piersi w białym, prostym biustonoszu. Zniosła to spojrzenie, ale sama sobie przez chwilę wydała się śmieszna. Wówczas powiedział, co powiedzieć powinien: że jest bardzo piękna. Stali tak chwilę w bezruchu. Gdy on chciał podejść, ona gestem go hamowała. Zdjęła spódnicę. Zobaczył szeroki, zwykły pas do pończoch i byle jakie bawełniane majtki, ale zatrzymał wzrok na jej smukłych udach. Oglądał ją kawałek po kawałku, szeroko otwartymi oczami. Nim zdjęła biustonosz, minęło trochę czasu. Ściągnęła pas i majtki. Chciał o coś spytać. Uciszyła go gestem.

Rozbierając się, powtarzała gesty tysiące razy ćwiczone przed drzwiami otwartej szafy. Teraz była jego kolej. Zdjął wełniany sweter, koszulę, granatowe, nieco brudne spodnie. Zaciekawiona, patrzyła, jak skóra lśni mu na piersi, jak pod tą skórą układają się mięśnie. Był ładny. Uważnie, jakby owada brała pod lupę, oglądała miejsce po miejscu. Ten brzuch, mocny i zwarty. Te ramiona, spadziste, tworzące niemal trójkąt, przedramiona z widocznymi ścięgnami i ręce, drobne, ale mocne. Duże stopy, ładniejsze niż jej własne. Jakby to było, poczuć wagę jego ciała na sobie? Tę młodą skórę przyłożoną do swojego brzucha? Już miał zsunąć marszczone w pasie majtki, kiedy zatrzymała go gestem. Widziała, że jest zdezorientowany. Wiedziała jednak, co zaraz zobaczy. Męski penis. Wzwiedziony – wybrzuszenie majtek nie pozostawiało wątpliwości. Czerwony, nabrzmiały członek, który czuć będzie grzybami i kiszoną kapustą i którym on będzie chciał ją dotknąć. Nie potrzebuje już oglądać kolejnych penisów, pomyślała. Znów gestami zatrzymując go w miejscu, ubrała się pospiesznie, bez gracji, odwracając kolejność: majtki, biustonosz, pas, pończochy, błękitna perkalowa bluzka, brązowa spódnica. Nim zamknęła drzwi za sobą, powiedziała mu, że już się więcej nie zobaczą. Wyszła i odetchnęła głęboko.

Ilda

Tamtego dnia, gdy Ilda spotkała w szpitalu żonę Tadeusza, lekarz zatrzymał go w szpitalu. Wdała się infekcja, po transfuzji potrzebne były jeszcze dializa i antybiotyk. A Ilda podjęła decyzję, że odchodzi. W dniu, gdy musiała dzielić miejsce przy łóżku szpitalnym z drugą kobietą, uznała, że już dość. Zaraz pomyślała jednak, że jeszcze nie teraz.

Musi się ogarnąć. Zdecydować, co z psem. Przygotować na to Tadeusza.

Wróciła do domu, w którym po raz pierwszy chyba była sama. Zaczęła przyglądać się przedmiotom. Peggy jakby wiedziała: krok w krok chodziła za nią, patrząc czujnie, zadzierając łeb, kładąc się u jej nóg za każdym razem, gdy Ilda gdzieś przysiadła. A ona tymczasem próbowała wyobrażać sobie życie w pojedynkę. Jak to będzie, nie musieć dawać piersi na dobranoc? W co spakować rzeczy? Jak je przewieźć do domu na Dziewczą Górę? Jak się pożegnać z psem, którego nie miałaby sumienia zabierać choremu?

Odkładając decyzję, zaczęła gromadzić przedmioty do zabrania. Składała je w wielkim koszu ustawionym w sypialni koło szafy. Każdy dzień zaczynała teraz od rozważań, co zabiera, a co jednak zostawi. Skórzany skafander motocyklowy, który on tyle razy wystawiał Kazi do śmieci, a Ilda na powrót wkładała na dno szafy – zabierała. Z pięciu jedwabnych sukienek, które dla niej uszyto w miejsce tych spalonych, wzięła jedną, bo kobieta w jej wieku powinna mieć sukienkę. Buty – wystarczą dwie pary, na lato i na zimę. Książki – włożyła do kosza aż pięć. Początkowo chciała zabrać cztery komplety pościeli haftowanej przez siostrę, lecz wyjęła ją z kosza, by zmieścić stary zegar z porcelany, z pasterką, stadem kóz i pozytywką. Kupili go razem z Tadeuszem na pchlim targu w Sopocie. Sam powiedział, że to prezent. Potem jednak zrezygnowała z zegara, by zmieścić w koszu buty. Odłożyła książki i skafander: niech jednak będzie zegar. Tak targując się ze sobą o każdą rzecz i każdy kolejny dzień, przemieszkała z Tadeuszem jeszcze pięć miesięcy.

Aż zdecydowała. Data była ani lepsza, ani gorsza od innych. Tylko przy transfuzji znów wdało się zakażenie i Tadeusz raz jeszcze musiał dłużej poleżeć w szpitalu. Gdy tylko zniknął z domu, Ilda poczuła ulgę. Zaraz za tym uczuciem przyszedł gniew. Do diabła! Co też ona robi jeszcze z tym człowiekiem! Było święto państwowe, Kazia miała wolne, a uczniowie rozjechali się do domów. Ilda nadała telegram do Trudy, by zaraz przyjeżdżała. I poczuła, że po raz pierwszy od dawna może głęboko nabrać powietrza do płuc.

Piły wino, którego otwartą butelkę zostawił Tadeusz w lodówce. Było słodkie, a Truda tak lubiła słodkie. To był pomysł Trudy, by przed nieuchronną wyprowadzką przejść się jeszcze po garsonierze nad pracownią jak po całkiem obcym domu, przyzwyczajając się, że to już nie jest dom Ildy. Zwiedzały więc ów dom, jak chciała Truda, jedno pomieszczenie po drugim, grzebiąc w szafach i myszkując za meblami. Bawiły się w zgadywanie, kto też może mieszkać w takim domu. Kobieta, która nic nie je, skoro w kuchni pusto. Nie liczy się w tym domu, skoro nie ma jej na żadnej z wiszących na ścianach fotografii. I niczego nie czyta, skoro każda książka leżąca do góry grzbietem należy do mężczyzny i pobazgrana jest jego dopiskami. Na co Truda odparła, że na jej nos zalatuje tu wręcz trupem, którego pewnie znajdą, jeśli dobrze poszukają.

Rozochocone wypitym winem, dotarły do pracowni. W półmroku zeszły po stromych, drewnianych schodach. Po uczniach zostały nakrycia głów: dziwne, idiotyczne kapelusze. Siostry pożyczyły sobie kapelusz z piórkiem i kaszkiet w czerwone róże. Jeszcze trochę się bawiąc (to Truda), trochę płacząc (to Ilda), dotarły do schowanej w kącie rzeźby nakrytej płótnem w kwiaty. Zdzierając tę płachtę, wznieciły tuman kurzu. Pod nią była Ilda. Na rękach trzymała niemowlę i karmiła je piersią. Jak tamta rzeźba, od której wszystko się zaczęło. Włosy związane miała w luźny węzeł, bluzkę wyraźnie byle jaką. W kamieniu była piękna. Czule uśmiechała się do dziecka. I płakała. Jedna łza betonowa na prawym policzku, dwie na szyi.

Rozela

Ilda wróciła do domu na Dziewczej Górze z jednym koszem rzeczy. Kilka miesięcy przemieszkała w pokoju od strony drogi, którego mimo starań nie udało się przemalować na żaden znośny kolor. W tym czasie pracowała w ogrodzie, zamykała się w kuchni z Trudą, gdzie długo paplały, pomagała przy świniach, których znów było osiem, a to dzięki genom niesprzedanego knurka, wszystkie zaś miały czarne i kręcone grzywki. Ale kosza nie rozpakowała. Rozela zaglądała do niego, dziwiąc się, że córka przywiozła taki piękny zegar i trzyma go w koszu, lecz Ilda zabroniła pytać. W tym czasie Tadeusz Gelbert przyjeżdżał wiele razy – zawsze z psem. Siedzieli z Ildą w pokoju całymi godzinami, a przechadzająca się pod drzwiami Rozela słyszała jego płacz. Potem Ilda brała psa na długi spacer po polach. Tadeusz Gelbert odjeżdżał z niczym. Pies skamlał.

W końcu czymś Ildę przekonał. Miała mokre oczy. Ucałowawszy matkę, uściskawszy siostrę, pozwoliła wręczyć sobie bukiet świeżo ściętych chryzantem i pojechali sopocką taksówką, która już czekała za domem.

Słysząc, że silnik auta znów terkocze na podwórzu, Rozela była przekonana, że Ilda wróciła. Lecz nie. Auto było czarne, bez oznaczeń, dużo większe niż znane Rozeli samochody. Wysiadły z niego dwie wysokie i smukłe kobiety, a zaraz za nimi – dwaj pryszczaci młodzieńcy. Przedstawili panie jako Francuzki, a siebie jako tłumaczy tych pań. I weszli, nie pytając, do sieni. Jakby oczywiste było, że w tym domu ktoś musi ich przyjąć.

Rozela poprosiła ich do swojego pokoju. Takich gości należało zaprosić do elegantszego wnętrza, za drzwi z kolorowymi szybkami, jednak Truda od miesięcy nieskutecznie próbowała przemalować pokój. Stały w nim więc farby, a meble nakryte były folią. Goście nawet nie mieliby gdzie usiąść.

Sama z trudem odsunęła stół pod wiązanką sztucznych kwiatów, żeby zrobić miejsce gościom. Kobiety bez słowa zajęły krzesła, tłumacze przysiedli na łóżku. Francuzki były mniej więcej w wieku córek Rozeli, obie w kapeluszach; spod jednego wystawały grube, pszenicznego koloru włosy, takiego samego jak włosy jej matki, Otylii. Podając herbatę, mimochodem, ukradkiem, łypała na te pszeniczne włosy. Były chyba miękkie. A matka miała włosy sztywne.

Ledwo usiedli, młody tłumacz zapytał, czy to prawda, że u Rozeli w piwnicy siedziało w czasie wojny dwóch uciekinierów. Panie są córkami jednego z nich. Ojciec przeżył, lecz nic nie chciał nigdy o wojnie mówić, a teraz, po jego śmierci, córki postanowiły same czegoś się dowiedzieć. Byłaby Rozela wyparła się w żywe oczy, przekonana, że nawet po latach lepiej o takich sprawach nie mówić, i pewna, że jeśli powie pierwsze słowo, to będzie musiało paść następne. Może jeszcze będą chcieli oglądać piwnicę? A tam stał przecież nieużywany już sprzęt destylacyjny. Byłaby dla świętego spokoju powiedziała, że to jakaś pomyłka, lecz te pszenicznej barwy włosy, które wystawały spod kapelusza, i to zimno, które zupełnie znienacka ją ogarnęło, w dzień dość ciepły przecież, w domu dobrze ogrzanym kuchennym piecem, to wszystko tak ją omotało, że powiedziała: – To prawda.

I zaraz się schyliła, by postawić do pionu portret potrójny córek, który znów przewrócił się pod stołem, nim go goście zadepczą. Kobiety, do tej pory ponure i milczące, zawiesiły na nim wzrok. – *Étonnant* – powiedziała jedna. – *Incroyable* – powiedziała druga. I nie było wiadomo, czy o portrecie mówią, czy też o własnym ojcu. Rozela szybko odwróciła obraz do ściany.

Córek ani wnuczek nie było wówczas w Dziewczej Górze. Gerta z dziewczętami siedziała w Kartuzach, Truda pracowała w Gdyni, Ilda właśnie pojechała. Rozela była sama i przy obcych czuła się niepewnie. Powiedziała chłopcu bez garnituru, który wydawał się najmniej z nich wszystkich wyniosły, że poda ciasto, które wczoraj piekła na niedzielę – a z pytaniami niech poczekają na jej córkę Trudę. I wyszła do kuchni.

Kobieta o włosach pszenicznych wstała i poszła za nią. Nie chciała czekać. Dotąd chłodna, spojrzała Rozeli prosto w oczy. I zaczęła mówić, gruchając jak gołąbek, chyba opowiadając jej historię rodziny, bo wciąż wracało jedno słowo: *papa*. Rozela nic nie rozumiała. Poddała się i wróciły do pokoju, by skorzystać z pomocy tłumacza. A czy ona w ogóle chciała wracać myślami do tej zimy? Lata – poprawili ją goście. – Ojciec uciekł z obozu Stutthof latem – mówiła po francusku ta z pszenicznymi włosami, na co w głowie Rozeli przetasowywały się obrazy, jakby na hasło „śnieg" wycierała część wspomnień, a ustawiała tam zielone drzewa. – Latem – poprawiła samą siebie Rozela, próbując znów przekonać ich, że mówić nie ma o czym, bo niewiele pamięta. Nie chcieli wierzyć.

A więc latem. Najsilniej wryło się w jej pamięć, jak stała z rękami założonymi na głowę, gdy przyszli Ukraińcy w niemieckich mundurach. Młodzi, młodziuteńcy, jak ten tutaj, pryszczaty i bez garnituru. Trzymali karabiny. Krzyczeli na nią, że ukrywa w domu Żydów. Prostując plecy, pomachała im ścierką przed tymi karabinami i po niemiecku – a był to jedyny język, jaki znała prócz kaszubskiego – zaczęła na nich krzyczeć: Jak mają czelność nachodzić dom porządnej Niemki! Chce z dowódcą rozmawiać, może ten nauczy ich moresu! Zdziwili się. Przestraszyli jej zdecydowania. Mówiący po ukraińsku żołnierze w niemieckich mundurach przestraszyli się jej niemieckiego języka. Ale widać w końcu się zorientowali, że wywiodła ich w pole. Wrócili jeszcze tego samego popołudnia i natychmiast postawili pod ścianą domu ją i Trudę. Czuła lufę przyłożoną do pleców, wiedziała, że z takiej samej lufy mierzą i do Trudy. Kilku weszło do środka. Wyrzucili rzeczy z szaf, potłukli naczynia. Przeczesali stodołę. Krzyczeli na nią: niech powie, gdzie ukrywa Żydów! Nikogo nie znaleźli, bo w domu nikogo już nie było. No ale to się działo zimą. Kobieta z dziewczynką, niewielką, niemówiącą, poszły w śnieg zaraz po tym, jak Rozeli udało się przechytrzyć Ukraińców. Wiedziała, że skoro raz przyszli, to wrócą. W ten śnieg kazała pójść kobiecie z dzieckiem, może na śmierć.

Francuzki nie o tym chciały słuchać. Co się działo latem? Co *avec papa*? Tamtych też pamięta Rozela. Rzeczywiście, przypomina sobie, to było lato. Nie chciała wpuszczać ich do domu. Uparli się, że nie odejdą, hałas się zrobił, psy zaczęły szczekać. Chwilę patrzyła im w te dziecięce oczy, bo mali byli i chudzi jak dzieci. I nie miała siły im odmówić.

W piwniczce pod kuchenną podłogą spędzili pięć, może sześć tygodni, a może nawet siedem – to Rozela zapomniała. Pamięta, że wstyd jej było później przed Matką Boską, że gdy ich wygoniła w zimę – no tak, lato – nie dała im nic na drogę do jedzenia. Widziała, jak się młody człowiek zawahał przed tym zdaniem, lecz je przetłumaczył tak, jak powiedziała. Kobiety szerzej otworzyły oczy.

Pytały o każdy szczegół. W co byli ubrani? Czy coś mówili? A co mieli mówić, jeśli nikt w domu nie rozumiał ich języka? Młodszy wciąż rysował – i to były same śmieszne rzeczy. Kogut, który łapami ugniatał czarnego orła, albo sprośne obrazki z kobietami i mężczyznami, które Rozela musiała chować przed córkami. Przyzwoitsze sam rozdawał córkom, ale Rozela zbierała je i wrzucała do pieca, żeby nie było żadnych śladów. Czy oni rozumieją, że gdyby Niemcy przyszli i znaleźli te obrazki, byłby to dla niej i córek wyrok śmierci?!

By im pokazać piwniczkę, najpierw z trudem sama zlazła po drabinie. Nakryła kocem butelki do destylacji, upchnęła pod nie pistolet po Janie, ten w kaburze skórkowej, i poprosiła, żeby niczego nie dotykać. Mimo jej próśb dwie kobiety macały bez końca koc, aż szkło pod spodem trzeszczało. Ten sam koc, który dała Francuzom do nakrycia się. Zabrały się do mierzenia siennika. Narzekały: jak im było ciężko, jak mógł *papa* wysiedzieć tyle dni z podkulonymi nogami? Czy ciągle siedzieli? No, nie ciągle, wieczorami wychodzili do kuchni na kolację. Trochę uczyli jej córki francuskiego. Nie, teraz w domu nie ma córek.

Ach tak, został jeszcze napis, ręką któregoś wyryty. Zajrzawszy z góry do piwnicy, zobaczyła Rozela ze zdziwieniem, jak dwie Francuzki przykładają twarze do wyżłobionych w cegle liter. Poszły sobie dopiero późnym wieczorem, serdecznie ściskając się z Rozelą i obiecując, że przyślą jej książkę, którą teraz piszą. O ojcu, przed wojną bardzo znanym rysowniku. Ale nim przyślą książkę, to jeszcze wrócą.

Gerta

Gerta minęła się o jeden dzień z Francuzkami. Gdy przyjechała do Dziewczej Góry, mama martwiła się, co będzie, bo Francuzki oglądały maszynerię do wódki w piwniczce. Schodziła teraz do piwnicy i zabierała wszystko, co w niej jeszcze było. Nosiła beczki, menzurki oraz miski aż za świnią kuchnię, nie bacząc, że jest słaba i nie powinna dźwigać tak ciężkich rzeczy. Próbowała zakopywać maszynerię pod mirabelkami. Rozmyślała się i odkopywała, by ją przenieść jeszcze gdzieś dalej. W końcu zaczęło się mamie mieszać – lato, zima, lato. Francuzki powiedzą – nie powiedzą.

Gerta najpierw walczyła z nią, prosiła, perswadowała, potem zdecydowała, że potrzebna jest pomoc lekarza. Najlepiej tego młodego, który kiedyś, przed laty, tak dobrze zajmował się mamą w szpitalu w Kocborowie. Była bardzo zdziwiona, że po tak długim czasie Truda pamięta jego nazwisko: Tomasz Piętek. Zdumiona była, że Truda zna i adres doktora. Ale nie był to czas na dociekania. Z poczty kartuskiej Gerta zadzwoniła po Ildę. Najmłodsza siostra, choć z ociąganiem, pojechała pod podany przez Trudę adres w Gdyni, skąd zabrała doktora, który zgodził się przyjechać do mamy, do domu. Postarzał się przez tych kilkanaście lat, ale wciąż miał w sobie młodzieńczy zapał. Wciąż wzbudzał zaufanie Rozeli.

Matka ucieszyła się na jego widok. I zmartwiła, że widać źle doktora traktują, skoro jest chudy i wydaje się zmęczony. Na bardzo długo zamknęli się w ostatnim pokoju. Wyjeżdżając, doktor nie chciał wziąć nawet drobiazgu, nie mówiąc o pieniądzach. Dał lek. Jak przed laty – kazał mamie oszczędzać dużych wzruszeń, ale nie zabraniać jej mówić. Powiedział: nie zostawiać jej samej. Gdyby się pogorszyło, to przyjechać po niego.

Przez kilka kolejnych tygodni nic się nie działo. Czas płynął, trzeba było przed zimą zająć się ogrodem. Gerta paliła ognisko za ogniskiem nad brzegiem jeziora, uważając, by nie dymić świniom, choć wiatr był tak porywisty o tej porze roku, że uszy ją bolały od świstu. Potrzebowała ogrodu. Tutaj była sama, a lubiła swoje towarzystwo. Walczyła z perzem, szarpała się z naturą. Gdy praca była zrobiona, z zadowoleniem patrzyła na efekty.

Ilda

Nim zgodziła się wrócić do Sopotu, postawiła warunek: po prawie dwudziestu latach chciałaby, aby ich wspólny dom choć trochę należał i do niej. Tadeusz musi znaleźć sposób, by ją zameldować, tak by po jego – nie daj Boże – śmierci Ilda nie znalazła się na bruku. Drugi warunek: zmieni kolory ścian. Miała dość tych zszarzałych bieli i błękitów. Potrzebowała w życiu więcej żółtego koloru.

Tadeusz zwołał chłopaków z pracowni, rozdał pędzle, kazał wziąć drabiny i zrobić wszystko, czego zażąda Ilda. Biedząc się nad wiadrami z farbą, dolewając z małych flaszek pigmentów, starali się, wedle jej życzenia, stworzyć kolor możliwie najbardziej słoneczny. A gdy już żółty pokrył wszystkie ściany, Ilda kazała zdjąć aksamity z okien. W miejscu dawnych przyciężkich stor zawisły wesołe kraciaste tkaniny, które Tadeusz w milczeniu omiatał wzrokiem.

Peggy była zachwycona powrotem swojej pani, rwetesem panującym w domu, krzykami Tadeusza, ilekroć potrąciła puszkę i rozlała farbę. Wszystko to suka brała za świetną zabawę. Ilda też się dobrze czuła w nowej roli. Siadała na kuchennym stole i machając nogami, uśmiechała się do Tadeusza. Wiedziała, że najpierw się naburmuszy, potem skrzywi, lecz w końcu na pewno się uśmiechnie.

Gerta

Dziewcza Góra potrzebowała teraz Gerty bardziej niż kiedykolwiek. Truda jeździła do Gdyni, do pracy, a tymczasem dom matki najeżdżały Francuzki. Były jeszcze czterokrotnie, za każdym razem z tłumaczami, i zadawały coraz więcej pytań. Gdyby to od Gerty zależało, w ogóle by ich nie wpuściła. Zła była, że obce kobiety denerwują mamę. Kto łóżko porąbał i dlaczego – pytały i patrzyły podejrzliwie. Gdy matka zaczynała opowiadać, już jej nie słuchały, już pytały o most, skoro łóżko nie miało nic wspólnego z ich *papa*... bo gdy most śnił mu się po nocach, to wtedy *papa* krzyczał. Zostawmy już te wojenne historie gospodyni. Czy *papa* mówił cokolwiek o moście?

Gerta byłaby je wyrzuciła z domu, lecz Truda dała się im uwieść. Godzinami mogła z nimi snuć przypuszczenia. Wiadukt nad torami przed drogą na Kartuzy? A może to był któryś z gdańskich mostów nad Motławą? Mówiła: mogłaby zaprowadzić i pokazać – lecz most jak most. A ze Sztutowa daleko jest do Dziewczej Góry.

Gerta na czas najazdów Francuzek chciała zabierać matkę do siebie, do Kartuz, lecz wówczas Rozela pytała, co też ona będzie robić w mieście, w domu z podwórzem jak studnia. Potem z ulgą spostrzegła Gerta, że kiedy goście są w pokojach, matka znika w stodole. Godzinami przesiaduje tam z pawiami. Wychodzi dopiero, gdy słychać, że auto już minęło wiadukt.

Truda

Nim Francuzki po raz kolejny odpaliły swój wielki samochód, siwa, starsza z nich zapytała o obraz spod stołu. Kto go namalował? Czy to Truda z siostrami, jak się wydaje, jest na portrecie? Nie przyznała się Truda, kto malował. Jakoś wstyd jej było, jakby autorstwo szwagra umniejszało wagę dzieła. Skłamała, że portret zrobił jej narzeczony sprzed wojny, Niemiec, za którego nie wyszła, by nie przynosić wstydu. Namalował, a potem sobie życie odebrał. Strzałem w głowę z pistoletu, do którego ona własnoręcznie uszyła mu kaburę. Zmartwiła się wtedy siwa pani i poprosiła, by jej obraz sprzedać. A widząc wahanie Trudy, zaczęła nalegać. I poszły w świat trzy siostry, odmalowane w błękitach, blade, smutne, wyciągnięte w górę jak wieże katedr, trzymające każda po bukiecie, z jeziorem i niebem w tle, z rybami skaczącymi to z chmur, to z toni, podpisane jako Ilda, Gerta i Astrida. Francuzki zapłaciły całych trzydzieści dolarów, choć obraz był trochę zniszczony, a prawe ramię Ildy wytarte od kopania butami. Zajechać miały siostry aż do Francji, owinięte w papier pakowy, obwiązane błękitną jedwabną nicią z motka, który wydawał się nigdy nie kończyć.

Edward ucieszył się na wieść, że Truda sprzedała jego obraz. I trochę się zmartwił, że go w swej opowieści uśmierciła. Gerta była oburzona, choć trzydzieści dolarów wystarczyło na spłatę ostatnich długów. Edward osobiście pojechał do komornika wykupić gustava beckera, pianino, pierścionek od Ildy oraz własny honor. Okazało się, że pierścionek poszedł już gdzieś pomiędzy ludzi. Zapłaciła za niego ta Niemka, Herta Gelbert, nauczycielka gry na pianinie. Becker też dawno sprzedany. Gdy komornik zapytał o zdrowie żony, Edward nie wytrzymał i zdzielił chłopaka w zęby, sam nie wiedząc dlaczego. Truda długo nie mogła zrozumieć, dlaczego Gerta, usłyszawszy o tym błahym incydencie, tak się rozemocjonowała – chodziła po domu i trzaskała drzwiami, poprawiając z impetem, jeśli za słabo wyszło, a przy tym sprawiała wrażenie całkiem zadowolonej. W końcu jej przeszło. Nie licząc dziwnej melancholii matki, wraz z wyjazdem Francuzek wszystko wróciło w stare, dobrze znane koleiny.

Rozela

Rozela czekała na książkę obiecaną przez Francuzki. Czekała, choć i tak nie umiałaby jej przeczytać. Czekała, bo znów ożyło to, co tkwiło pod skórą i o czym nikt nie chciał słuchać. Książka nadeszła po dwóch latach. Od razu trafiła na półkę, gdzie Sienkiewicz i Kraszewski zrobili już miejsce dla romansów przysyłanych z Berlina. Wraz z książką nadeszło kilka wycinków z różnych gazet, z których jeden był w języku polskim, z nieznanego im paryskiego pisma „Kultura". Ten dała Rozela Trudzie do przeczytania. Była to opowieść Francuzek o tym, jak szukały w Polsce śladów swego ojca, znanego rysownika. Tekst kończył się zdaniem: „W końcu wyrzuciła ich jednak w ciemną noc, nie dając nawet kromki chleba na drogę, czego do dziś się wstydzi".

Rozela rozpłakała się. Dlaczego tak napisali?! Czy tylko tyle zrobiła?! Tłumaczyła jej Truda, mając najlepsze intencje, że przecież mama sama tak im powiedziała. A Rozela płakała, potem patrzyła w okno, pytając, czemu ona jest winna, potem znów płakała. Im więcej myślała o tym jednym zdaniu, im dłużej znów i znów obracała je w myślach, tym bardziej to, co zaczęło się wraz z przyjazdem Francuzek, rosło w niej.

Żeby serce nie pękło, Rozela bez przerwy mówiła o tym z Matką Boską: zima, lato, zima, kobieta z dzieckiem, Francuzi. Ignorowała pytający wzrok córek, słuchających, jak godzinami rozmawia z pustym pokojem. Skarżyła się Maryi i płakała, że boi się umrzeć. Choć o niczym więcej nie marzyła, jak tylko o morzu z tamtego snu, czuła, że nie da rady raz jeszcze obejrzeć swojego życia, a przecież na tym polega umieranie, że się życie znów widzi.

Potem już nawet nie mówiła z Matką Boską. Tylko skamlała. Czas jej się pomieszał, światy poprzenikały. Ruscy znów byli za oknem, Żydówka w piwnicy, Niemcy w kuchni, a Ruscy już na pokojach. Trzeba było znów przywieźć doktora do Rozeli. Dał lek i powiedział, że po nim nic nie będzie pamiętała. I sam ją zawiózł do szpitala. Trzymano ją trzydzieści dni.

Gerta znów do niej jeździła, tym razem już z najstarszą córką, a doktor, jak przed laty, wykłócał się z innymi lekarzami o metody leczenia. Spadł pierwszy, wczesny śnieg i rozjaśnił wszystko. Od białych ścian szpitalnych, od śniegu odbijał się strach Rozeli i wracał do niej większy, potężniejszy, niedający nadziei. Nie będzie w stanie umrzeć! – mówiła doktorowi. – Nie da rady. Co ma dalej robić z życiem?

I tak rozmawiali o śmierci. Doktor przekonywał, że w godzinę śmierci może coś się widzi, ale na pewno niczego się nie czuje. Nie przekonał jej. Próbował racjonalnie: z tym widzeniem to tylko spekulacje, bo wiadomo, że mózg wyłącza się tak, jak radio z kontaktu. Wówczas Rozela patrzyła na niego szeroko otwartymi oczami, tak była głęboko zdziwiona. Szukał jeszcze innych argumentów. Próbował tak: skoro Rozela jest blisko z Matką Boską i skoro u schyłku życia zebrała się wreszcie na odwagę, by do niej osobiście chodzić ze swoimi sprawami, to może mogłaby z nią wynegocjować jakieś dobre umieranie? Tu Rozela milkła.

W końcu doszła do wniosku, że poprosi Maryję, by jej nie prowadzono, jak wszystkich ludzi, przez bramę, ale niechby jej dano kogoś do opieki; żeby oczy zamknąć mogła na to wszystko, czego już drugi raz nie umiałaby znieść – i tak poczuła wreszcie spokój.

Gerta

Z trudnością teraz znajdowała czas na cokolwiek. Miała dużo pracy. Zajęła się rzeźbieniem w wosku. I nie nadążała z niczym. Zamówienia spływały, a do pracy była sama jedna. Nowe zajęcie odkryła pewnego wieczora, gdy – jak to zwykle jesienią w Kartuzach – wyłączyli prąd. Klnąc nad haftem richelieu, nakapała z jednej ze świec wprost na serwetę. Gdy próbowała usunąć wosk, a potem na powrót przytwierdzić go do świecy, żeby wystarczyło światła choć do dwudziestej drugiej, odkryła, jaki jest plastyczny. Wiele nie trzeba było, żeby świecę przyozdobić kwiatami nie mniej wymyślnymi, nie mniej fantazyjnymi, bujnymi, dorodnymi niż te wyrzynane żyletką na tkaninie.

Dwa miesiące wystarczyły, by udoskonaliła technikę. Kolejny miesiąc – by odkryła, jak doskonale zmiękcza się wosk świeżym smalcem. Na koniec wygładzała wzory, posypując je nieco mąką ziemniaczaną. Były piękne.

Od kiedy spłacili z Edwardem długi, wrócili do rozmów o zamianie mieszkania. Teraz, gdy doszedł jeszcze Gerty zarobek ze świec, to wreszcie byłoby możliwe. Edward był jednak przeciwny: odchowali córki, zaraz miały iść z domu, więc dlaczegóż miałby się teraz przeprowadzać i stracić wygodne sąsiedztwo mieszkania i warsztatu? I pewnie dotoczyliby się tak razem do starości, rozprawiając o mieszkaniu, gdyby Edward nie spadł z drabiny. Szczęśliwie spadał krócej niż Abram Groniowski i przeżył. Gdy po trzech miesiącach wypuszczano go ze szpitala, kości były prawie zrośnięte, po otarciach i guzach nie został ślad. Jednak znów „Wieczór Wybrzeża" napisał o rodzinie: „W miejscowości Kościerzyna, dnia tego a tego, roku tego a tego, krótko po godzinie 22, Edward S. z Kartuz, wykształcenie średnie, zegarmistrz, spadł z drabiny przystawionej do okna w domu Jadwigi P., wprost na swój rower stojący pod drabiną. Wspinaczkę swą tłumaczył koniecznością zasięgnięcia konsultacji w kwestii gry na pianinie".

Sąd Rodzinny w Kartuzach orzekł rozwód z wyłącznej winy pozwanego. Gdy Edward wrócił ze szpitala, zakład zegarmistrzowski był już podzielony. Stare, ciężkie biurko stało zepchnięte pod okno, podobnie jak reszta mebli i zegary. Przez środek pomieszczenia szła drewniana ścianka działowa. Nad świeżo wydzieloną połową warsztatu wisiał szyld: „Wyroby własne Gerta Strzelczyk". Edward ze swoim zakładem musiał zmieścić się w drugiej połowie. Zmuszony był też poszukać sobie na mieście kąta do mieszkania.

Od tego czasu dzielili warsztat, lecz nie dzielili życia. W tych rzadkich momentach, gdy jedno nieopatrznie wychyliło głowę zza przepierzenia, nie mówili nic. Raz tylko zegarmistrz zapytał, jak długo jeszcze będą się tak wygłupiać, ale wówczas Gerta przypomniała mu, że są po rozwodzie.

Nie wychylając głowy, nastawiając co najwyżej radio na tyle niegłośno, aby nie przeszkadzało pracować, i na tyle niecicho, aby zagłuszyło trzeszczenie krzesła, popiskiwania sprężyn w siedzisku i westchnienia, Gerta prowadziła swój zakład, z którego – i na mękach piekielnych nie odwołałaby tego oświadczenia – była zadowolona. Po jej stronie ścianki działowej, na półkach, idealnie równo poukładane leżały ozdobne świece. Popiersia, święci, rycerze, konie, dekoracje kwiatowe, medaliony, rozety, ornamenty. Leżały pogrupowane tematycznie: tematy sakralne, kwiaty – ulubiony dział Gerty; dalej kompozytorzy, pisarze, poeci i inni patroni szkół oraz instytucji. Na końcu, wstydliwie nieco, leżał dział próbny – Włodzimierz Iljicz Lenin z przyjaciółmi. Specjalny gest w stronę urzędu, który liczy domiary.

Ilda

Szły świece jak woda. Ilda rozwoziła je po Polsce, korzystając z samochodu Tadeusza, który już od dawna uważała za swój. Z konieczności czasem nocowała poza domem, ale zawsze wracała do Sopotu. Od czasu kiedy sama mogła się utrzymać, a koszyk z rzeczami do zabrania, coraz szczelniej wypełniony, trzymała przy łóżku na stałe, przeżywała z Tadeuszem trwający od dawna miesiąc miodowy. Zatrzymując się to w Katowicach, to w Warszawie, to w Zakopanem u różnych znajomych Tadeusza, Ilda dzwoniła do domu z kolejnych poczt, zamawiając Sopot. On opowiadał jej, nad czym pracuje i jak tęskni, ona jemu mówiła to, co chciał usłyszeć. Największą pozycją w ich domowym budżecie był teraz rachunek za telefon.

Jednak sprawa meldunku w Sopocie tkwiła w sercu Ildy jak zadra. Tadeusz obiecywał, przysięgał, płakał, a gdy już mieli pójść razem do urzędu, zawsze coś mu przeszkadzało. Rozchorowywał się. Miał bardzo pilną pracę. Przyjechali ważni goście z partii i trzeba ich było oprowadzić po Sopocie.

Ilda, zła, że rzuca czcze obietnice, a ona jest od lat dwudziestu nielegalną imigrantką, co bez meldunku ani pracy w Sopocie nie dostanie, ani przydziału ich wspólnego mieszkania, odmówiła mu dawania piersi. Targi stanęły na tym, że Ilda dawała pierś, kiedy się kochali, a to zdarzało się coraz rzadziej. Kiedy udało im się wreszcie wypełnić konieczne kwestionariusze meldunkowe, Tadeusz rozchorował się na dobre. Zabrało go pogotowie prosto do szpitala.

Truda

Dzięki interesowi Gerty ze świecami utrzymanie miały wszystkie siostry. Rachunki prowadziła Truda, ledwo już ciągnąca trzeci etat – obok pracy w Gdyni i hodowli prosiaków. Knurek, którego oszczędziła, gdy zbierała pieniądze dla oszusta matrymonialnego, okazał się godnym następcą prapradziadka dzika.

Raz, gdy Ilda jechała w sprawie świec aż pod Zieloną Górę, zabrała się z nią Truda. Od kiedy zostały z mamą we dwie same w domu, często odgrażała się, że ruszy w Polskę i tyle ją zobaczą, lecz były to czcze pogróżki. Przywykła do Dziewczej Góry, miała swoje ulubione miejsce dokładnie tam, gdzie kiedyś stała stara chałupa, potem rosły pokrzywy, a czasem powstała rabata na chryzantemy. Stawiała tam krzesło i patrzyła godzinami na jezioro, za plecami mając patrzącą w tę samą stronę matkę, opartą o ścianę domu.

Tym razem jednak był powód, by pojechać: milczenie synów. Ostatnie wieści od nich były sprzed roku, z Zielonej Góry, wraz z adresem jakiegoś hotelu robotniczego. Kartka brzmiała ciepło, lecz zdawkowo. Podpisana była obcymi nazwiskami, ale Truda, po charakterze pisma, rozpoznała synów. Pojechały. Ilda – radosna, Truda – spięta. Zmęczone obie, bo Tadeusz potrzebował rankiem transportu do szpitala, trzeba było go spakować i ulokować na oddziale. Na miejscu, w hotelu, nie zastały już synów, a kiedy Truda podała zapisane na kartce pocztowej nazwiska, portier zdziwił się bardzo, że nic nie wiedzą o wielkiej aferze, o której pisały nawet warszawskie gazety. Tych dwóch chłopaków samolotem uciekło do Niemiec. Władza ich nie zestrzeliła. Podobno mieli jakiegoś znajomego lekarza w Berlinie.

Gdy portier chciał wiedzieć, kim są, siostry grzecznie się pożegnały i uciekły. Ilda wracała strapiona, Truda przeciwnie – radosna. Po powrocie napisała zaraz do Jakoba, ale list wrócił ze stemplem: „Nie dopuszczone przez cenzurę".

AMIΣ

ZIMA

Rozela

Umarła w pięć lat po tym, jak zawarła umowę z Matką Boską. Od miesięcy mówiła, że czeka już tylko świętego Marcina, który na białym koniu miał ją przewieźć przez śmierć okrężnymi drogami. Święty sam odszedł całkiem świadomie, więc jak nikt znał się na umieraniu. Rozela odeszła razem z pierwszym śniegiem.

Tego dnia wcześnie wstała z łóżka, choć w owym czasie już prawie nie wstawała, i zabrała się do sprzątania. Wytrzepała pierzyny. Opróżniła szafy, porządkując pościel i własną garderobę, z której większość trafiła na kupę do spalenia w piecu. Potem zaszła z porządkami aż na strych i do piwnicy. Wydobyła spod łóżek rzeczy latami tam trzymane. Większość poszła do spalenia (porwane kosze, stare skrzynki), część wróciła pod łóżko (zapas butelek na spirytus). Na środku została para łyżew. Może po którymś z wnuków, może po Janie, a może jeszcze po Abramie. Były w stanie zbyt dobrym, żeby je tak po prostu wyrzucić.

Zabrała się też za kuchnię. Odczyszczając puszki poustawiane na półkach kredensu, trafiła na zdjęcie kobiety z grubym dzieckiem w jeszcze grubszym beciku. Wciąż tam tkwiło, od lat, tylko przesunęło się trochę do tyłu. Rozela podarła je na kawałki i wrzuciła do pieca, mówiąc, że dawno powinno się to zrobić, a teraz kto zabroni umierającemu? Z pudełka w kobaltowym kolorze wyjęła za to fotografię Jana. Niech teraz on stoi oparty o puszkę.

Na koniec wzięła siekierkę i poszła złapać kurę, Agatkę, którą miała od pisklaka. Była Agatka seniorką, prawie ślepą, miała grubo ponad dwadzieścia lat, ile, nikt dokładnie nie pamiętał. Nikt jej też dawno nie bujał w koszu na jabłonce. Od dawna się nie niosła. Rozela uznała, że nawet z bardzo starej kury da się zrobić rosół. Łeb obcięła Agatce na pieńku pod jabłonką, zaraz obok huśtawki, mamrocząc przy tym zaklęcia i przeprosiny. Oskubała kurę do ostatniego pióra i wzięła się do gotowania. Marchew, seler, trochę spalonej na węgiel w piecu cebuli. Agatka warzyła się pięć godzin na ogniu, nie za dużym. Ugotowawszy trzy gary rosołu z tej jednej kury, wystawiła je Rozela do sieni. Trudzie powiedziała, że to rosół na stypę.

Przypomniała też córkom, że kiedy przyjdzie pora, trzeba odgrzać zupę, ale nie zagotować, żeby nie zepsuć smaku. Potem oznajmiła, że kładzie się spać i żeby jej pod żadnym pozorem nie zasłaniać okna, bo pragnie widzieć, jak spadnie śnieg.

I spadł. Pierwszy, jasny i świeży. Noc była księżycowa, z łóżka, przed laty pociętego siekierą, widać było, jak płatki fruną lekko, jak je wiatr delikatnie podwiewa ku górze, jak puch się sypie na Dziewczą Górę, coraz grubszą kołdrą okrywając zbocze. Było pięknie. Nawet jeśli nikt prócz Rozeli nie widział tego cudu.

Bała się i była przekonana, że Matka Boska spełni swoje obietnice. Miał być biały koń pod świętego Marcina – i był. Truda znalazła ją rano. W łóżku, lekko uśmiechniętą, wyprostowaną jak struna.

Truda

Łyżwy. To była jedyna rzecz, której matka nie uporządkowała. Wszystkie butelki, szmatki, stare kosze, niedokończone prace ręczne i zbyt zbite, by ich używać, pierzyny trafiły do pieca. Została tylko przerzucana z miejsca na miejsce para łyżew.

W dniu pogrzebu, gdy rano myły mamę, jak chciała, na kuchennym stole, Truda przełożyła łyżwy na kredens, ale tak nieszczęśliwie, że potrąciła cukiernicę. Cukier wysypał się na zdjęcie Jana, które na zawsze już zrobiło się lepkie. Gerta zaniosła łyżwy na piec i omal się tam nie spaliły. Skóra zaczęła śmierdzieć, a rozgrzany metal oparzył Ildę w rękę, gdy je chwyciła. Zaraz więc szmyrgnęła Ilda łyżwy na podłogę. Lepiej nie wspominać, co wykrzykiwała Truda, gdy potknęła się o nie, niosąc gar rosołu. Z nadludzką pomocą utrzymała zupę, ledwie kilka kropel poleciało na deski. Byłaby cisnęła te łyżwy na dno piwnicy – bo tak się odgrażała – ale niosła gar i nic nie mogła zrobić. Gerta przewiesiła więc łyżwy za sznurówki przez drzwi w tym samym pokoju, w którym stała trumna z mamusią. A potem o nich zapomniała. Na ostatnich zdjęciach Rozeli nieboszczki w trumnie na zawsze została w tle para hokejowych łyżew.

Odprowadziwszy mamę na cmentarz, gdy już rzuciły na opuszczaną na dwóch linach trumnę po garści dobrze zmarzniętej ziemi, rozpłakawszy się (to Ilda) i rozszlochawszy się (to Gerta z Trudą), zaprosiły wszystkich żałobników do domu, by ich poczęstować pysznym rosołem ze starej kury.

Bawili się wszyscy, wspominając i jedząc, opowiadając kolejne zabawne historie o Rozeli. Poszli żałobnicy dopiero przed północą. Siostry miały położyć się spać, by na łóżku, już pustym, doczekać do świtu, lecz noc była taka jasna, wyświecona śniegiem. Spostrzegły na drzwiach łyżwy. Gerta zdjęła je. Świecił na nie księżyc wielki jak latarnia, śnieg był miękki, iskrzący wyjątkowo i skrzypiał pod butami, gdy gęsiego poszły nad jezioro. Kolejno w środku nocy zakładały te łyżwy, umawiając się, że tylko odrobinę wyjdą zza krzaków na jezio-

ro, by nikt ich nie zobaczył, bo przecież nie wyba-
czono by im zabaw na łyżwach w dniu pogrzebu.

Nie udało się. Gerta nie mogła ustać i krzyczała. Siostry prowadziły ją po lodzie, ostrożnie drobiąc kroczki. Ilda rozpędziła się solidnie, ponad
miarę, wyjechała na sam środek jeziora i już nie
mogła wrócić. Siostry poszły po nią, narzekając
na zimno i na mokre, ślizgające się buty. W końcu
Truda przewróciła się na lód, aż echo poniosło po
jeziorze jej stęki i jęki.

Gdy wróciły do domu, zrobiły sobie herbaty.
Dojadły rosół, który choć ze starej kury, dobrze
smakował, i posnęły jak koty w tym matczynym
łóżku, nie rozebrawszy się nawet.

Ilda

Z rana, gdy się obudziły, musiały przecież dokończyć wszystkie historie zaczęte na stypie. O matce.
O jej słabostkach. O sobie samych, swoich smut-
kach, tajemnicach, rzekomych strasznych winach.
Truda na jeziorze, wywracając się, zbiła mocno
rękę. Musiały zostać z siostrą jeszcze parę dni,
które zamieniły się w trzy tygodnie. Tam, w Kartuzach, wyrośnięte już, doroślejące siostrzenice
potrafiły same zająć się domem. W Sopocie Tadeusz pracował nad dziełem swojego życia, jak
mówił, i wyrzucał wszystkich z pracowni, nie zgadzał się, aby mu przeszkadzać. Tymczasem one,

każdy dzień zaczynając od wizyty na chmieleń-skim cmentarzu, kończyły go w domu nad jeziorem, przy piecu, wspólnie, pośród zwierzeń. Bliskie sobie jak chyba nigdy wcześniej, mówiły szczerze i słuchały się wzajemnie, by zrozumieć siebie, matkę i życie. Dlaczego Rozela wołała akurat Trudę, kiedy poszli Ruscy? Czy ją najbardziej kochała? Jak to było, gdy Truda, jeszcze z kokardami na warkoczach, stała pod ścianą i mierzono do niej z karabinów? Czy ta zazdrość, którą czuły nieraz wobec siebie nawzajem, była zła? Czy Truda mogła być zazdrosna, że nie karmi, a Ilda, że nie urodziła? Czy to Gerta była najbardziej podobna do Rozeli? A może właśnie Ilda? Razem płakały, potem razem spały na tym siekierą naruszonym łóżku. Głaskały się po głowach, jakby dzieci głaskały. Wszystko zostało zrozumiane, wybaczone.

Gdy dwa lata później, dwudziestego lutego 1979 roku, we wtorek, szła Ilda wraz z siostrami pochować Tadeusza, to szła bez strachu. Kwiaty, które miała położyć na grobie, Gerta, mimo śniegu, przywiozła z Kartuz na rowerze. Przez noc wessały atrament, uzyskując odpowiedni, szkarłatnoczarny kolor. Szarfę przywiozła Gerta pustą. Nie wiedząc, co właściwie Ilda chciałaby napisać, podała jej wstążkę i czarną farbę oraz pędzel. Gdy młodsza siostra zaczęła wymyślać: „Ukochanemu

Mężczyźnie", „Tadeuszowi, z podziękowaniem za dwadzieścia lat", „Okrutnemu jego druga żona" – po prostu wiadomo było, że to, co prawdziwe, jest nie do napisania. Czule chciałaby – mówiła siostrom Ilda, lecz im więcej zdań wymyślała, tym bardziej stawało się oczywiste, że wcale nie chciała czule, a nie potrafiła okrutnie.

Patrzyła na to spod pieca Gerta, wzrokiem krytycznym, tak samo jak przez lata patrzyła ich matka, aż w końcu zabrała szarfę. Sama napisała. Truda, widząc słowo wypisane na wstążce, choć przecież sama róże na czarno farbowała, wpadła w popłoch, że dziwnie, że wstyd będzie, lecz wówczas Gerta – jak nie Gerta – spytała, czy naprawdę tak się siostry przejmują? Ilda wzięła wstążkę i zawiązując ją na podbarwianych różach, lekko się uśmiechnęła.

Gerta

Wtedy żadna z nich nie mogła jeszcze wiedzieć, jak to się dalej zaplecie. Nie wiedziały, że o pogrzebie Tadeusza Gelberta napiszą wszystkie gazety i dadzą zdjęcie pogrążonej w żalu żony. Że jedna, popołudniowy „Wieczór Wybrzeża", wydrukuje na ostatniej stronie, gdzie zwykle puszczano kryminały o panu, który zabił panią, krótki tekst ze zdjęciem mebli, sprzętów, dekoracji wyrzuconych z mieszkania po artyście, pomiędzy którymi leżały jedwabne sukienki, halki, damskie buty, szamotane przez wiatr i rozgrabiane przez ludzi.

Żadna wiedzieć nie mogła, że za kolejnych jedenaście lat najstarsza córka Gerty, Lila, znajdzie w muzeum w Paryżu obraz Edwarda Strzelczyka, przez tyle lat przetrzymywany pod stołem u Trudy. Nie żeby tam zaraz Luwr. Zwykła, podrzędna, mała prywatna kolekcja przy niewielkiej uliczce na Montmartrze, zaraz za prywatnym muzeum Salvadora Dalego. Odkrywszy *Soeurs*, Lila dowiezie później do muzeum dwanaście pozostałych obrazów, które ojciec namalował już w drugiej części życia, po rozwodzie z matką. Będzie tam Gerta, jak pędzi na rowerze pod Łapalicką Górę z rozwianymi włosami, pośród płomiennie czerwonych drzew jesiennych i mgły. Będzie piramida z pianin, ledwo się trzymająca, wsparta na nogach kobiecych. Kilka obrazów jezior, niby sielanka, a na drugim planie zawsze dziwny szczegół: goły męski tyłek, zdechła ryba pływająca brzuchem do góry. Będzie też kotka zaganiająca karaluchy do porcelanowej miseczki. Kuratorzy uznają za bardzo wzruszającą jej prawdziwą historię. Opiszą na ścianie obok obrazu, jak na tych karaluchach, złapanych przez kotkę, malarz w obozie jenieckim robił zupę.

Sam malarz nie doczeka się uznania. Wynajmując w Kartuzach kolejne pokoje, będzie się wiązał z kolejnymi kobietami, ale z żadną na długo.

Któregoś razu, jadąc do Kościerzyny na rowerze, rozpędzi się ponad miarę, spadnie ze Złotej Góry i taki będzie jego koniec. Na pogrzebie była żona Gerta powie o nim kilka ciepłych słów.

Róża, ich druga córka, nauczywszy się biegle ośmiu czy dziewięciu języków, wyjdzie za Francuza, potomka tych pań, które zjechały po wojnie na Dziewczą Górę. A nim wyjdzie, korespondować z nim będzie w sprawie napisu *spiritus flat...* w piwnicy u jej ciotki Trudy. Uzna za zabawne, że babka Rozela pod tym napisem wyrabiała życiodajny spirytus. Róża będzie jedyną w rodzinie, która przeczyta tę francuską książkę. Przeczyta, lecz gdy ją zapytają, nie będzie umiała zbornie opowiedzieć, o czym była. Tylko jedna historia, o moście, wwierci jej się w pamięć i będzie jej się śnić po nocach. Od metafory mostu zaczynać będzie potem większość własnych książek, z których kilka poświęci kobiecym ofiarom wojen.

Fajerjanek wyjedzie z Niemiec do Ameryki, ściągnięty tam przez swego ukochanego brata Józka. Przyjadą razem już tylko na pogrzeb Trudy. Do Ildy, którą Fajerjanek będzie szczerze opłakiwał, przyjechać nie zdołają. Zieloną kartę Fajerjanek dostanie w kilka dni po pogrzebie.

Guzik z perłą po prababce Otylii zgubi się, podobnie jak cała zawartość pudełka w kobaltowym kolorze. Zdjęcia nikomu nieznanych chłopców w różnych mundurach wezmą do zabawy małe córki Róży, gdy któregoś lata przyjadą na wakacje do swoich ciocio-babek Ildy i Trudy. Skarb, czyli plik zdjęć, zostanie zakopany pod krzakiem. Następnej wiosny nie będzie po nim śladu. Guzik wpadnie w szczelinę w podłodze. Wiele, wiele lat później, gdy stary dom nad jeziorem, kryty nieużywaną już przez nikogo klinkierową dachówką, burzyć będą, by zrobić miejsce pod letniskowe wille, wytarty i połamany guzik z perłą trafi pod fundamenty. Nowym mieszkańcom, letnikom, przyśni się dziwna historia ze statkiem i perłami.

Choć sam guzik przepadnie, Loba, najmłodsza córka Gerty, przez pierwsze pół życia rozwijać będzie pracowicie to, co się za jego sprawą zaczęło. Kiedyś nawet nazwie siebie wróżką, by za lat kilka znowuż dojść do wniosku, że wyczytywać z kart można tylko przeszłość. Zobaczy sama, że za sprawą sił, których nie rozumie, opowiada ludziom ze zdumiewającą trafnością ich własne, przeszłe historie, ale właśnie odczytana przez nią przyszłość lubi zmieniać się z powodu drobiazgu, detalu. Zniechęci się i przestanie wróżyć.

Ostatni świniodziczek rasy czarnopodniebiennej, z hodowli certyfikowanej, zjedzony zostanie jeszcze za życia Trudy. Wcześniej otrzyma ona list z Berlina. Nie od Jakoba Richerta jednak, ten bowiem od dobrej dekady będzie leżał nieżywy. Pisać będzie do niej na służbowym papierze niemiecka kancelaria prawnicza, żądając, aby Frau Truda Kotejuk natychmiast zaprzestała prowadzenia hodowli, w związku z wykupieniem praw i certyfikatów przez firmę... i tu padnie nazwa. Nawet odpisze im ogromnie rozjuszona Truda, żeby swoje prawa wsadzili tam, gdzie jej siostra wsadziła kij dzikowi, z czego to – jeśli nie wiedzą – wzięła początek ich dochodowa rasa. Niestety, zgubi ten list, nim go doniesie na pocztę. W tych czasach nawet rower będzie dla Trudy bardzo poważnym wyzwaniem. Podobnie jak wszystko, co wymaga użycia pamięci.

Jakob będzie pisał, nim go położą do grobu. A nawet raz przyjedzie do Dziewczej Góry. Oboje z Trudą będą wówczas blisko osiemdziesiątych urodzin, oboje wciąż zakochani. Jakob będzie namawiał, że choć życia razem nie przeżyli, to niechby chociaż Truda pojechała z nim umrzeć do Berlina, gdzie jest lepsza opieka i lepszy standard umierania. Truda odmówi. Zaraz potem przyjdzie od jego pięciorga dzieci powiadomienie o śmierci Jakoba.

Ona sama umrze – jeśli nic się w zapisie nie zmieni – jako ostatnia z sióstr. Przed nią Ilda – mieniąca się już wówczas Różą Różańcową, Różą poufale informującą wybranych, że tak naprawdę całe życie była i jest ateistką. Gerta umrze pierwsza.

Pieniędzy ze sprzedaży obrazów namalowanych przez Edwarda Strzelczyka wystarczy córkom Gerty akurat na pomnik dla matki, babki i ciotek, pochowanych razem. Autor pomnika przypadkiem okaże się zdolnym wychowankiem Tadeusza Gelberta, którego sława, niestety, nie przeżyje. Ambitny wychowanek nie będzie miał pojęcia, że pod kamienną pokrywą grobowca leży także Ilda. Zgodnie z zamówieniem dostanie kopię *Soeurs* do odwzorowania. Skupiony na wiernym oddaniu detali – twarzy, ramion, rąk – nie spojrzy nawet, czyje imiona i nazwiska mają być wyryte na pokrywie. Dzieło wyjdzie całkiem szare i płaskie. Trzy siostry, ale bez błękitów, jeziora, nieba, ryb wyskakujących to z toni, to z chmur, bez dziwnie bladych bukietów i imienia Astrida. Bez tych wszystkich drobiazgów frapujących i pięknych. Zupełnie nie tak jak w życiu.

Wydanie pierwsze, dodruk

Opieka redakcyjna
Anita Kasperek

Redakcja
Kamil Bogusiewicz

Korekta
Henryka Salawa, Joanna Zaborowska, Jacek Błach

Opracowanie graficzne
Piotr Gidlewski

Zdjęcie na okładce
© Charles Hewitt/Picture Post/Getty Images

Redaktor techniczny
Robert Gębuś

Książkę wydrukowano na papierze Creamy 80 g vol. 2,0
dystrybuowanym przez ZiNG

Printed in Poland
Wydawnictwo Literackie Sp. z o.o., 2018
ul. Długa 1, 31-147 Kraków
bezpłatna linia telefoniczna: 800 42 10 40
księgarnia internetowa: www.wydawnictwoliterackie.pl
e-mail: ksiegarnia@wydawnictwoliterackie.pl
tel.: (+48-12) 619 27 70
Skład i łamanie: Scriptorium „TEXTURA"
Druk i oprawa: WZDZ Drukarnia Lega, Opole

ISBN 978-83-08-06427-6